ココロコネクト アスランダム　上

庵田定夏

Famitsu Bunko
ファミ通文庫

イラスト／白身魚

——やばい現象が起こるんだって。

——人格が入れ替わるとか。

——心が読めるとか。

——それ恐くない？

——恐いどころじゃない……けどそういうものか……うん、そうなんだよな。

——どこかに連れて行かれるって話も聞いたけど。

——らしいね。後閉じ込められるんじゃなかったっけ？

——その方がとんでもなく危なくない？

——どっちもあり得な……でも……あり得ることだ……そう、あり得るんだよ。

修学旅行のあの日、〈ふうせんかずら〉が「もう現れない」と発言し姿を消してから、四カ月が経った。

一章　今日もいつもの毎日で

「さっさと朝ご飯食べてよ二人とも。お母さん今日は早く会社行くんだから」

母親の言葉に、八重樫太一《やえがしたいち》は「ふぁい」と生返事する。トーストとゆで卵とフルーツが並ぶ食卓《しょくたく》に片肘《かたひじ》をつき、ゆっくり自分のトーストを齧《かじ》る。

「一口が小さい！　リスか！　それじゃ永遠に終わらないでしょ！」

うるさく言う母親のセリフを太一は右から左へ聞き流す。二十四時間テンションが高いタイプの人だからたまに面倒臭《めんどうくさ》いのだ。

目蓋《まぶた》が重い。昨日は小学校六年生の妹（二カ月もすれば中学生である）が「ホラー映画一緒に見て！」と言うのに付き合って眠る時間が遅くなった。遅いとはいえ小六相手だから大した夜更《よふ》かしではなかったのだが、睡眠《すいみん》のリズムが崩れ寝覚めが悪くなった。

「もう待てん！　じゃあ太一か莉奈《りな》、遅かった方が片付けて行ってね！」

「え～、わたしまだ髪のセット終わってないから無理～」

グレープフルーツをもしゃもしゃと口に運びながら、妹の莉奈が文句を言う。

「知りません。お母さんは行ってくる！」

バタバタと母親は慌ただしくリビングを出ていった。

「あ、ちょっとお母さ……もう、いってらっしゃ～い」

「いってらっしゃい……」

「じゃ、お兄ちゃん片付けお願いね」

「母さんの言った通り、お前が最後ならお前がしろよ」

「だからわたしにはまだ身支度《みじたく》があるの」

「手伝いしないと、家事のできないダメな奥さんになるぞ」

「そ、そんなことないもん！　今度ご飯作るの手伝うもん！　お兄ちゃんの意地悪っ」

「つーか喋《しゃべ》ってる間に食べた方がいいな」

「へーん、だ。わたしパン要《い》らなーい。ごちそうさまー」

「おい、朝飯《あさめし》はちゃんと食べろよ」

「お父さんみたいなこと言わないで。半分食べたからいいんだよー」

言いながら莉奈は二階に消えてしまった。最近生意気《なまいき》度が増してきた。家を空けている父親に代わり、ここは自分がびしっと言うシチュエーションであろう。今度説教だ。

八重樫家は太一、莉奈、両親の四人家族である。現在父親は単身赴任《たんしんふにん》中であり今家にいるのは三人だ。母親も派遣《はけん》社員として一般企業で働いており日中は家に誰もいない。

「ごちそうさま」

太一は最後に牛乳を飲み干し、立ち上がる。

「……仕方ないなぁ」

呟《つぶや》いて、太一は自分と莉奈の分の食器を流しに持っていった。

家を出ると冬の寒風が襲《おそ》いかかってきた。太一は身を縮《ちぢ》こまらせ、容赦《ようしゃ》のない風から体を守ろうとする。駅まで辛《つら》い道程になりそうだ。

バレンタインデーは先週終わり、二月も下旬に差しかかった。ただでさえ寒さが極まる季節なのに今日は雲がある。朝のテレビでも強い冷え込みになると言っていた。

私立山星高校《しりつやまぼしこうこう》の最寄り駅に到着し、電車を降りる。

通い続けてほぼ二年となる学舎《まなびや》まで後少しだ。登校中の他の生徒と共に太一は歩いていく。寒さを少しでもやり過ごすためか、いつもより人と人の距離が近い気がする。

「おっはよー太一！」

冷たい空気を一瞬で暖かくする明るい声が響き渡った。

同時に太一の背にばしっと衝撃《しょうげき》。

「いてっ……朝から元気だな、永瀬《ながせ》」

そうっすかねーと、永瀬伊織《いおり》が笑う。寒さなんて関係ない、いやこの世の全ての外部要因なんて関係ない。彼女こそが世界の中心で、彼女が笑えば世界中が笑うんだ……と、多少大げさではあるが思えるくらい、永瀬は眩《まぶ》しく輝く美少女だった。さらさらの絹糸《きぬいと》の如《ごと》きロングの黒髪をなびかせ、永瀬が太一の隣に並んでくる。

一度は想いを伝え合って、けれども一つになることのなかった二人は、代わりにずっと隣同士で切磋琢磨《せっさたくま》し合える親友になった。

「これだけ寒いと学期の終わりを感じちゃうね～。もう目ぼしいイベントもないし」

白い息を吐き出しながら永瀬は話す。

「まだ学年末テストが残ってるぞ。後、部活発表会も」

「テストはイベントじゃなくない？　発表会も本番残すのみだしさ」

「あ、今年も発表会でやる気あるのか？　去年好評《こうひょう》だった永瀬の早着替えショー……」

「おうさ！　水着にメイド服に去年絶賛《ぜっさん》されたプロレスラーの格好に……って誰がやるかっ！　お金くれるならやるけど！　いややっぱりやらないけど⁉」

朝から全力でノリつっこみをやれる元気の持ち主が永瀬だった。

一年間の部活動の成果を報告させると共に、翌年度《よくねんど》の予算決めの判断材料にもなる部活発表会で、太一達文化研究部《ぶんかけんきゅうぶ》は去年の形を踏襲《とうしゅう》した『文研新聞《ぶんけんしんぶん》　特別版』を披露《ひろう》しようと考えている。去年の反省を生かし、準備は前倒しで進めておいた。

「というかイベントがないなら、作ればいいじゃないか」

「え……そんな柔軟《じゅうなん》な発想が……！」

「いやいや、大したアイデアじゃないって」

「頭の固い太一から出てくるなんて！」

「若干バカにされた気がするな」

「あはっ冗談、冗談。でもグッドでナイスな案だっ。春休み文研部で旅行する以外にも、クラスで遊びに行けたらいいね。泊りだと尚《なお》のことといい！」

「クラスで泊りか。いいな」

「よーし、じゃあ他の子達にも話してみよーっと」

永瀬はわくわくが止まらない、といった様子で楽しげに体を動かす。

今日もいい一日になりそうだ。


週に一度の全体集会《ぜんたいしゅうかい》の日なので、教室に着くと太一は荷物を置いて体育館に向かった。

集会やその他式典《しきてん》にも使われる体育館はバスケットのコートなら三つは作れる広さがある。だが生徒、教師合わせて千人近い人間がひしめき合えば当然手狭《てぜま》になった。

今週は校長に加え、生徒会長も皆の前で話す日だった。

『三年生は受験真っ盛りです。また一年生、二年生も学年末試験が迫ってきました。日頃の成果を発揮《はっき》できるよう体調管理には気をつけて――』

群衆《ぐんしゅう》、と言えるだけの大人数の前でよくすらすらと喋れるものだ。

「確かに立派よね」

「……っ、心を読んで話しかけてくるなよ」

恐ろしい能力を発揮《はっき》してみせたのは、元・一年三組学級委員長にして愛の伝道師《でんどうし》、色々あって太一とも因縁《いんねん》浅からぬ、藤島麻衣子《ふじしままいこ》だ。修学旅行の中で得た気づき、更には円城寺《えんじょうじ》や千尋《ちひろ》も巻き込んだなにがしかの活動を経、最近なかなか好調らしい。後ろを纏《まと》め上げおでこを出す髪型、キラリと輝くメガネが本日もびしりと決まっている。

「ちなみに八重樫君。心を読んだんじゃなくてあなたが小声で『ほぅ』と独りごちてるから推測《すいそく》しただけよ」

「え？　そういうオチ？」

藤島は朝から部活関連の仕事があり遅れて体育館に現れ、名前順に並ぶクラスの後ろについたので、太一とお喋りできる位置に立っている。

「まあ立派、というかできる奴だよな。生徒会長になるのも納得だよ」

「香取《かとり》　譲二《じょうじ》。見栄えはするし、それに見合う実力もある」

「藤島がべた褒《ほ》めって珍しいな」

「あらそう感じた？　うん、でも生徒会の実働部隊である生徒会執行部《しっこうぶ》として、今の生徒会長なら従ってやらないこともないわ。……ちょっと仕事を押しつけ気味ではあるけどそれは元からある伝統《でんとう》だし。もし口だけの奴ならとうの昔に下克上《げこくじょう》してるわ！」

現生徒会会長、二年生の香取譲二。繊細《せんさい》な顔立ちで、体はシャープでありつつもスポーツマンっぽい頑丈《がんじょう》さも持ち合わせる。イケメンアスリート、といった風情《ふぜい》で、ナチュラルに固められた髪型もまるでカットモデルみたいだ。

一年、二年とクラスが異なるため深い関わり合いはないが、会話したことはある。勉

強もスポーツも優秀で文武両道《ぶんぶりょうどう》を地でいき、自然と集団のリーダーに収まる、ハイスペックな男だった。

『つっても、俺達《おれ》にとってはテストの後に待っている春休みの方が大事ですけど』

体育館が笑いに包まれる。上手い流れで今のセリフを放ったらしい。普通は喋るだけでも大変だろうに、これだけの人の前で笑いがとれるとは。

「学年に一人はいるよな、人の上に立つのが似合う奴……」

太一は半ば《なか》独り言、半ば藤島に呟きかけて、途中で気づく。

「……でもよく考えれば他にもいるな。指導者っぽいやつ。藤島とか、後稲葉《いなば》も結構」

この学年はタイプの差はあれど強烈《きょうれつ》なリーダーシップの持ち主が多くはないか。

「私達の世代《せだい》は豊作《ほうさく》ってことね。個人的には八重樫君も推《お》したいところだけど」

「そうか？　俺は大勢の前で喋るのも得意じゃないぞ」

「……八重樫君の演説、目撃した記憶あるけど……。確かに、大勢の前での演説は未経験かもね。けど経験済みになれば、八重樫君も加わって見事四天王《してんのう》の誕生よ。あ、『経験済み』で思い出したけど八重樫君と稲葉さんって既に――」

「俺が香取と同列とはあまり思えんが」

後ろに隠れて楽しようという訳ではないが、自分はそんなタイプじゃないと思う。

「えらく香取君を買ってるのね。納得できなくはないけれど。ただ私に言わせれば少し……色がないのよね。例えば私みたいな肌色桃色《はだいろももいろ》な部分があったりすれば尚いいと思うわ。ところで八重樫君と稲葉さんってやっぱり経験――」

「肌色桃色ってなんだよ。お前のキャラの濃《こ》さは認めるが」

「とりあえず経験済みでアダルトサインを立てるべきなのかどうかだけはっきり――」

「無視してるんだから諦《あきら》めろ！　誰がそんな話題に朝から応じるかっ！」

最近こういう弄《いじ》り方をしてくる奴らが多くて困る。二人の純愛を汚さないで欲しい。

「冗談よ、冗談。誰も二人の愛の形を無理矢理聞き出す無粋《ぶすい》な真似しないわよ。とはいえ八重樫君、純愛と自分で称するのは流石《さすが》に寒すぎるわよ」

「おい今のは完全に俺は口に出してないはずだよな⁉　心読んだよな⁉」

「あ、カマかけたら当たった。さしもの私でもそれは引くけれど」

「カマかけるの上手いな……。てか引くなよ！　藤島に引かれるとショックだぞっ」

「――八重樫に藤島」

がしっと何者かに頭を摑《つか》まれる。隣を見ると、藤島も同じように頭を捕獲《ほかく》されている。

「ちゃんと校長の話を聞け」

二年二組担任、文化研究部顧問《こもん》の後藤《ごとう》龍善《りゅうぜん》が二人に向けて注意した。

「じゃないと俺が後で学年主任から怒られるじゃん！　勘弁《かんべん》してくれよ！」

……なぜ後藤は、余計なセリフを足して教師っぽさを綺麗に消すのだろうか。

「おい八重樫よ、朝の集会でえらく藤島さんと仲よくしてたらしいじゃないか。え？」

一時間目終わりの休み時間、サッカー部所属《しょぞく》のイケメン担当（一応）、ツンツン立て気味ウルフヘアの渡瀬伸吾《わたせしんご》が絡《から》んできた。

「俺が目を離した隙《すき》に藤島さんと親しくなるとはどういうことだ？　おお？」

藤島狙いを一年の秋頃から崩さない渡瀬に対して太一が言えることは、

「遅刻《ちこく》するお前が悪い」

「ご、ごもっともで～」

「そこまで気にするなら、さっさと藤島に告白すればいいのに」

「お前には前話しただろっ。……告白っぽいことはしたんだ。でもあの人……予想を上回る鈍《にぶ》さなんだよっ。自分に関してはっ」

「そうか？　俺は察しのいい藤島のイメージしかないぞ。変な思い込みはよくするが」

「思い込みが強いからこそ一度『ない』と決められたらそれを『あり』にするには果てしない道程があるんだよ……。はぁ、トイレ行ってくるわ」

渡瀬は遠い目をしながら出ていった。大丈夫だろうか。二枚目キャラだったはずなのに最近はその影も薄くなってきた。

「なんの話だよ。また八重樫がハーレムを狙ってる話か。領土拡大《りょうどかくだい》が過ぎるぞ！」

どこから会話を聞いていたのか、去っていった渡瀬に代わって宮上《みやがみ》が絡んできた。宮上は今風を信条として、スクエア型のメガネを身につけナチュラルパーマをかけている男子だ。写真部に所属しており、クラスでは太一とも仲がいい。

「ハーレムを狙うもなにも俺《おれ》はちゃんとした彼女がいるから」

「出たっ！　彼女持ちの余裕！　モテる男は二股《ふたまた》三股《みまた》当たり前だと聞いてるぞ！　そうやって一人が何人もの女と付き合いモテない男の枠を減らすのが今の傾向《けいこう》なんだ！」

そして今風を信条とし過ぎて、流行《りゅうこう》や噂《うわさ》に引っ張られ気味な男でもある。

「いやいや二股三股なんて。一筋じゃなきゃ本当の意味でモテないよ」

「また雑誌の情報鵜《う》呑《の》みにしてるじゃん」

太一に続いて言ったのは、同じくクラスで仲のいい曽根《そね》だ。少しぽっちゃりとした体型（本人は認めず）をした、漫画《まんが》研究部に属する男子である。

「流行の最先端を追ってなにが悪い。お前は二次元にしか興味がないんだろうが」

「漫画を好きでかつちょっと体格がアレに見えるからってそういうキャラづけをするなよ！　俺だって三次元で彼女が欲しいんだ！」

「ん、二次元ではいるのか？」太一が訊く。

「いないよっ。俺は三次元で生きていくんだっ。そう決めてるんだっ。……具体的に誰が好きとかないけど」

「まず好きな人をちゃんと見つけてからだな」

「次元、次元言ってる時点でお前はダメだ」

宮上が冷たい目で告げると曽根は「お前に言われたくない！」と反論した。

また二人で仲よく喧嘩《けんか》を始めるのかなと思ったら、二人は揃《そろ》って太一を見た。

「つーか」「というか」

「「要所要所の格好いい発言はなんだよ八重樫！」」

「お、おう⁉」

「だから彼女持ちはっ」「いや、だからこその彼女持ちということじゃ」

宮上と曽根が口々に言う。息ぴったりの口撃《こうげき》だ。

「くっ……俺も修学旅行前に巻き起こった恋愛ブームに乗れていたら……！」

宮上がメガネを持ち上げ涙を拭《ぬぐ》うマネをすると、曽根が溜息《ためいき》交じりに呟いた。

「もうホント、一度入れ替わってみたいよ、八重樫と」

「入れ替わり、か」

太一はゆっくりとその言葉を反芻《はんすう》する。

「憧《あこが》れの人になれたりしたら、面白いよな」

夢のある、普通にはあり得ない話だ。

「憧れかぁ……。あ、じゃあ社会科の田中《たなか》は憧れるな」

「なんでさ宮上？ 普通のおっさんじゃん」

「バカ。あの先生が誰と付き合ってるのか忘れたのか？」

「はっ！ ……学校随一《ずいいち》の人気教師、平田涼子《ひらたりょうこ》っ……先生っ」

曽根が重大な事実に気づき打ち拉《ひし》がれる横で、太一は二人が付き合うに至った経緯《けいい》を思い出す。稲葉がスクープ写真を入手。それを『文研新聞 文化祭増刊号』に掲載《けいさい》し、文研部でド派手にばらまいた。その後は……もう勢いで公開告白となったのだ。

「明るく優しくノリもいい性格美人！　顔のレベルも高い！　んでもってあの胸の大きさ……！　気になって授業に集中できんわっ！」

「ん〜、宮上君やっぱりな〜。見てると思ってたんだよな〜」

声を聞いてはたと気づく。次の時間は数学。平田涼子は太一達のクラスの数学を担当しており、いつも休み時間が終わる少し前に教室に来て生徒と雑談《ざつだん》をしているのだ。

そう、ご本人、登場であった。

「や、いやいや先生今のはアレっす！　ギャグっす！」

宮上がわたわたしている。調子のいい奴なのだが、突発的な事態には弱いのだ。

「見てもいいけどちゃんと話は聞くんだぞ〜。学年末、頑張《がんば》っていい点とってね」

平田は嫌な顔一つ見せずニコニコと宮上の頭を撫《な》でる。打算《ださん》ではなくて、天然でこういうことをやる人なのだ。

「はっ……はいっ！　必ずいい点数をとって見せますっ！」

「……あ、完全に惚《ほ》れた顔だ。しばらく『平田先生』『平田先生』ってうるさそう」

曽根の呟きに、太一もうんうんと首肯《しゅこう》した。

お昼休み前最後の授業は美術だった。

「今日で今期の美術は最後です。三年で美術を選択しない人もいるだろうし、本当にラストの人もいるかもしれないね。だから少し趣向《しゅこう》を凝《こ》らしてみます」

と、語る美術教師が提案したのはグループで一つの作品を創《つく》る、という課題だった。

「大きな一枚の紙に、自由な道具自由な発想で、好きなものを書いて下さい。絵でも字でも模様《もよう》でも。特定の人だけが書くのはなしね。じゃあグループ分けしようか」

先生がランダムに番号を振っていき、作業開始だ。

「面白い授業だな」

いつも穏《おだ》やかな笑顔を絶やさない男性教師を見ながら太一は呟く。

「いいよね、こういうの。三年でも美術選択しよっかなー」

同じ班になった、黒髪ショートカットで耳にピアスを光らせる二年二組学級委員長、瀬戸内《せとうち》薫《かおる》が応じる。「ふんふーん」と鼻唄《はなうた》交じりの姿から、本当に楽しんでいると伝わってきて微笑《ほほえ》ましい。一年生の時茶髪のロングヘアーでちょい不良キャラをやっていたのが、もったいなかったと思える。とげとげした態度は似合っていない。

「受験勉強の息抜きにもなるしな」

「なんでも勉強基準になるのはよくないよ八重樫君。入りたい学部決まって、気合い十分なのはわかるけどさ。バランスよくね」

学級委員長としても頼れる存在だ。

「皆で白紙の紙を取り囲む……！　おう盛り上がる！　創作《そうさく》意欲《いよく》もりもりん！」

瀬戸内の落ち着いた雰囲気《ふんいき》に対して、テンション全開で燃え上がるのは、ツインテール系女子、中山真理子《なかやままりこ》だ。

「絵じゃなくて字でもいいんだよね⁉　絵と字のコラボがわたし的にはめちゃ熱だよ！

まず字からいくよ薫ちゃんに八重樫君に石川君のお三人！」

筆《ふで》を握《にぎ》った中山に、同グループの他三人は「どうぞ」とお任せする。

「いくぜ速攻……あ、絵の具出してない。ちょ、ちょいお待ちを！」

「ずっこけさせないでよ中山ちゃん。何色がいいの何色が」

話す女子二人を見、太一は隣の男子に思わず声をかける。

「楽しい彼女だな」

「飽《あ》きは当面きそうにないな」

どっしりと構えて答えたのは、野球部の石川大輝《いしかわだいき》だ。石川と中山の二人は、二年の秋から付き合い始めたカップルなのだ。底抜けに明るい中山といつでも落ち着いた石川は正反対に見えるが、存外それが嚙《か》み合っているみたいだ。奥手だった二人も、一度無理矢理にデートをさせられてからは何度かデートを重ねていると聞き、順調なようだ。

「じゃあ改めて……参る！」

大きな筆に赤い絵の具をたっぷりつけた中山が用紙を睨《にら》む。「すぅ」と細く息を吸い込み、止める。雰囲気が変わった。全神経を筆先に集中させているのがわかる。

これが十年以上書道を続け今なお書道部で現役を張る女子の迫力か。

中山は用紙のど真ん中にでかでかと、

『愛』

と書いた。

「………『愛』って！　達筆《たっぴっ》だけどデカくて半分占めてるよ！　これ以降なにを書いても『愛』の添え物にしか見えないよ！　他の班はそんな感じじゃないじゃん、も～」

瀬戸内が周りを指しながら嘆《なげ》く。

「ら……ラブ&ピースフルな感じにしたかったんだけど、わたしの愛が深過ぎてさ」

「上手《うま》いな」「なるほどな」

「男子二人は中山ちゃんに対する評価が甘い！」

「ほらほら、ここでどうするのかがこの授業の主眼《しゅがん》ですよ。この『愛』を生かすのか、はたまた殺すのか、他の人達次第です」

生徒の間を縫《ぬ》って歩く先生がそっとアドバイスする。

「ふ、深くないこの授業⁉　大切なことを学んでいる気がするよ薫ちゃん⁉」

「わ、わかるよ中山ちゃん！　それに地味な印象しかなかった上島《うえしま》先生が凄いよ⁉」

「何気に失礼だな瀬戸内は」

太一が言っている間に、石川が今度はペンをとった。

「なら、フォローといくか」

「た、助けてくれるの石川君⁉　流石《さすが》わたしの……いや世界みんなのヒーローだ！」

「……俺的には中山だけのヒーローでよかった気が……」

「ん？　みんなのヒーローの方がいいでしょ？」

「……まあな」

二人のやり取りを見て瀬戸内と太一は呟く。

「傍から見てると面白いカップルだよね」

「いい具合で嚙《か》み合ってないな」

ペンを持った石川が、狙いを定《さだ》めて余白に黒い点を落とす。そこから線を右に下に、上に左に走らせる。

「……よし」

しばらくして石川はペンにキャップをはめた。

「こ、これは……なんだ？」

太一は首を傾《かし》げざるを得なかった。

「彼女パワーをもってすれば…………ごめん、わかんない」

「人だろ、どう見ても。崖《がけ》から『愛』を叫んでるんだよ」

「人⁉　このひょろひょろ黒線が⁉　でもってなんだろなと思っていた横線が崖⁉」

瀬戸内が叫ぶ。石川は人々を驚愕《きょうがく》させるほど絵心がなかった。

「そう言えば石川が書いた絵は……見たことなかったのか」

「そこまで酷くないだろ。なら八重樫、続きを頼む」

「お、俺⁉　いや俺も絵心なくて、はは」

「あれ……もしかしてこのグループやばい？」

その瀬戸内の呟きは現実のものになって、先生も苦笑せざるを得ない珍作品が太一達の手によって誕生したのだった。


「——みたいなことがあってさ」

お昼休み、太一は先ほどの美術の授業について、隣を歩く人物に語る。

「お前瀬戸内とも仲よくなり始めやがって……まあいい。ここが空いてそうだぞ」

稲葉姫子《ひめこ》が——自分の彼女が、北校舎にある教室の一つを指した。移動教室の際たまに使われる教室で、授業開始時刻に近くならないと人は集まらない。

「人の気配は……ないな」

稲葉が嫌がるので、太一は人がいないことを念入りに確認する。

教室前後の扉を、ぴったりと稲葉が閉じる。

「二人きり……だな」

振り返った稲葉が緊張と興奮の入り交じった声で言う。

「ああ、二人きりだ」

見つめ合って二人はお互いの距離を少しずつ詰める。

艶《つや》やかな髪が、長いまつげが、切れ長の目が、スレンダーなのに色っぽくて艶《なま》めかしい肢体《したい》が、太一の目を虜《とりこ》にして離さない。

中央までやってくる。

誰もいない教室の中心で、二人だけの世界に浸《ひた》る。

「じゃあ」

稲葉はごそごそと準備を始め、

「お昼にしようかっ！」

手製のお弁当を取り出した。

太一と稲葉は、一週間に一度の頻度《ひんど》だが、二人で昼食をとっていた。そして毎回ではないのだが、稲葉がお弁当を作ってきてくれる時があるのだ。

学校内にて彼氏彼女で昼食は恥ずかしいし、特にお弁当の時は稲葉が料理を他人に見られたがらないので、遠くまで遠征《えんせい》する羽目になる。

「ありがとう。また今度俺がおごるよ。お弁当は……二週間ぶりか？」

「ああ、その間研究に研究を重ね、ついにアタシは一つの答えに辿《たど》り着いた」

「お、おう。そうか」

稲葉は下手とまでは言わないが、あまり料理がうまくない。どうも料理本の『少々』やら『しんなりするまで』などの曖昧《あいまい》な表現が性《しょう》に合わず、読むのが嫌になるらしい。この間はカボチャの煮付けを作るのに失敗し、「『誰でもできる簡単レシピ』ってタイルなら幼稚園児《ようちえんじ》でも作れるようにしとけやあああああ！」とキレていた。

「ああ、これなら誰に見せても恥《は》ずかしくない。色彩感覚《しきさいかんかく》が乏《とぼ》しくて『全体的に茶色いよな』と言われる心配もゼロだ」

「……すいません」

二週間前の太一の発言だった。「正直に言ってくれ」と頼まれたから正直に感想を述べたら「バカ！」と怒られたのだ。女心は難しい。

二段になった可愛らしいサイズの弁当箱を一段ずつに分け、稲葉は同時に蓋《ふた》を開ける。

「見よっ！　この色彩鮮《あざ》やかなお弁当を！」

「おお！　コントラストが鮮やかなアスパラのベーコン巻に、きつね色のミニコロッケ！　エビチリの赤があって黄色の卵焼きが映《は》える！　ほうれん草のソテーにもコーンが入っていて鮮やか！　しかも全部の形が崩れてなくて綺麗《きれい》なまま！」

「だろっ！　そうだろ！　料理本に載っていてもおかしくないほどの見栄《みば》えだろ！」

「ああ、その通りだ！　凄い、凄いぞ……………冷凍食品メーカー！」

どしっ。

重いグーで肩パンされた。痛いじゃないか。

「言うなよっ！　ていうか……ばれたのかよ！」

「いや、形は綺麗なんだけどな、大量生産っぽさが丸見えだ」

「くっ、でも味は間違いないぞ！　なんたってみんな大好き冷凍食品だからな！　アタシはあんまり好きじゃないが！」

「もう色々台無しだな」

二人きりだし雰囲気《ふんいき》がよくなるかとも思ったが、いつも通りの食事となりそうだ。

「けどこの方が……太一が喜んでくれると……思って」

稲葉が手遊びをしながら、上目遣《うわめづか》いに太一を見る。その姿はなんともいじらしく、太一は我慢《がまん》できずぽんと稲葉の頭の上に手を置いた。

「稲葉が作ってくれるだけで、俺にとってはなによりものごちそうだよ」

「でも……女子として」

これじゃまだ機嫌《きげん》が直らないみたいだ。

「俺は、稲葉らしい料理を作ってくれるのが一番嬉《うれ》しい」

「でも……」

まだダメか。

「焦《あせ》らなくたって、俺が稲葉を嫌いにはならないから、さ」

「しかし太一、お前気弱なところ見せると弱いな。単純な男め」

しれっとした顔で稲葉は言った。

「途中からわざとやってる気はしてたよ！」

どこまで本気でどこから泳がされているのかわかったもんじゃない。

「でも料理できた方がいいだろ？　ちょっとは家で頑張ってるんだぞ、アタシも」

「みたいだよな。稲葉が料理を始めて他の家族の反応はどうなんだ？」

「……母親ははりきって色々教えてくる。だしのとり方とか。まだとる予定もねえよ。

父親は妙にそわそわしてるな。家族にはまだ作ってやらねえよ。兄貴はうざい。ちょっかいかけてきてひたすらうざい。後一緒に住んでない社会人の兄は、アタシ用の包丁《ほうちょう》セット一式を特注《とくちゅう》で買うとか言ってる。あいつは甘やかし過ぎだ……ってなんで笑う？」

「だって、嫌そうなポーズして本当は嬉しいのが伝わってくるから。スゲー饒舌《じょうぜつ》だな」

醒《さ》めた家庭だと言っていたが、仲がよい家族じゃないか。

「バカにしやがって……！　もう今日は『あーん』してやらん！　自分で食え！」

『お前には食べさせない』じゃないんだな。そして『あーん』は元からついてくる基本サービスなのか……。


「ごちそうさまでした。弁当箱は洗って返すよ」

「いいよ、最後までやらせてくれ。きちんとミッションを達成したい」

稲葉独自の価値観を尊重《そんちょう》し、太一は任せることにした。食事も終わって一息つく。

そこに突如として乱入者が現れた。

「おーいこりゃ面白いとこ見つけちゃったね～」

顔を覗《のぞ》かせたのは陸上部所属のおしゃれ女子、桐山唯《きりやまゆい》の大親友でもある栗原雪菜《くりはらゆきな》だ。最近美容院に行って染め直したらしい明るくウェーブのかけられた髪を揺らし、教室に入り込んでくる。

「やめなって雪菜、邪魔しちゃ悪いよ」

続いてもう一人、躊躇《ためら》いがちに姿を現したのは、同じく陸上部の大沢美咲《おおさわみさき》だ。大沢はショートカットでボーイッシュな女の子であるが、デートの際は凄く女の子っぽくもなる（デートを盗み見る機会があり知った）。ギャップが魅力的な女の子だ。ちなみに大沢は男に限らず女も恋愛対象として見られる子で、一年の時は桐山に恋をしていた。

「お弁当だ〜。八重樫は購買か食堂多いし〜。こりゃ間違いなく稲葉さんお手製だな」

「わかってるって雪菜。……もう。ごめんね、稲葉さんに八重樫君」

二人ともスレンダーで身長が高い。その二人が並ぶと、迫力がありまた華やかだった。

「いいよ、別に」と太一は軽く答える。

「余裕だな〜。それが順風満帆《じゅんぷうまんぱん》なカップルの成せる業《わざ》か〜」

「なんだその酔《よ》っ払《ぱら》いキャラは」

今度は稲葉が突っ込む。

「新キャラを獲得《かくとく》中なんだよ。こういう幸せカップルを見た時用にね！」

「ごめん、今日の雪菜荒れてるんだ。いい感じかもと思っていた男の人が思いっ切り二股かけようとしていて……」

「だから今しがた呼び出して話をつけてやったんだ！　へん！」

「ほっとくとなにをしでかすかわからないからわたしが付き添いを……」

大沢が保護者状態だった。そう言えば最近の栗原は荒れていることがままある。

「美咲、止めなくてよかったんだよ！　二股をするゲスな男には、この雪菜様が鉄拳制《てっけんせい》裁《さい》を加えてしかるべきだったのに！」

真面目な印象が強かったのだが、栗原は最近壊れ気味だ。恋愛となると以前のトリップルデート決行のように暴走するし。

「こら、本当にやめなさい」

大沢がシャドーボクシングを始めた栗原の頭をこつんと小突いた。

「痛っ⁉　……はい、ごめんなさい」

「自分が上手くいってないと、周りに絡んでいくの、雪菜の悪いクセだよ」

「み、耳の痛い限り……反省します」

大沢にしかられ栗原はしゅーんとする。

「なるほど、二人はこういう関係なんだな」

太一は少しおかしくなる。

「なんで笑う八重樫？」と栗原が訝しげに聞いてくる。

「や、大沢が栗原のお姉さんな関係、まんま栗原が桐山のお姉さんなのと一緒だな」

「……確かに。……そしてそう言われると、照れる。お姉さんキャラの威厳《いげん》が……」

「ああ、雪菜は唯ちゃんにそんなスタンスで接してるね」

大沢が目線を斜め上にやりながら呟く。

「全く、わたしの前では子供なのにお姉さんぶって」

「ちょ、美咲……その言い方ハズいからやめっ！」

流れに乗っかり稲葉もニヤニヤした顔で追随《ついずい》する。

「今度唯にチクってやろ〜」

「なしなしそれなし！　やりにくくなるっ」


気づけばあっという間に時間は過ぎ去って、今日も放課後となる。

「さあ登りましょうぜ、今日もまた！　この要塞《ようさい》の如《ごと》き階段を！」

「そんな大したものじゃ……。ただの四階建てだろ」

「何気ない日常のワンカットでも楽しもうとするわたしの心意気を汲《く》んでよ太一〜」

太一は永瀬と二人で部室棟の階段を登る。歩き慣れ、もう目を瞑《つぶ》ってでも辿り着けるのではないかと思う経路だ。

目指すは部室棟四〇一号室、文化研究部により活動が行われる、その場所。

部室に到着し扉を開くと、既《すで》に先客が二名いた。

「宿題？　提出しなきゃいけないやつ以外、やる必要ないだろ」

「あ、ダメなんだ千尋《ちひろ》君！　ズルだ！　ズルイ子はダメなんだ！」

「どうしたんだいボーイ・アンド・ガール？　早々に揉《も》めてるみたいだけど」

「聞いて下さい伊織先輩！　千尋君がダメなんです、宿題をやらないと言うんです！」

永瀬に不満を訴えるのは、文化研究部一年生女子部員、円城寺《えんじようじ》紫乃《しの》。ふわふわの茶色の髪にまだ幼さを残す顔つき、小さな体を揺らす姿は怒っているのに可愛らしい。甘いわたがしみたいな女の子だ。

「宿題って、提出不要の、しかも意味のない国語の宿題なんですよ」

相手のテンションに付き合わず、もう一人の一年生、男子部員の宇和《うわ》千尋がクールに弁明《べんめい》する。中性的な顔つきにアシンメトリーのさっぱりした髪型は一部の女子には非常に受けがよいだろう。男の太一でも美形だと思う。

そんな二人が現在揉めているらしい。

「落ち着け餅《もち》つけ二人とも。だいたい状況は把握《はあく》したから。紫乃ちゃんは『ちゃんと宿題やれ！』、ちっひーは『意味ないものはやらない！』という訳か」

「俺、勉強したくない訳じゃないですからね。自分で必要と判断すればやってます」

「べ、勉強は必要かどうかの価値だけで判断しないのっ」

「お前この前の中間テスト、俺に完封《かんぷう》負けしてたよな？」

「な……う……でもそんなやり方で点数を上げても、色んな面で成長して立派《りっぱ》な人間になることはできません！　ねえ太一先輩！　あ、太一先輩は声だけか」

「うおい⁉　俺の存在価値は声だけじゃないぞ⁉」

円城寺は太一の『声』をとても好いてくれている。ただ声への思い入れが強過ぎて、他の面への思いやりがおろそかになっていた。……そう、思い入れが強過ぎるから……。

「おい円城寺、太一さんが落ち込んでるからフォローしとけよ」

「は⁉　え⁉　なぜですか……？　太一先輩が半泣きになる要素がどこに⁉」

円城寺は悪意ゼロで毒を吐いてしまう女の子なのだ。……後、泣いてないからな！

「太一先輩……、さっきの言い方は、確かに悪かったかもしれません。太一先輩の声最強説がありまして……。太一先輩は、ほんとに、立派な人間だと思います！」

「おお、太一が紫乃ちゃんに立派な人間認定された！」

「も、もちろん伊織先輩も、立派だと思います！」

「やーありがとねー紫乃ちゃん。でも大したもんじゃないよ～」

「なにが立派な人間だよ。なにを基準に言ってるんだか」

千尋がぼそっと醒《さ》めたセリフを口にする。

「少なくとも、千尋君が立派な人間じゃないのは確かだね」

「じゃあお前もだな」

「な、なにそれ？　一緒にしないで。わたしみたいになりたいのかもしれないけどさ」

「どこの誰がお前なんか目指すんだよ。なんの意味もない」

「い、意味はありますっ。表面だけ見てわたしを判断しないで下さい～だ」

「じゃあ今度二人でどこか行こうか。それで判断するんだ」

「「いっ⁉」」

「……って言うと凄くいいタイミングだな、と。悪い、独り言の声が大きかった」

二人に思いっ切り振り返られたので太一は謝罪《しゃざい》した。

「た、太一先輩なんですか⁉　心臓に悪いことおっしゃらないで下さい⁉」

「本当っすよ太一さんっ」

必要以上に慌てる二人に、更に永瀬が燃料投下《ねんりょうとうか》を敢行《かんこう》する。

「や〜、もう、二人でデートしちゃえば？　なんか夫婦《ふうふ》だし」

「『どこが⁉』」

「つまりはそこらへんが」

円城寺と千尋は最近妙に息が合ってきた。それがもっと先へと繋がるかどうかはわからないが……どうなのだろうか？


「おっと、本当の夫婦が来ましたぜ〜」

桐山唯と青木義文《あおきよしふみ》が二人揃って部室にやってきた。

「はぁ〜、ほんっっとあり得ないわ」

机に鞄《かばん》を置くなり、桐山はどっかりと椅子《いす》に腰かけた。腕を組み「むふー」と溜息《ためいき》を吐《つ》く。小柄《こがら》な体いっぱいで不機嫌さを表している。ご自慢《じまん》の栗色ロングヘアーが少し乱れているのもお構いなしだ。

「悪かったって言ってんじゃんか〜。つか選択肢の一つとして挙げただけでぇ〜」

情けない声を出しながら、青木が両手を合わせる。へこへこするものだから、長身優男なところもパーマがかかった髪も、情けなさに一役買っているみたいに見えてくる。本当は筋の通った、男らしい奴なのだが。

「い～え、あり得ません。ねえ、ちょっと聞いてよみんな。こいつが次のデート場所に提案してきたの、どこだと思う？」

「ど、どこでしょう？　唯先輩の怒りっぷりを見るに、……墓地《ぼち》レベルかと」

「紫乃ちゃん、斜め上の発想出すのやめて。答えを言う時変な空気になるから。……あのね、にんにくがおいしいにんにく料理のお店にいこうとか言い出したの！」

「そ、それは～……」

桐山が言い切り、青木が肩を落とす。しかし太一は不思議に思った。

「いいんじゃないか？　一度行ってみたいぞ」

「だ、だよね！　たまには……」

「待ちなさい太一！　確かににんにく、おいしいわ。スタミナもつく、体にいい。あたしも好き。でもよく考えて。デートなのよ、でえと。デートなのに……カップルがにんにく臭くなるって嫌でしょ⁉　雰囲気もなにもない！　可愛くない！」

なぜ可愛くなくなるのかは、可愛い大好きな桐山にしかわからない基準だ。

「にんにく臭いとキスもできませんしね」

「そうなのよ、キスの味がにんにくになるなんて勘弁《かんべん》……って千尋くんんんん⁉　し、しないよ！　あたしはキスなんてしてないよっ⁉」

「「したのか」」

「伊織と太一！　は息を合わさない！」

「むっふっふっふ、そう実は――あたっ⁉」

「青木は思わせぶりに笑わない！」

「千尋君……。千尋君も、もう唯先輩をそうやっていじれるくらいに心が強くなったんだね……。うん、成長したね……」

「紫乃ちゃんはなんの話をしてるのかしら？」

あ～ともかくっ、と叫びながら桐山はぶんぶんと手を振った。

「デート場所選びのセンスがな～い！　って言いたいのっ」

「わ、わかった。ノーモアにんにくだ。ん、でも焼き肉やラーメンのにんにくは……」

「そ、そのちょっと入ってるは除《のぞ》いて！　焼き肉とラーメンを封じないで！」

「よーし、仕方ないから除いてやろう」

「ありがと青木！　……ってなんであたしがお礼言ってるのよっ」

「夫婦コントだな」

太一はぼそっと呟いた。

「でもうさ～、唯と青木も、フツーにデートしてるんだ～。カップルだね～」

永瀬に言われ、桐山は恥ずかしそうに頰《ほお》を染めながら、ぽりぽりと頰を搔《か》く。

「そりゃまあ付き合ってるから……あたしと――っ――っ……は」

桐山がいきなり言葉に詰まる。

思わず太一も「え？」と聞き返す。

桐山はぱちぱちと瞬きをし、青木を凝視《ぎょうし》する。顔から表情が消えた。

「え……あれ……？　いや、……あんた誰？」

「ここでそのボケ⁉　ヒドいタイミング⁉」

青木が全力でつっこむ。

「……あ、ちが……うん、青木だね、青木、青木！」

「更に本気でわかんなかったみたいなリアクション⁉」

「違う……違う……冗談《じょうだん》、よ。冗談！」

青木のテンションに引っ張られ、桐山も笑顔を取り戻した。

一瞬冗談ではなく本気に見えたが、そんなこと当然あるはずがない。

自分達が、千尋や円城寺も含めた今ここにいる文研部の仲間達、青木や桐山や――を忘れるなどあるはずがない。

あれ？

今、空白がなかったか。

千尋に円城寺に青木に桐山に、永瀬。

ちゃんと全員わかる。なんだ、気のせいか。

遅れていた稲葉がやってきた。おかげで先ほどまでの空気が有耶無耶《うやむや》になった。

「予想外に手間がかかったよ、ったく」

ぶつくさ言いながら席に着きノートパソコンを立ち上げる。山星高校文化研究部、これで七人全員集合となる。

「さーてじゃあ今日も部活を始めますかー！」

部長でもある永瀬が元気いっぱい宣言《せんげん》する。

「始めましょう……始めて下さい……わくわくしますねっ」

いつもと変わらないのに円城寺はノリノリだ。

「つっても各自勝手に好きなことやるだけだろ。始まってるっちゃ既《すで》に始まってるし、始まってないっちゃないだろ」

「稲葉んなにその言い方～。機嫌悪いの～？」

「手続きが遅いったらありゃしないんだよ。生徒の貴重《きちょう》な放課後を潰《つぶ》すな」

「……とはいえ、ここでやってるのも放課後潰しな気が」

千尋がなかなか核心を突く発言をしていた。

「ふむ、千尋らしい意見だな」

「ほら太一感心してないで早く稲葉んの機嫌直してよ！　デレばん呼んできてっ」

「え⁉　可愛い稲葉が見られるの⁉」

「おい、呼んでもデレばんなんて出さねえぞ」

七人が揃い、更に騒がしくなる文研部。ここから、落ち着いたところで各人が好きなことを始める。

と、そこで。

外から扉が開かれる。

部室を訪れる人間は、部員七人以外ほぼいない。こんな僻地《へきち》にわざわざ来なければならない用事はない。必要があるならば、先方から呼び出されるパターンが普通だ。

そんな普段部員七人以外が触れることのない扉が、自分達以外の、誰か別の人間によって開かれたのだ。

誰が来訪《らいほう》したのか。

室内の全ての瞳が、入り口へと向かう。

そこに立っていたのは——、二年二組担任兼、文化研究部顧問、後藤龍善だった。

二十六歳、まだまだ若い男性教師だ。少し疲れたようなだらけた姿勢では、ある。

「はぁ……、四階まで登るのしんど……。お前らいつもこの階段登ってんの？」

おっさん臭いセリフだった。

「……なんの用だ後藤？　お前がわざわざ来るなんて珍しい」

教師への敬《うやま》いなど全く感じさせずに稲葉が問う。

「ん、あれだよあれ……あれ？」

「忘れたんかい！」と永瀬がつっこむ。

「えー……あ、思い出した！　稲葉、さっき渡した書類を貸してくれ。その中に……」

面倒臭そうにしつつも稲葉が後藤の要求に応じる。

「……あった！　いや～、この一枚は俺が預かっとかないとダメなやつでさ～」

「それだけ？」

「それだけ」

青木が拍子抜けした様子で訊ねると後藤は即答した。

「後あれだな。たまには部室を見に来ようと思ってな。……格好だけでもつけておかなきゃなんとなく職員室での目が痛いからさっ。んじゃほどほどに頑張れよ〜」

手に持つ紙をひらひらとさせながら、後藤は部室を出ていった。

「いやぁいつ見ても……」「軽さ満点ですね」

千尋と円城寺も呆れ気味だった。


油断していればあっという間に暗くなる時期だ。合わせて帰宅時間も早くなる。部活を早目に切り上げて帰路《きろ》に就《つ》いた太一達に、冷たい風がびゅんびゅんとぶつかる。

「寒い寒い〜っ！　寒稲葉〜ん！」

「わっ、と！　急に抱きつくなバカ！」

「でも暖かいでしょ〜！　ほら紫乃ちゃんも！」

「は、はわわわ……ご一緒してよろしいのでしょうか……？」

「ちっ、もう好きにしろ。それと青木、物欲しそうにしてもお前は交ぜてやらんぞ」

「ぬっ……ならオレ達男も独自にやるぞ！　千尋に太一、暖かさを分かち合おう！」

「寒気がするんでやめて下さい」

「その、だな。俺は青木のことを親友と思っているんだが……」

「冷たいな千尋！　太一はガチ拒否過ぎて辛い！」

「またバカやって……。さ、あたしも伊織達に交ざろ～っと、あ」

桐山が誰かに気づいて立ち止まる。

「お～う、唯じゃ～ん！」

陸上部所属、桐山と大の仲良し栗原雪菜だった。先ほどまで部活で練習していたからだろう、明るく染められた髪を後ろで縛っている。栗原は小走りで近づいてきた。

「やあやあそれに文研部の諸君も」

「雪菜、部活の子達は？　一緒じゃないの？」

「あ～、今日はさ、あたしだけ……おっと着信だ——え——」

突然、ぐらりと。

栗原の体が傾《かたむ》いた。

傾き、傾き、傾き、倒れていく。

「どっ雪菜っ⁉」

桐山が悲鳴のような叫び声を上げ急発進する。太一も体を反転させる。

栗原が倒れる、取り出そうとしていた携帯電話が宙《ちゅう》を舞う。

「雪……菜っ！」

ギリギリで桐山が体を滑り込ませ、栗原の体を支えた。

「だ、大丈夫雪菜⁉」

「うん……ああ……え、雪菜？」

「なんで首傾げてるの雪菜」

「……え……ああ……え？」

「ちょっと雪菜、意識はっきりしてるっ⁉」

「大丈夫なの雪菜ちゃん⁉」「びっくりさせるな栗原」「救急車呼ぶ系かっ」

永瀬や稲葉、青木も近寄っていって声をかける。

「大丈夫か、ほら携帯電話」

太一も声をかけながら拾い上げた携帯電話を手渡す。

「ぬおっと⁉」

栗原が突然びくりと体を動かし、携帯電話をまた落としかけた。

「おいっ、壊れるぞ。てか大丈夫かよ本当に」

「ん……」

栗原は額を押さえ、意識をはっきりさせるように何度か頭を振る。

「ええと……ああ、うん。大丈夫。……幻《まぼろし》だよね……」

二章　気づいた時には始まっていたらしい話

「ほら、今日もしっかり勉強してきなさいよ」

「お兄ちゃんいってらっしゃ〜い」

「莉奈《りな》、あんたも油売ってないでさっさと家を出る！」

「ふぁ、ふぁ〜い」

賑《にぎ》やかな声に送り出されて、太一《たいち》は学校へ向かった。

今日はハズレ日で、登校中知り合いに会うこともなく、学校まで辿《たど》り着く。

と、教室に入り、栗原雪菜《くりはらゆきな》の姿を見て思い出す。本日も登校している栗原は、昨日調子が悪そうだった。具合を尋《たず》ねたかったが、栗原は朝から携帯電話で通話していた。

「だから大丈夫だって。さっさと学校来なよ。直接話しよ。じゃね」

栗原は電話を切り「まったく」という感じで息を吐く。

太一が近づこうとした時、先に桐山《きりやま》が栗原の元に駆《か》けつけた。

「どう、大丈夫⁉」

「も─……朝からあんたはうるさくて……。問題ないよ」

「二人ともおはよう、体調はどうなんだ？」

「おはよう太一」「おっは─……八重樫《やえがし》、己も訊いてくるか」

「そりゃあそうだろ。気になるし」

「じゃあ、耳かっぽじってよく聞いてね。異常なしの健康体です」

「本当に？　嘘《うそ》じゃないの？　急に倒れてさ」

「なんで嘘つくの。それと倒れてない、倒れそうになっただけ」

桐山の心配をよそに、栗原は自分の快調さをアピールする。

「ま、問題ないならそれでいいんだが──」


「きゃあああっ！」


突然、栗原が叫び声を上げて席から転がり落ちた。

「え」太一が反応する間もなかった。

「雪菜!?」

驚いた桐山が栗原を助け起こそうと手を伸ばす。

「……やっ」

ところが栗原は自らの手を引き、後ずさりした。

まるで、目の前の桐山に怯《おび》えているかのようだ。

「雪菜、どうしたの、ホント、どうしたの」

桐山は狼狽《ろうばい》気味だ。昨日今日と二日連続で親友が倒れるのを見れば心配もするだろう。

「……なに……なに……」

うわごとのように呟《つぶや》きながら栗原は辺りを見回す。

「なに、どうしたの？」「大丈夫か」「なんだどうなったんだ」

大きな音を立てたのでクラスの皆の注目が集まっていた。

その中で栗原はもう一度、正面の太一と桐山に焦点《しょうてん》を合わせる。

「やだ……やだっ！」

ヒステリックに叫ぶと同時、栗原は立ち上がって教室を飛び出していった。

「雪菜ってば！」桐山が後を追う。

「なんだ」「どうした」と教室にざわめきが広がった。


結局栗原は一時間目の途中に、付き添いの桐山と戻ってきた。

休み時間になってから太一は栗原に近づいた。同じ動きをする者が他にもいる。

「朝やばかったらしいじゃん雪菜ちゃん、どうなったの？」

栗原を囲む一人である永瀬《ながせ》が重くなり過ぎないトーンで尋ねる。

「あー……若干《じゃっかん》の体調不調でして」

栗原は青い顔で苦笑いをする。どう見ても無理をしていた。

「今日は帰ったら？」「学年末テスト受けられないと不味いでしょ」と何人かが言う。

「とりあえず、こっからは普通に授業出るから、ご心配おかけしましたっと」

教科書を机にばしんと置き、栗原は多少強引に話を切った。


三時間目は移動教室であった。太一は永瀬、桐山と共に廊下《ろうか》を移動する。

「ちっと気になるよねぇ、雪菜ちゃん」

三人で歩いていると永瀬が呟いた。栗原は他の友達と先に教室へ向かっているはずだ。

「様子がおかしいよな」と太一は応じる。なにができる訳でもないが気にはなっている。

「朝も教室出ていってトイレ籠《こ》もっちゃって。その後保健室連れて行ったんだけど、ぼけーっとしてて……ヘンよね」

桐山がむーっと眉間《みけん》にシワを寄せると、永瀬が冗談《じょうだん》交じりに言う。

「勉強し過ぎて寝不足！ってキャラじゃないねぇ雪菜ちゃんは」

「ひゃあああ！」「きゃあああ！」

刹那《せつな》、前方から叫び声が聞こえた。

突然のことに心臓《しんぞう》をどきりと縮み上がらせながら、太一は悲鳴の主に視線を向ける。

二年生の、他クラスの女子二人だ。見知ってはいるが、はっきり名前は知らない。

二人は顔を見合わせ、それから太一達の方を見、改めて二人で顔を見合わせる。

「どーした……の？」

永瀬が尋ねかける、とほぼ同時に恐怖の表情を浮かべ、二人は足をもつれさせるほど慌ててその場から離れていった。

「な、なに、なにがあったの？」

桐山が背後を振り返り、周りをきょろきょろ確認している。

「ていうか……俺達に怯えていたみたいでもあった、が」

太一は思いつきで言った。そう見えなくもなかったのだ。

「なんでさ。なんか悪いことした？　確か一組で、陸上部の子だっけ？」

「そんなに仲よく絡《から》んだことないわよね。や……でも待って、雪菜も急にびっくりした声上げて、あたしに怯えているみたいだった、かも」

桐山がはっとした顔で呟く。

「わたし達に原因アリ？　ってなんでよ、心当たりなんて、……心当たりなんて」

日常の輪から外れたおかしなこと。

そのおかしなことと自分達を繋ぐ存在を自分達は知っていて――でも。

そいつは二度と現れないと、言っていて。太一は口を開く。

「偶然だろ。タイミングが悪かっただけで」

前向きに話すと「そ、そうね」「だよねー」と桐山と永瀬の二人も頷《うなず》いた。

「時間もないし急ごうよっ」

「あ、本当だっ」

永瀬が先陣切って動き出し、桐山も続く。もちろん太一も歩き出す。

二日続きで、他人の妙な動きを目撃《もくげき》している。それはその者達に起因《きいん》しているのか、あるいは太一達に原因があるのか。

もし自分達に災《わざわ》いの種があり、知らずにまき散らしているなら恐ろしい話だ。

廊下で男子二人が会話している。周りが気になって太一は目をやる。

「――――」

二人は内緒話《ないしょばなし》をしているようで、口は動いていても太一に声は聞こえてこない。二人の横を通り過ぎても、声はちっとも聞こえてこない。

あれ？

奇妙さを覚えて太一は立ち止まる。

男子二人は口元を隠すでもなく、はっきりした口の動きで喋《しゃべ》っている。だから会話していると思って、でも、声が聞こえない。

まるでパントマイムをしているみたい――？

「やっばいよなー」

「ガチだよ、ガチ。……ん、なんか？」

一人が太一の視線に反応し、目を合わせてきた。

「あ、別に」と太一は誤魔化《ごまか》すように笑みを作って、永瀬と桐山を追いかけていく。

気のせい、だったみたいだ。


昼休み、今日は家から飲み物を持ってくるのを忘れてしまったので自販機《じはんき》へと買いに行った。暖房《だんぼう》が効いていて部屋が乾燥《かんそう》するので、冬でも案外水分が欲しくなるのだ。

一人で歩いていると、偶然稲葉《いなば》も移動しているのを見つけた。稲葉はどこかに向かう途中なのか、友達らしき女子二人と一緒にいる。

ぼりぼり、稲葉が指で耳の穴をかっぽじっていた。彼氏として見たくない光景《こうけい》だった。

「あ」「お」

稲葉の隣にいた二人が太一に気づき、続いて別方向を向いていた稲葉も太一に気づく。

なんだか稲葉は、凄《すご》く嫌そうな顔をした。

女子二人がお互いの顔を見る。うん、と鏡みたいに同じタイミングで頷く。

「じゃあわたし達はこれで～」「用事を思い出しました～」

女子二人がにやにやしながら、わざとらしく口元を手で押さえて去っていく。

「……ちっ、こうやってバカにされるから嫌だったんだよ」

「バカにはしてないだろ」

カップルであることが広く知られる二人は、時折《ときおり》気を遣われ過ぎてありがた迷惑な扱いを受けている。

「全く、いつどんな時でもアタシが太一と二人きりで話したがっていると勝手な解釈《かいしゃく》をするんじゃないぞ、全く、全く。もう、全く」

「……とは言いつつも顔がにやけているから周りも面白がって」

「とぅい！」「痛っ⁉」

胸にチョップを喰らった。

「冷静な観察眼《かんさつがん》は要《い》らねえんだよ……！　彼女が喜んでるならお前はそれ以上喜べっ」

ハードルを上げられた。自分がきゃっきゃ喜んでも気持ち悪いと思うのだが。

「つーか、どこかに行くところじゃないのか？　あ、それと人前で耳の穴ほじるのやめろよ。はしたないぞ」

「あー、いいんだよ。付き添って教室戻るだけだったから。耳ほじってたのはあれだよ、たまたまだ。変に声が聞こえにくくて……」

「変に？」

「さっきそこにいた奴の話だけが聞こえなかったんだよ、一瞬。……ん、伝わりにくいか。だからそいつら、普通の声で喋ってるみたいなのに声は耳に入らなくて」

「まるで口パクしているみたいに見えた」

「おう、そうだ。理解が早いな」

「……いや、俺にも似たことがあったから」

それは偶然か。はたまた、共通の原因が？

「似たこと……その話、詳しく聞かせろよ」

女の子だった稲葉の顔が、一気に鋭くなった。


結論から言えば、太一が覚えた、声が聞こえていいはずなのにその声が聞こえない奇妙な感覚を稲葉も味わっていた。

声が聞こえなかった対象はそれぞれ別の人間である。

勘違《かんちが》いだとは思う。実際稲葉も「ま、あるよな、声のトーンのせいか知らんが、誰かの声だけ聞き取りにくい時が」という感じだった。

しかし栗原や他の女子二名の様子がおかしくなった件もある。

少しおかしなことと、少しおかしなこと。二つが合わさりおかしなことが注目すべきレベルに達《たっ》した時、生まれる可能性とは、なんだろうか。

終息宣言《しゅうそくせんげん》を以《もっ》て終わりを迎えたはずの、あの話。

太一は、まだ完全に『奴』の二度と現れないという言葉を信じてはいない。

もちろんいつかは全て終わった、と警戒《けいかい》を解きたいが、もしもに対して備えはしたい。

そんな相反する思いを持て余していると、時々思うのだ。

そもそも、かつて何人もいたのであろう現象に遭《あ》ってきた者達は、その後どうやって生活したのだろうか。

今までは実感を持っていなかった、一つの物語の終わりの形を、太一達はそろそろ考えなくてはならない。その物語に携わり感じたこと、変わってしまったこと、それらを抱えてどう人生を歩んでいけばよいのか。

などと益体《やくたい》もなく考えていると、後十五分で授業が終わる時間になっていた。

黒板《こくばん》はチョークの文字でいっぱいになっている。けれども太一のノートは初めの一行を書いただけで残りは白紙だった。今日の分はほとんど写せていない。

隣《となり》の席に座る瀬戸内《せとうち》が太一のノートを指し、目で「見せようか？」と尋ねてくる。太一は首を振り、また頷いて謝意《しゃい》を伝えた。

ノートをしっかりとろう。起きてもいない話に気を揉《も》んでどうする。

その時なんとなく、同じ教室で授業を受ける永瀬と桐山を見、二人ともシャープペンシルを動かしている姿を確認し——右斜め前方に座る栗原雪菜と目が合った。

栗原はびくりと肩をすくめ、太一と目が合った事実を隠蔽《いんぺい》するかのように下を向いた。


放課後の部室には二年生五人が集結した。

「千尋《ちひろ》と紫乃《しの》の二人はクラスの友達と勉強会だと」

稲葉が簡素に報告する。

「ふーむ、ちっひーと紫乃ちゃんもそんなことができるように成長したかぁ。……てか出欠に関する連絡が部長のわたしじゃなく稲葉んに届くのが地味に辛《つら》い」

ぐすぐす、と永瀬は涙を擦るフリをした。

テストが近いので、皆勉強道具を取り出す。皆が勉強を始めても自分はなかなか取りかからない青木《あおき》さえも「うへぇえ」と情けない顔をしながらノートを開いていた。

散発的《さんぱってき》な会話を挟《はさ》みながら、太一達はページをめくりペンを走らせる。

「気になることがあったんだが」

迷ったが、一応話題には出しておこうと太一は思った。

栗原、それから他の女子二人の様子がおかしかった話、ある男子の声が聞こえにくくなっていた話をする。

ただの杞憂《きゆう》だと誰かにお墨付《すみつ》きを貰いたかった。けれど反応は、予想とは違った。

「……実はアタシも、太一と昼休みに会った後なんだが」

稲葉がゆっくりと話し始めた。

「一年の男子が急にアタシを目がけて走ってきてさ。尋常《じんじょう》じゃない様子で。なにごとかと焦《あせ》ったんだ」

「え、どうなったのそれ？」永瀬が先を促《うなが》す。

「いや、直前で停止して、『こんなことやるつもりなかったんですけど……』みたいなこと言って逃げてったよ」

「変な話ね」と桐山は顎《あご》に手を当て首を傾《かし》げる。

「あー、そういやオレの方でもさ。オレと完全に目の合った大沢《おおさわ》さんが目を逸《そ》らして下向いて逃げていくって事件が……」

「あんたが気持ち悪がられた訳ではなく？」

「彼氏に辛辣《しんらつ》じゃね唯《ゆい》⁉　いんや、普段は『唯ちゃんと順調？』って笑顔で聞いてくるしさー。変なことした覚えないんだけどなぁ」

「なに恐いよ～。みんなして妙なことあったって話してさ～。わたしにはまだなんもないよ。そりゃ雪菜ちゃんがおかしいのは目撃してるけど」

永瀬は明るく言った。けれども室内には、その明るさが上滑《うわすべ》りする空気が満ちていた。

一つの可能性を、皆、まだ口にはしない。

そこで躊躇《ためら》っても、意味はないのかもしれない。だけど言語にしてしまえば、今はあやふやなそれが、実体を持つ気がした。言霊《ことだま》が宿って、災厄《さいやく》が降りかかる。

もう、過ぎ去ったはずなのだけれど。

だが勝手に立ち去ってくれたから安心だ、と断ずるのは難しい。

「……現象」

ぼそりと太一は呟いた。なんの思い入れもなかったはずなのに、今や心を乱されずには見ることができなくなった夏の花の名は、口にしない。

誰もすぐには反応を示さなかった。発言するには早かったか、と思う。

「奴は最後だと言った。アタシにはかなり本気に、聞こえた」

切り出したのは、太一と共に〈ふうせんかずら〉の最後通告に立ち会った、稲葉だ。

「信頼《しんらい》したい訳じゃないが……もう少し様子は見たい」

　現象に対抗する際事実上のリーダーになる稲葉はそう言う。太一も同じ気持ちだ。でも、その考えが現実から目を逸らすことに繋がらないか不安なのだ。

「だから『仮説』を立てようと思う。つまり、これが『現象』ならいったいどんな『現象』だと予想する、か。あくまで仮で、仮想、妄想《もうそう》だ」

　なるほど、と太一は思った。稲葉らしい絶妙《ぜつみよう》なバランス感覚だ。

「か、仮説ね仮説。なら少し、考えてみましょうか」

　顔は硬《かた》いけれど、桐山は沈まずに張りのある声を出した。

「ならオレは、ランダムで『誰かに恐がられる』現象を予想するな！」

　あえてであろう勢いのある調子で青木が言う。

「あんたが美咲《みさき》ちゃんにキモイって嫌われたのを現象のせいにしないでよ」

「唯！　色々間違ってる！　間違ってるから！」

　続いて永瀬が言葉を発する。

「でも恐がられるのはわたしにもあったからなぁ。怯えられて避けられて……く、これも実は結構きつそう……」

「恐がられる……怯えられる。恐怖の対象だから……攻撃対象にもなる」

　稲葉自身を目がけて一年生男子が急に走ってきた事実を踏まえての発言だろう。

「襲われるほどの勢いだったのか稲葉？　だったら現象云々《うんぬん》抜いてもなにかしなきゃ」

「バーカ、仮説だから『そうも考えられる』と解釈《かいしゃく》しただけだ」

「もー、仮説上現象が存在するなら、安全のためにもカップルは常に二人で行動すべきだろうね。わたしは余っちゃうから、後ろでこっそり観察日記つけてるよ」

「永瀬。後半がただの自分の欲求になってるぞ」

「冷静なつっこみだぜ太一！」

「みんなの声が聞こえにくくなるって話は？」と桐山が訊く。

「勘違いの可能性も多分にあるだろうが」

まず稲葉が答え、太一も応じた。

「声が聞こえにくくなるのと、誰かに恐がられるってのは関連が見えないしな」

「はっきりと『これだ！』ってのはまだわからないよなぁ。てかわかったら仮説じゃなくて本物じゃね？」

青木の言う通りだった。

「仮説だから広く考えてみようか。例えば、誰かから怯えられる、声が聞こえなくなる……そんな『世界から隔絶《かくぜつ》される』現象。おまけに攻撃されかけたケースも加えて『世界から敵視《てきし》される』現象」

稲葉の示した例は突拍子《とっぴょうし》もなさそうで、よくよく咀嚼《そしゃく》すると現実味の増すものだった。

自分達五人の中で起こっていた現象から、どんどんと規模が拡大し、周囲を巻き込み始めた現象が、次に向かうのは——。

「と、リアル過ぎたかな。すまん」

皆が一旦考え込んでしまい、場をとりなすために稲葉が謝った。

「稲葉んは悪くないよ。ただ情報に基《もと》づく分析《ぶんせき》がスゲえ！　ってだけでさ」

「分析じゃない。……妄想だよ」

稲葉は周りを諭《さと》すように、自分を納得させるように、言った。


話し合いを終え勉強を再開したが、皆集中できていないのは明らかだった。

余計な心配をさせて悪かったかなと考えていると、稲葉が「今日はもう切り替えて家で勉強するか」と提案した。異論《いろん》は誰からも出なかった。

部室を出、太一達五人は校門の方に歩く。随分《ずいぶん》早い帰宅になった。

「おい、気に病んでるみたいな顔をするな。誰かが言うべきだったんだから」

隣を歩く稲葉が太一を凄く気遣ってくれる。

「かな……。今日は、ありがとうな。色々サポートして貰って」

「お前が動いたから建設的《けんせつてき》な話ができたんだ。胸を張れ」

彼氏より男らしい彼女だな、と太一は感じる。

「あ〜、家帰って勉強できるかな〜。できない予感がすんな〜」

「意志が弱い男って嫌よね〜」

「よっしゃあ勉強すんぞ！」

「ともかく青木は唯と付き合えて本当に正解なんじゃないかな」

青木と桐山のやり取りを見て永瀬が感想を述べている。

「唯も頑張らないと、もし青木に負ける羽目になったら……」

「そ、そんなことさせないわ！ 青木に負ければパワーバランスが崩れるもん！ あたしが上じゃなきゃ偉《えら》そうにできないもん！」

なんだか面白い話をしているので、桐山達三人の後ろについていた太一も言う。

「桐山もいい刺激になって、成績が上がりそうだな——」


「……君達が……」


背後から。

声がした。

底冷えのする、地獄《じごく》のような、悪魔のような、人間が出せるとは思えない、声がした。

振り返らなければならないとはわかっていた。だけど太一は、動けなかった。その声に、視認《しにん》せずとも伝わってくる雰囲気《ふんいき》に心臓を鷲摑《わしづか》みにされた。

動け。己の体に命じる。ゆっくりと、首を、体全体を回す。

そこにいたのは、見知らぬ、山星高校《やまぼしこうこう》の男子生徒だ。一年生か？

ぼうっとこちらを観察する目には、生気が宿っていない。けれども興味があるかのようにこちらをじっと見る。

「君達が……面白いと言われる……ねぇ」

ただ男子がだらだらした、どんよりとした、妙な話し方をしているだけ。

だったら、よかったのに。

「〈ふうせんかずら〉が残した……か」

キーワードが口から出て、間違いないと確信に変わる。

男子を乗っ取るこいつは〈ふうせんかずら〉の関係者である。

自分達はまた、見舞われている。異常な世界に、性懲《しょうこ》りもなく囚《とら》われている。

もう、最後だと思ったら肩すかしを食らう展開にも、好ましくないことに、慣れた。

「なんだ……テメエは？」

稲葉が声を震わせて尋ねる。

「……気にせずに」

「気にするだろ、……どう考えても」

太一は返した。奴らは人の関係や心の動きに興味があるらしいのに、人の心の機《き》微《び》には疎《うと》いのだ。

「なんか、用？」

永瀬が警戒心を丸出しにして訊く。

「いや……近くで見ておこう、……と」

「だけ？」と青木が思わず声を出していた。

返事はない。

目的が、行動の意味が、見えない。

「ああ……じゃあ一点だけ」

こいつの話し方は、〈ふうせんかずら〉やかつて遭遇《そうぐう》した〈二番目〉と比べたらはっきりとしている。

「……〈ふうせんかずら〉をどう思う？」

「どう……って」

桐山が困惑した様子で呟く。

〈ふうせんかずら〉と自分達の間に、不思議な関係があるのは確かだ。

でも『どう』と問われると。

怒りはある、憤《いきどお》りはある、敵意はある。その面が最も強い。だが一辺倒《いっぺんとう》ではなく、長い時間を経て、一言で表せない複雑な感情が入り交じっている。親しみを持っている訳ではない。ただ〈ふうせんかずら〉が存在しなかった人生を思えば――。

「……ああやっぱ、じゃあ、もういいので……」

五人の誰かが答える前に、そいつはさっさと言った。

刹那、男子の体がぐらつく。が、バランスを崩しつつも男子は踏ん張って耐《た》えた。

一度がくりと頭を落として、再び顔を上げる。

「……ん？　と、……え〜、あれ？　あ、なんっすか？」

目の前に立ち塞がる形の五人に、男子は生気の戻った目で尋ねる。

おかしなところはなにもない。普通の、山星高校の、男子だ。

「……なにも」

太一は他にどうすることもできず、そう答えるしかない。

「あ、じゃあ、まあ」

男子は気の抜けた声を出し、「あれ？」と首を傾《かし》げながら歩いていく。

「とりあえず……部室戻るか」

感情に乏《とぼ》しい平坦《へいたん》な声で、稲葉がそう発した。

■□■□■

太一達は部室に舞い戻り、先ほどと同じ配置に座った。

「〈ふうせんかずら〉……じゃない、ね。そして〈二番目〉でも……」

事実の確認をしながら、桐山が太一を見る。

「ああ、〈二番目〉じゃない。……新しい、なにかだ」

皆が〈二番目〉と接した時間は限られている。この中では太一が最も〈二番目〉と関わった。断言してもいいが、あれは〈二番目〉ではない。

「となると便宜上《べんぎじょう》……〈三番目〉と呼ぶか」

稲葉が言って、名も知らぬそいつは〈三番目〉となる。

〈ふうせんかずら〉でも〈二番目〉でもない、新たなる存在だった。

そんな普通じゃないものが、なんの意味もなく、なんの目的もなく自分達の前に現れるだろうか。あり得ない。奴らが現れた、それが示すものはたった一つだ。

「わたし達にまた現象が、起こっている」

そのセリフを言う役を買って出たのは永瀬だった。

「もしくはこれから、な」

稲葉が溜息と共に付け足した。続いて青木がなにかを諦めたみたいに口を開く。

「オレらに起こる変なことって言えば、それしかないか……」

「〈ふうせんかずら〉は『最後だ』発言した、はずよね」

桐山は小さく呟き、ぎゅっと制服の裾《すそ》を握った。

「でも他の奴がきたら……一緒じゃない」

これじゃあ、奴らの仲間の数次第じゃ、一生終わりなんてこない。

稲葉が「ふー」と息を吐いてから漏らす。

「いい加減アタシらも外に漏らすぞ。それともなんだ、現象をクリアすると延々続いてアタシ達が潰《つぶ》れるまで続く、ってか？」

否定できないから、恐ろしい。

「積極的な意志がなくても、いい加減誰かに気づかれるよな」

　太一は言うと同時に考える。これだけの数現象を起こせる存在がいて、こんなにも現象を引き起こしている。なのにこの件が一般的に知られていないのは、なにか理由があるのだろうか。それともこれは、山星高校周辺で最近起こり始めたばかりなのか。いや、〈ふうせんかずら〉は自分達に会う前から現象を起こしていたみたいだし、一度現象を起こしてから、次の現象までの空白時間にどこでなにをしているかと言えば……。

「――でも暗い顔する必要ありましたっけな」

　おどけて明るく、でもそれだけじゃなく強い意志も込め、永瀬が言った。

　悲観《ひかん》ではなく楽観《らっかん》でもない、そのバランス感覚に脱帽《だつぼう》する。

　そう、現状を嘆《なげ》くのではない。甘く見るのでもない。受け止めた上で、それはそうあるものとして知り認めた上で。

　自分の信念を持って、誰かに判断を任せないで、自分の意志でどう進むか決める。

　決めたことを胸に抱き太一も続く。

「打ち勝ってやろう。吹き飛ばして、終わらせてやろう」

　なにをしかけられるのかわからない。最近の現象は巻き込む範囲が広がっている。

〈ふうせんかずら〉ではない。そんな条件が重なっているとしても。

「外でもない俺達の力でさ」

　自分がやるのだと、その道を切り開いていくのだと、決める。

「俺達が目指すべきなのはそこだと思う」

はっきりと自分の意見を表明した。

すると青木がにかっと笑い、片手を突き上げる。

「オレ達がやることは変わらないな！」

「もういい加減、舐《な》めて貰っちゃ困るわよね」

桐山もふんっ、と腕を組んで鼻息を荒くする。

「おいお前ら。意気込むのはいいが変に無理している……訳じゃなさそうだな」

稲葉は途中から呆れたみたいな言い方になった。

「という稲葉は……」

太一は稲葉を気遣う。いつも皆をまとめる立場に収まるから、心配されるのが後回しになりがちだし、稲葉自身が周りを優先し過ぎるのでちゃんと見ておかないと。

「まあ、大丈夫だ。今回はアタシ達五人で、戦えそうだし」

前回は五人の中で分裂《ぶんれつ》を起こしてしまったが、同じ轍《てつ》は二度踏まない。

「ちゃんと話し合って、団結しよう」

太一はしっかりと言葉にして伝える。

がっちりと組み合った五人が、よし、と同時に頷き合う。五人なら負ける気がしない。

「……とは言え、なにと戦えばいいのかわからないんだが」

「せっかく盛り上がったのに盛り下げなくても！　どんなことがきてもどーんとやって

やるって男なら言おうぜ太一！」

ハッパをかける青木に桐山が勢いよく続く。

「よね！　青木より断然頼りにしてるんだから太一！　一緒に頑張ろうね！」

「唯の太一評価高過ぎじゃね⁉」

「しかし太一の発言ももっともだ。現象の仮説は色々立ててみたしまた詰めるが、現状は内容自体が不明だ。そもそも既《すで》に起こっているのか……奴から説明はあるのか」

稲葉が腕を組み考え出すと、永瀬がふと思い出したように発言する。

「〈二番目〉はなかったよね」

「……今思えば〈ふうせんかずら〉は結構丁寧《ていねい》なんだよな」

稲葉は心底不愉快《ふゆかい》そうな顔だ。

「じゃあ、今は周囲や起こることに注意して、事態を見極めるって感じかしら」

桐山の提示した策には太一も同意だ。

「まずはそこからだろうな」

すべきことはこれからいくつも出てくるんだろう。でも根本《こんぽん》に持つべきははっきりしている。自分達を、貫くのだ。

「色々とまあ、面倒で大変になるだろうが。つかテストもあるのに」

稲葉が語り出すと青木は「しまった！」と頭を抱えた。こっちだって暇じゃないのだ。

「じゃあ、とっととぶちのめしてやるか」

稲葉は不敵《ふてき》に、唇《くちびる》の端を吊り上げた。

いやはや、攻撃的な彼女である。

＋＋＋

「ただいま～」

永瀬伊織《いおり》は自宅の鍵《かぎ》を開け、部屋の中に向かって声をかける。

室内は暗く冷え冷えとしていた。

「はぁ……また大変なことになったなぁ」

独りごちりながら伊織はローファーを脱ぐ。

「いくらなんでも〈三番目〉はないって……」

伊織はローファーをしまう……と、母親がよく仕事に履《は》いていく靴《くつ》がある。

「お帰りなさい」

「っとお⁉」

ぱちん、と電灯《でんとう》が室内を照らし出し、伊織は一瞬目を細めた。

「お、お母さんいたの？」

「今さっき帰ってきたところで、そしたらちょうど電話がかかってきて」

なるほど、電気を点ける前に電話に出たのか。

「今日はどうだった？」

静かで冷たい声色の、でもとても温かな音だ。

伊織の母親、永瀬玲佳《れいか》、歳は三十七。相当な美人で浮き世離れした雰囲気がある、とよく他の人には称される。

本当に色んなことがあって、すれ違うこともあったけれど、今は親子二人、仲むつまじく暮らしている。

「いつも通り楽しかったよ、今日も」

伊織は答えて、自分の部屋に向かう。聞かれていても問題はないと思うが、今しがた独り言を呟いてしまった。変な詮索《せんさく》をされては厄介《やっかい》だ。母親はべらべら喋るタイプではなく少ない会話量の中で心を通わせる人だから、無理に追及《ついきゅう》はされないはず……。

「本当に？」

「……え？　どうしたの？」

母親に、尋ねられる。

「だって伊織、なにか大変そうだから」

「い、いやぁそう言ったかもしれないけど」

「じゃなくても、いつもと違う。ちゃんと、言ってくれないの？」

「そんなこと……。……確かにちょっと……大変なことは、あった」

言葉以上に母親の眼力《がんりき》に負け、伊織は口を開いていた。

「あの……なんだろ。わたし達時々、結構大変な事態に巻き込まれていて。それはもう終わっていたと思ったんだけど、……また起こるみたい、うん」

ぼやかして伝える。「具体的にどういうこと？」とは突っ込まれなかった。

「部活で？」

ただどこで起こっていることかは聞かれた。

「う、うん」

「大丈夫？」

「みんながいるから大丈夫だよ！」

「ふうん。だったら、頑張ってね。ただ」

ふわふわした話し方をする人だけれど、次のセリフは強くはっきりした口調だった。

「危ないことは、しないで。重要なことは、言って」

一瞬たじろぐほどだった。想われているんだと、理解する。

「……お母さんに心配かけることはしないよ」

「伊織って時々『変』に……普通じゃなく『変』になるけれど」

どきりと、する。秘密がばれそうで少し恐かった。

「今回はその『変』とも違う気がした」

「ホント、大丈夫だからっ。なにかあったら、お母さんにはちゃんと話す」

「約束、ね」

三章　なにかが違う

まだ事情を知らない宇和千尋《うわちひろ》と円城寺《えんじょうじ》紫乃《しの》は巻き込まず、話は文研部《ぶんけんぶ》二年生で留めておくことにした。念のため確認はするが、二人に現象は起きていないはずだ。

翌朝、太一《たいち》達文研部の二年五人は朝早く部室に集合していた。

「家帰って朝学校来るまでなにもなかったんだけど？」と青木《あおき》がまず言う。

「そろそろはっきりとした事件が起こるかと思ったんだが」

稲葉《いなば》が難しい顔で続くと永瀬《ながせ》も「う～ん」と唸りながら応じる。

「奴らが出てきたら本格化、って流れになりそうなのにね」

太一も同じく、昨日夜から今朝にかけて自覚症状《じかくしょうじょう》はなかった。

「ま、なにもないのなら、よいことなんだけどさ」

桐山《きりやま》が肩すかしを食らった様子で呟《つぶや》く。

「アタシ達が昨日立てた仮説から考えれば、周りに誰かがいないと発動しない、って形も考えられる。家族はどうなんだという話になるが……」

恐がられる、隔絶《かくぜつ》される、敵視《てきし》される。昨日見いだした可能性だ。

「前回の『夢中透視《むちゅうとうし》』じゃ、学校内だけの人間、って縛りもあったし」

太一が付け足すと、稲葉が頷《うなず》いた。

「だな。類似《るいじ》パターンの可能性も高い。気を引き締めていけよ」

稲葉と青木はクラスで朝の当番となっている仕事があり先に教室へと急いで行った。

その後、太一、永瀬、桐山の二年二組グループも部室棟から教室へと移動する。

朝部室棟やその他運動部の部室から校舎《こうしゃ》を目指す者達はほとんどいなかった。

「みんなに会いたいんだけど、なにか起こるかもしれないと想像すると、恐いよな」

太一は自分の不安を素直に漏《も》らした。

「ぶちのめす宣言していたはずではないのかな太一君っ」

永瀬に檄《げき》を飛ばされる。

「……もちろんだ。でも現象分析も正確にしなきゃ不味《まず》いだろ」

「みんなに被害を出すのは絶対ダメだしねぇ」

「慎重《しんちょう》に慎重に、そして大胆《だいたん》にっ、と！」

ひょこひょこ、と小さく二歩歩いてから、桐山は大きく幅跳《はばと》びの要領《ようりょう》でジャンプした。

「飛距離がとんでもなく大胆だな……」

「そして唯《ゆい》の大胆パンチラ……」

「スパッツ穿《は》いてますっ！　だからスパチラですっ！」

校舎に辿《たど》り着いて階段を登る。と、そこで陸上部の栗原雪菜《くりはらゆきな》や大沢美咲《おおさわみさき》の後ろ姿を見つける。他にも女子三人がいて、計五人で歩いている。陸上部女子の集団のようだ。

「おはよう！　雪菜！　美咲ちゃん！」

桐山が努《つと》めて明るく声をかけると、声に反応して女子達全員が振り返る。

桐山を見て、永瀬を見て、太一を見て、その女子達は——表情を一変させた。

愕然《がくぜん》としている、恐怖の色に染まっている、怯《おび》えている。

なぜ、自分達を見てそんな顔をするんだ？

なにかをやったか？　いや、なにかを起こされているのか？

思わぬ反応に晒《さら》され、太一達は動きを止めた。近づくのがはばかられる。

「いこ」

誰《だれ》かが言い、女子達は逃げるように去っていった。

そこには敵意すら、感じられた。


昼休みになってすぐのことである。

「なんか、あたしのこと無視してない？」

栗原雪菜に対して桐山が単刀直入に聞いていた。

桐山が直談判《じかだんぱん》しているので、太一は離れた場所で聞き耳を立てる。永瀬も明後日《あさって》の方向を見ながら、栗原を気にしているのがわかる。

「そ、そう？……気のせいじゃない？」

「だって、あたし今日初めて雪菜と喋《しゃべ》れたもん」

「んなこと……あるかも……しれないけど」

「なんで？　一時間目の終わりも二時間目の終わりも、話しかけようと思ったらどっか行っちゃうし、朝なんか露骨《ろこつ》に無視だし」

桐山のセリフを聞きながら、そこまで踏み込んでも大丈夫なのかと太一は心配になる。なんらかの現象で、栗原はそうせざるを得なくなっているかもしれないのに。

「違うって……違うって……」栗原は泣きそうな声で首を振る。

「ごめん、……責めるつもりはないんだよ。わかって」

桐山は少し困った顔になり、それから相手を落ちつかせるような柔和《にゅうわ》な表情になった。

「お昼ご飯、食べよっか」

「それは……」

栗原は言葉を詰まらせ、ちらと教室の外を見る。誰かの姿を確認している。

「……あの、あたし部活のみんなと約束があってさ。悪いんだけど……」

「約束があるんだったら、仕方ないね。うん」

いつもはお姉さんみたいに桐山を可愛がり、楽しそうに接する栗原が、なぜか苦しそうな表情をしていた。

栗原が席を立つ。やっぱり小柄《こがら》な桐山の横に並ぶとより背が高く見える。はずなのだが、今はどこか小さくも見えた。単純に背を丸め、肩を小さくしているからか。

「雪菜」

桐山の呼びかけに、栗原はぴたりと足を止める。

「勘違《かんちが》いだと思うんだけどあたしだけじゃなく、文研部のみんなのことも――」

まだ発言の終わっていない桐山を無視して、栗原は動き出した。

「ね、ねえ」

桐山が追いかけるのに続き、太一と永瀬も教室の外へ出る。やはりなにかおかしい。

「ちょっと」

今すぐ確かめる必要がある。

「なあちょっと」

ところが教室を出てすぐ、一人の男子生徒に声をかけられた。

男子は太一と桐山、永瀬の三人を見据《みす》える。

「悪いがついてきてくれないか？」

男子の後ろには、不服そうな稲葉と青木の二人がいた。

■□■□■

「悪ぃな悪ぃな、急に人やって。飯食ってからでもいいって言ったんだが」

「アタシ達は忙しいんだ。とっとと終わらせろ」

稲葉がつっけんどんに言葉を返した。

太一達が連れて行かれたのは生徒会室。招《まね》いたのは生徒会長、香取《かとり》譲二《じょうじ》だった。

文研部の二年生五人に用があるらしいのだが、全く心当たりがない。

「一年生も呼ぼうかと思ったんだが、とりあえずいいかなってな。あ、座れよ」

香取とはあまり絡《から》んだことがない。太一以外の者達も似たようなものだろう。部屋には生徒会長以外に、副会長、太一達を呼びに来た書記の男子がいた。

「単刀直入《たんとうちょくにゅう》に訊くが、なんの用だ？　アタシ達とお前らで関わることもないだろ？」

稲葉が本当に遠慮なしに訊く。

「同級生じゃねえか～、もっとフレンドリーにいこうぜ」

人好きのする笑顔で香取は席を勧《すす》める。

「まあ、もっともよね」

言いながら桐山が座った。続いて稲葉も椅子《いす》を引く。

「相変わらずイケメンに弱いなお前は」

「ちょっと！　一番に座ったからってそういう意味ないですから！　香取君の右斜め前に陣《じん》取ってよりよい角度で顔を眺《なが》める気なんてないから！」

「唯さん⁉　説明が妙に具体的でありますよ⁉」

青木が焦《あせ》りを露《あらわ》にしている。

「イケメン、イケメンって……なあ？」

香取は永瀬に向かって投げかける。

「ん？　なに？」

「いや永瀬も美少女とか言われがちだろ、って」

「共感を求められたのだね。わたしはなんとも。あざっす！　ってだけかな」

「まあ俺もだな」

ははは、と香取は快活《かいかつ》に笑った。綺麗《きれい》さっぱり、嫌な後味を残さない。

「……この男完成度高いなぁ……」

低い声で永瀬が独りごちている。

「なんか言ったか？」と隣にいた太一が訊く。

「いえいえこっちの話です」

初めの固い雰囲気《ふんいき》も、喋っている内に次第に打ち解《と》けてきた。しかし副会長と書記の二人は会話に合わせて笑うだけで、話に参加しない。実際にしている訳ではないが、会長の後ろに隠れている感じもする。会長を立てている、と表現すべきなのだろうか。

「文研部って面白いよな。仲もいいしさ。俺も剣道部《けんどうぶ》入ってたんだけど生徒会に入るからってやめてさぁ。部活に多少の未練《みれん》があるんだよ」

部活動への所属が必須《ひっす》の山星高校《やまぼしこうこう》では、生徒会も一つの部活と見なされている。

「俺達を見て未練を覚えるか？　運動部とは全く種類が違うだろ」

太一が疑問に思うと、香取は首を振った。

「運動部とかじゃなく、文研部は特殊《とくしゅ》なんだよ、特殊。力を持っているって感じではないし、常に中心にいるって感じでもないけど、実際影響力は大きかったりする」

「オレ達ってそんな凄《すご》かったっけ？」

今度は青木が尋《たず》ねる。

「稲葉や永瀬はクラスで活躍もしてるだろ？　桐山も体育祭の時目立ってたし、八重樫《やえがし》は修学旅行の時カリスマ状態だったじゃねえか。青木だけはなんもないけど」

「オレの扱い方を心得ている⁉」

「今のはリアルに青木だけ特になにもなかった気がするね」

「わかってるから言わないで伊織《いおり》ちゃん！　泣いちゃうよ！」

「あたし……付き合う男を間違えてる……？」

「深刻《しんこく》な顔で悩まないで唯！」

「ってノリがすぐできるから青木も必要っつか、凄い奴なんだよな」

香取がさらっと述べる。

「そ、そ、そんなこと言われると…………照れるじゃないか」

「照れるなキモイ」

「いち人間の基本的感情を奪わないでよ稲葉っちゃん!?」

「……息が合ってるな。まるで流れるよう……」

太一は感心してしまった。

はっはっはっは、と香取は高笑いをする。

「いや面白えなぁ。そりゃあ藤島《ふじしま》が面白いと言う訳だ」

「藤島さんと……あ、生徒会と生徒会執行部《しっこうぶ》の繋がりね」

桐山がぽんと手を叩く。

「俺に言わせればどう考えても藤島の方が面白いんだがな」

あんなハイスペックでぶっ飛んだ奴にはなかなかお目にかかれないと太一は思う。

「その藤島に面白いって言わせるんだから相当だろ？」

「じゃあ藤島に『従ってもいい』と言わせる生徒会長もなかなかだな」

「え？　藤島がんな話してた？　やべ、超嬉《うれ》しいじゃん」


他の生徒会の面々も笑顔になる。けれどもなにも、口には出さない。

「盛り上がっているところ悪いが、そろそろ本題に入らないか」

稲葉がすっぱりと言い話を変えにかかった。

「今学校で妙なことになってるじゃないか」

香取がざくりと切り返す。

「え……」

急襲《きゅうしゅう》に稲葉も絶句した。

「お前ら、隠してるなにかがあるだろ」

更に休むことなく畳《たた》みかけられる。

文研部の全員が、奇襲に戸惑い反論できなくなる。

「うっはっはっ、いい具合にやれたねぇ。稲葉、お前って自分から攻め込んで自分のペースで戦うタイプだろ？　だから裏をかき隙《すき》を突き、スタイルを崩されると、弱い」

「……ばっ……ちが」

稲葉が、なにも返せなくなって無力化されている。否定したいけれど、事実だった。

だがこんな時のために自分がいるのだ。

「急になんだよ、妙なこととか、隠しているとか。心当たりないぞ？」

「バレバレの誤魔化《ごまか》しするなって。心当たりがないなんて言い訳の方が怪しいぞ」

自分達が今現象下にあるらしいこと、周囲の反応がどうもおかしいこと。

もしそれを外から見たら、妙なことが起こっているように見えるのかもしれない。

香取はなにかに気づいている？

気づかれたとして、どうなる。いつもは『他の人には知られないように』とのルールを提示されるが、今回〈三番目〉からはされていない。だったら大丈夫？　いや、言っていないだけでルール自体は同じだと考える方が自然だ。

「心当たりがないなぁ」

稲葉はやたらと挑発《ちょうはつ》する口調だった。ただ苦し紛《まぎ》れな様子は否めない。

「みんなが普通じゃないいんだよ」

香取が深刻《しんこく》な表情で訴える。生徒会の他の面々も、太一達をじっと見つめる。

「例えば、どんな感じに？」

永瀬が尋ねる。現状把握《げんじょうはあく》のためにもいい質問だと思った。

「それはお前達が一番わかってるだろ？」

「なによ、雪菜がおかしいことが——むふっ⁉」

「唯、勝手に喋るな」と稲葉が桐山の口を押さえる。

探り合い、相手を誘導しようとする、そんな感情が渦巻《うずま》いている。

敵対するとまでは言わない。でも少なくとも味方ではあり得ない。

「これってお前らが起こしたのか？」

「そんな訳あるかっ」

信じられない発言を香取がし、太一が即座に返す。

「だよな」

当然わかっていたとばかりに香取はすぐ引き下がった。

太一は混乱していた。香取はなにかを嗅《か》ぎ取ったらしい。そして太一達にアプローチをかけてきた。いったいどんな疑いをかけているのか。また太一達は知らないのに、香取だけが知っている情報もありそうだ。

生徒会が、香取が、どの立ち位置にいるのか全くわからない。

そもそも、今回の『現象』の正体とはなんだ？　起こしているのは〈三番目〉でいいのか？〈ふうせんかずら〉はノータッチという理解でいいのか？

「できるなら、情報共有つーのはどうかな」

穏やかな空気に変えて青木が提案する。

「ならまず先に知っていることを言ってくれ」

「え……と」

要求を突きつけられ、青木は口ごもってしまう。

香取がこちらからなにかを引き出そうとしているのは、間違いない。

「そもそもお前香取だよな？」

稲葉の質問は、どういう意味か初めわからなかった。

「例えば誰かが乗り移ってはないだろうな？」

稲葉が話すのは、普通の世界ならあり得ない内容だ。

普通なら「そんな訳ない。なにを言っているんだ」と返すだろう。だけど香取は、

「どう思う？」

と、にやりと唇《くちびる》の端を吊り上げた。

文研部は誰もなにも返せないでいる。主導権《しゅどうけん》を完全に握《にぎ》られていた。

「なんつーか嫌に余裕《よゆう》で……不敵《ふてき》だな。お前……おかしくないか？」

憎々しげに、稲葉が香取を評《ひょう》する。

「俺に言わせればお前らの方がおかしいかな」

香取はさらりと受け流す。

「お互い様ってことか」と稲葉は吐き捨てた。

香取は普通に、自分達を圧倒しているのだろうか。その可能性も十分ある。でも、全く別のケースも考えられた。

つまり、香取がこうなっているのも、現象。

流石《さすが》に人を変えるというのはいき過ぎだろうが、現象により『太一達を敵と見なし噛《か》みついてきた』というのはさほど奇異な着想《ちゃくそう》とも思えない。

「お前……この件になんの関係があるんだ？」

稲葉が直接的に問う。

「ただ生徒会長として、やるべきことをやってるだけだ」

「生徒会長として……？」

「普通の奴らは、なにもしなくてもいいさ」

普通？　現象があるのに、どこに普通があるんだ。

「妙な真似はするなよ文研部」

香取は、そう釘《くぎ》を刺した。

■□■□■

放課後、太一達文研部五人は部室に集まった。

千尋と円城寺には、学年末テストが近いことを理由に当分部活が休みになると伝えている。二年生だけで話し合えるはずだ。

「なんだってんだよっ」

放課後の文研部部室で、稲葉は机を殴《なぐ》りつけた。

「落ち着いて稲葉ん」と永瀬が肩を叩いて諭《さと》す。

「けど香取君……って何者？」

桐山が複雑そうな表情で疑問を呟く。

「ただの生徒会長かと思いきや、凄く事情を知っている風だったよね」

青木が勘ぐる口調で言うのに続き、太一も考えを述べる。

「これは、俺達が現象になっているのを香取に摑まれたって話なのかな。それとも、現象によって香取が俺達を警戒《けいかい》し出したって話なのか」

「……どうなんだろうな。ただ栗原達にも妙な反応されるんだ。同時期に二つが起こって、両者無関係だとも考えにくい。関連はしているはずだ」

加えて言えば、と稲葉は続ける。

「共にアタシ達五人を『よくない目で見る』という内容に共通項《きょうつうこう》がある」

永瀬が「う〜」と喉元に引っかかりを覚えるように唸《うな》る。

「どっちも、現象なしでも起こるっちゃ起こるんだけどねぇ……。不思議現象のおかげでわたし達に身近な問題が起こる、ってのが奴らの現象だからなぁ」

「あのさ、よくわかってないから聞くんだけど、みんなは誰でここはどこだっけ？」

知った声なのに、発言内容があり得なさ過ぎて誰の発言か瞬時《しゅんじ》にわからなかった。

「……はあ？　なに言ってるのさ青木。真面目《まじめ》な時に変なボケ用意しちゃってさ」

永瀬が強めの口調で非難《ひなん》する。

「ボケ……——と、いや、おう？　ぼ、ボケてた！　今のはボケてた！　あっぶねー、なに言ってんだオレ？」

青木は「ははは」と無理に笑う。

わざとではなく、青木は本当に皆を忘れていたかのような態度をとる。

太一は言葉を発せず、ごくりと息を呑《の》んだ。……嘘《うそ》じゃない？

「ねえ、あの」

下手な青木のボケに一番手厳しい桐山が、真剣な面持ちで青木を見つめている。

「みんなにも聞きたいんだけど……、一瞬みんながわからなくなること、なかった？」

問われ、太一は思い返す。

「そう言えば……ついこの間、部室に皆でいた時……稲葉はいなかったかな。一瞬、名前を思い出せないことが」

「……あたしも青木の名前が出てこなかった時があって」

「わたしのアレも……気のせいじゃ……なかった？」

永瀬まで、心当たりが見つかったみたいに呟く。

「つまりはこういう、現象か」

そんな中、稲葉がぽつりと言った。

「これが現象？」と太一は虚をつかれた気分で聞き返す。

「当たり前だろうが。なにもないのに、こんな近くにいる奴らを忘れるって何事だよ」

「現象だよな！　だとしても恐いって⁉　マジわからなくなるんだよ！　すぐおかしいって気づくけどさ！」

「うんすぐ戻るから大丈夫よね！　だってランダムに誰かを忘れるって……」

桐山は明るく言いかけて、その事実に沈《しず》み込む。

「待って、周りに変な態度とられて、わたし達の中で誰かを忘れて……。これ両方現象だよね？　だとしたらなんか複雑《ふくざつ》じゃない？」

永瀬の疑問に、太一はふと思いつきを声にした。

「このままいくと最後には一人になってしまいそうだな」

そう、皆から離れられ、警戒され、仲間のことを忘れれば、どうなるか。

「アタシ達が……『世界から孤立《こりつ》する』現象か」

稲葉の表現は、酷《ひど》くあり得そうに思えた。奴らが、好みそうな気はする。

「周囲からどんどんと敵であるような扱いをされ、更に一番の味方も忘れてしまえば、周りは敵だらけになって孤立する。……一人で戦わなきゃならない」

今までの現象を通じ、自分達は誰かとの繋がりの大切さを学んできた。実際それがあったからこそ、ずっと乗り越えられてきたのだ。

その最大の武器を封じられるのは、今までで最大の試練《しれん》に思えた。

ただ、――だとしても。

「しっかり自分を持って戦えばいいんだな。……俺は戦うよ」

太一は昨日に引き続いて宣言する。多少背伸びをしてでも、皆の先頭に立つのだ。

必要ならば何度でも、何度でも言ってやる。

この現象に終止符《しゅうしふ》を打つのは、自分なんだ。そう誓いたい。

「またお前、自己犠牲根性《じこぎせいこんじょう》で言ってるだけじゃないだろうな」

稲葉が意地悪に訊いてくる。

「そうじゃないのは、稲葉が一番わかってくれてるんじゃないのか？」

「……お前、言うようになったな」

「たとえ現象でヘンな風にされたって、本当にあたし達の絆が消えるワケないわね。それに『現象』なら……後で元に戻るもんね」

桐山は晴れやかな顔になる。

「オレと唯の運命の赤い糸が切れるはずないよな！」

「まあ、そこまで運命じゃないと思うから切れる時は切れると思ってる」

「超ドライ⁉」

「オッケー、つまりみんなとの協力プレイで戦えないかもしれないけど」

永瀬が皆の注目を集め、にんまりと笑う。

「これまで自分達が築き上げたものを信じて進めって話だね」

「じゃ、本当にしょうもないしちゃっちゃと片付けようぜ」

傲岸《ごうがん》不遜《ふそん》な稲葉の言葉に、

「「「「おー！」」」」

と他の四人は声を合わせた。


会議を切り上げると太一達は部室から出た。家に帰ったら皆勉強だろう。現実のテストは待ってくれない。

「……対象は学校だけかな？　だったら、家に帰ると安心だけど」

途中で永瀬が呟くと桐山が迷いながらも応じる。

「この世の人全員って、規模《きぼ》が大き過ぎない？　いくらなんでも無理な気がする」

「だろうな。んなことができるなら、わざわざアタシ達五人だけをターゲットにした現象を起こす意味もなければ、外に漏らすなと口止めする必要もない」

「なーるほどな分析《ぶんせき》だね稲葉っちゃん」

戦うべき場所が学校だけなら、まだマシなのは間違いない。

もう活動を行っている運動部も減った運動場を、太一達は歩いてく。

待ち合わせのためか、門のところに、寒そうに身をすくめている男子が三人いる。

なにかを話している。

隣を通りかかる。

「────」

「────」

「────」

だけどその声は聞こえない。

＋＋＋

「うぃーす、ただいまーっと」

うざったい声が玄関口から聞こえてきた。

「母さーん、今日俺家で飯食うわー……って姫子《ひめこ》か」

リビングに入ってきた大学生の兄が、稲葉姫子を見て言った。

部屋でぐるぐる考え過ぎて煮詰《につ》まって、気分を変えようとリビングのソファーに沈み込んでいたら兄の帰宅《きたく》とかち合ってしまった。

「珍しいな、お前がここって。てか母さんは？　晩飯《ばんめし》の時間に間に合わなくね？」

「今日はちょっと遅くなるんだよ。どっちにしろ兄貴の分の用意はないが」

「久しぶりに家で飯を食べようっていう息子のために母さんはなんとかしてくれるさ」

「……年中遊んでばっかでよ」

「ん、なんか言ったか？」

「べっつにー」

稲葉はさっさと立ち上がった。チャラい兄は放っておいて、まだ悩まなければならないことが自分にはあるのだ。

「おーい、もう二階行くのかよー。お兄ちゃんと会話しようぜー」

こんな感じでナンパしてるんじゃないのかな、という調子で話しかけてくる。

うざくてイラッとしたが、まあ言葉にすると整理できる気もする。話してやろう。

「絶対、いつものパターンだと思うんだよ。今までの経験則《けいけんそく》から言えば」

「……小難《こむずか》しい話が始まったな。言ってみ、言ってみ」

「最近『それ』が外に広がる傾向《けいこう》にもあったから。まああり得るなって予想もできた」

「お、おう」

「でも……もしかしたら」

そう、もしかしたらと、ふと、一瞬、考えついてしまったのだ。

「その推測《すいそく》が正しければ、全てがひっくり返るんだ」

あり得ない妄想だと思っている。

だが裏返して考えてみれば、随分《ずいぶん》と納得のいく部分もあるのだ。

それでも当然、説明しきれない面は多々残るが。

「……やっぱないだろうな。あの件は『それ』でしか説明できないし」

記憶が消えたりなんて『現象』でしかあり得ない。

「じゃ、そういうことだから」

「待てい姫子！　全くわからんかったぞ⁉」

「だろうな」

「おーい、姫子さんやーい。……ったく丸くなったと思ったのによ」

兄を置き去りに、稲葉は部屋を出ていく。

「おい、じゃあ一つ真面目にアドバイスしてやるから待て。ホント待て。聞いてけ」

あまりに言うものだから足を止めてやった。

「事情はよくわからんが、兄として俺からアドバイスするとだな」

稲葉は振り返って兄を見た。チャラいが、まあまあイケメンな大学生だ。

「答えはいずれわかるからそれまで待て。ただわかったら即、本気で動き出せ」

そのアドバイスは、ちょっとだけ、的《まと》を射ていた。

「つまりだ、この子チャンスあるのかな、ないのかな、とか考えてても仕方ないから、とにかく適度《てきど》に接しておいて『いける！』ってなったら一気に攻め落とすワケだ。誰彼でも無理に落としにいく姿勢は反感を買いがちだから勧《すす》めはせんな」

「燃え散れ」

「恐っ⁉　……ボケて妹を和ませようとする兄流の気遣いじゃないか」

四章

物語が始まらない

翌朝も、太一《たいち》達は部室に集まって話し合った。自分達に見える範囲《はんい》ではなく学校中を見て回ると決め、また周囲に刺激を与えないよう注意すると確認した。

自分達基点《きてん》で妙なことが起こる可能性を考えれば、行動に慎重《しんちょう》さが求められた。

そこから教室に赴《おもむ》く途中の、渡り廊下である。

「どもっす」

「お、おはようございますっ！」

宇和千尋《うわちひろ》、円城寺紫乃《えんじょうじしの》の一年生コンビと遭遇《そうぐう》した。

「あれ……千尋君と紫乃ちゃん……どこ行くの？」

桐山《きりやま》がどぎまぎした様子で問いかける。

「こいつが今日の授業で要《い》る教科書を部室に忘れたかもとか言い出して、一人で行けよって感じなんですけど、周りの奴らにお前も行けって……」

「せ、先輩達は部室でなにか？　部活……お休みに突入したんですよね？」

どう答えようか、と二年生五人が全員迷ったはずである。

「……宿題ができちゃってね」

永瀬《ながせ》は少しだけ困ったみたいに、でも明るく答えた。

「なんかあったんすか？　いや、言わなくてもいいですけど」

「千尋君は皆さんを心配しているみたいで、お手伝いできることはなんでも言って欲しいみたいですよ」

「勝手に訳《やく》すな！　てか思ってねえよそんなこと！」

「えと……本当になにかあったりしましたか、先輩方？」

円城寺が不安気な表情になる。なぜ会って早々そんな風に思われるのかと一瞬考えたが、言うべくもなく自分達は春からずっと過ごしてきた仲間なのだ。勘《かん》づくことがあるのだろう。告白すべきか、せざるべきか。

「言うか」

稲葉《いなば》がまず決断《けつだん》した。

「変に巻き込むことには……」と太一が心配する。

「そこは気になる。ただ『夢中透視《むちゅうとうし》』の時二人は対象外だった。逆に一度関わった者として、目をつけられやすい危険性もある。黙《だま》っているより教えた方が、対策もとれる」

総合的に捉えた上での判断のようだ。

「あたしも賛成《さんせい》。文研部《ぶんけんぶ》の仲間だもん」

桐山がそう表明すると、「ありだね」「だよな」と永瀬、青木《あおき》も同意した。

太一も懸念《けねん》はあったが反対ではなかったので、最後は納得した。

「時間は……十五分ならとれるか。じゃあ触りだけでも説明するが――」


「現象が……まだ起こっている。しかも〈ふうせんかずら〉じゃない……？」

「けど内容はわからない、っすか」

表面的な説明しかできていないこともあり円城寺と千尋の二人は現実感がなさそうだ。

「まだ確証《かくしょう》の持てるものはないんだがな」

稲葉は付け加えて言う。

「けど周りがおかしいのは確かなんすよね？　しかも一瞬仲間の記憶が消える……」

千尋は苦々しい表情になる。自分が起こしてしまった『幻想投影《げんそうとうえい》』現象での太一と桐山の記憶消失を、思い出しているのではないだろうか。

「もう……巻き込みまくっちゃって、ごめんね」

永瀬が頭を下げる。申し訳ない気持ちは二年の全員が一緒で、他の面々も謝った。

「いえ……あの、先輩方はなんにも悪くないと思うので。悪いのは敵、なので！」

「でもこの部活に入らなければ、関わらないで済んだんだよ？」

半ば涙ぐんで桐山が言う。

「こんな恐ろしいものが世界にあるのに、それを知らずに生きる方がよっぽどぞっとしますよ、唯《ゆい》さん」

「千尋君……凄《すご》く……凄くツンデレだよ」

「黙れ円城寺」

一年生コンビのお約束を決めてくれた。

「本当に強くなったというか……よく耐えられるな」

「太一さん。たぶんっすけど、俺と太一さんじゃ〈ふうせんかずら〉への認識《にんしき》が違いますよ。事実俺は、あいつに直接的な現象に遭《あ》わせられた訳じゃないんですよ」

確かに『幻想投影』では協力させられたに過ぎず『夢中透視』においては特に影響を受けていない。

「今も、わたし達……現象、起こってないですからね」

直接被害《ひがい》がないからダメージは限定的らしい。太一は少し安心する。

「け、けど、そういう意味じゃ、部外者なんだって思っちゃいます。……いえ、現象に遭いたい訳じゃないですけど……恐いですし。その……気持ちを共有できてないと」

「もし紫乃ちゃんが！」

青木が大声を出した。

「そんな理由で距離を感じちゃってるならオレ達の責任だ！　だからそれで、無理に関わる必要は」

「そ、そうじゃなくとも！」

大きな声で、今度は円城寺がやり返す。

「わ、わたしにできることがあれば、協力したいなって思います。見て見ぬふりをする人間には……なりたくない、です」

円城寺はゆっくりと、でもしっかりと意見を表明した。

そう言える人間を、気弱だなんて思わない。円城寺はとても強い人間だ。

「まあ俺も関係者ではあるんですよね」

そして負けるかと張り合わんばかりに。

「関わっておいて逃げるのは、ださいっすよね。俺は、もう逃げたくないんで」

千尋の言葉は、口先だけじゃなく内に秘めた芯《しん》を感じさせた。

円城寺も千尋も、大きく括《くく》ればもう出会ってから一年だ。

一年あれば、人は変われる、成長できる。

太一達の知らないところでも、きっと二人は頑張っている。

初めはまだまだな部分があったかもしれないけれど、今じゃすっかり頼もしい後輩だ。

「二人の気持ちは、わかった。やれる範囲《はんい》で、協力して欲しい」

「はいっ」「はい」

二人を対等に見た稲葉の発言に、円城寺も千尋も嬉《うれ》しそうな顔をした。

「うっ……千尋君も立派になって……思わず涙が……」

「唯のは我が子を見つめる親目線だな、うんうん」

感極まる桐山に青木が頷《うなず》きながら言っていた。

「で、でも先輩方は大丈夫ですか？　なにかわからないって、恐いと思いますけど」

「ホント、無理しないで下さいよ」

逆に円城寺と千尋も太一達を気遣ってくれる。

「お前らに心配されるほどやわじゃねーよ……って言いたいところだが『夢中透視』の惨状《さんじょう》を思えばな……」

自分達は対立してしまい、二人に随分と迷惑もかけた。

「今回こそは、大丈夫だ」

太一が強い意思を持って言うと、永瀬も自信ありげに続いてくれた。

「わたしも頼れる先輩らしく、もっとちゃんとやるからさっ」

元の文研部五人に、一人プラスして、もう一人プラスして、七人で協力し合うのだ。

気持ちを確認しあった後、稲葉が具体的な指示に入る。

「差し当たって現象の特定だ。学校に異変がないか調べて、普通じゃないことがあったら報告してくれ」

「はいっ、稲葉先輩」「了解です」

「……で、ないとは信じたいが、もしアタシ達が仲間の……文研部の記憶を失うみたいな事態になったら、頼むぞ」

「頑張り、ます」「わかりました」

引き締まった顔で二人は頷いた。

「後なにがあるかわからないから、あまりアタシ達にくっつき過ぎるな。お前らにはバックアップとしても機能《きのう》して欲しい。サテライト的な役割だな」

「は、はい」「やります」

「それから念入りに安全を確保するため、二人で行動するように」

「稲葉ん稲葉ん、旅行に子を送り出す前のお母さん状態になってるよ」

「わ、わかってるっつの。しかし全てに注意を払っておかないと、なにかが起こってからじゃ遅いんだ。漏《も》れがないか――」

その時学校中のスピーカーから鐘《かね》の音が鳴り響いた。

「……これ、予鈴《よれい》のチャイムじゃね？」

青木の呟《つぶや》きで全員が走り出した。


「じゃあ紫乃ちゃんとちっひーバイバイ！」

最後に永瀬が声をかけて、自分達の教室に向かった円城寺と千尋が見えなくなる。

別クラスの稲葉、青木とも別れる。ダッシュの甲斐《かい》あって始業には間に合いそうだ。

「はぁ……。しかし紫乃ちゃんとちっひーに心配されてたね～」

永瀬が呟くと、一人息切れの少ない桐山が頷く。

「二人とも後輩なのに……。そう言えばあたし、様子がおかしいからって家じゃママにもパパにも妹にも心配されてるんだ……。ありがたいけど……ちょっとうっとうしく感じちゃう時もあるんだよね。ほら、家族には知られちゃいけないから」

「ああ、俺の妹も似た部分あるよ。ばれちゃ不味《まず》いし気にしないでくれ、って感じなんだけど」と太一は同意する。

現象が起こると、普段の態度も当然変わる。一番近くで生活をしている家族にはそれを気取られることもある。昨日も太一は、妹に「うーん、たまに入るナーバスモード入った？　お兄ちゃんしっかりね」などと言われたのだ。

「わたしもお母さんに『変』ってズバリ言われたなぁ。危ないことはしないで重要なことはちゃんと話す、って約束しちゃったよ……」

複雑《ふくざつ》で深い絆《きずな》を母親と持ち、かつ二人きりで暮らす永瀬には、他より家での気苦労があるのかもしれない。

「現象が始まると、もう学校にそのまま いたいって思う時もあるよな」

太一が冗談半分で言うと永瀬が「うん、わかる」と応じる。

「朝早く部室に行って相談して、帰りも遅くまで部室にいて、ってやってるとね」

五人だけでいられれば実は一番安全、ということも多い。

「毎日毎日だと言い訳が大変になってくるんだよねぇ。都合よく放っておいてくれたらいいのになぁ」

桐山も苦笑しながら呟いた。

太一だけでなく他の皆も、家に帰ってから苦労しているところがあるようだ。

■□■□■

教室に入り太一が席に着いても、一つだけ空席があった。

それに気づいた時、太一の肌がざわっと粟立《あわだ》った。

嫌な感じがした。

空席は、栗原雪菜《くりはらゆきな》の席だった。

栗原は一時間目が終わった頃に登校する。

いつもは丁寧《ていねい》に整えられているウェーブのかかった髪がぱさつき、体調の悪さを示していた。遅れてきた栗原を心配する声におざなりに答え、栗原は席に腰かける。

栗原は、静かに、誰かに話しかけられるのを拒絶《きょぜつ》するように、俯《うつむ》いた。

体調がそこまで優れないのだろうか。

「おはよう、雪菜」

桐山がいつもより優しく声をかけている。

栗原と桐山は、大の仲良しだ。特に栗原は可愛い妹みたいに桐山を溺愛《できあい》している。

なのに今、栗原はちらっと桐山を見上げただけですぐに視線を逸《そ》らした。

完全に、無視している。

「雪……ううん、また後で」

強く詰め寄ろうとして、桐山は引き下がっていた。波風を立てない方がよいと判断したのだろう。思えば昨日も、栗原は太一達文研部を避けていた。

代わりに永瀬が声をかけても、結果は同じだった。

二時間目になり休み時間になると、栗原はふらりと教室から出ていく。

「雪菜ちゃん元気ないねぇ。しんどいのかな？　それともまたいい雰囲気《ふんいき》になった男の子と上手くいかなかったのかな？」

中山真理子《なかやままりこ》が自身のツインテールを両手で掴《つか》みながら太一に話しかけてきた。そわそわと行く先を眺《なが》める。

あれ、と太一は思う。

正体不明な煙の固まりが、もこもこと立ち上がったみたいだ。

「八重樫《やえがし》君？」

「あ、ああ。調子悪いみたいだぞ。今日はちょっかいを控えた方がいいんじゃないか」

「うん、やめとくよー。後ちょっかいじゃなくスキンシップだよ八重樫君！」

全くもう失礼しちゃう、と冗談交じりに肩を怒らせ中山が離れていく。

栗原の様子がおかしいこと、中山も気づいてるんだなと思う。いや、見ればわかるから当たり前なんだけれど。怯《おび》えられたりしていたのは、自分達だけだったはずだから、違和感《いわかん》を覚えたのだ。

なにがそうさせているのか、今日は他の人にもわかるくらい塞《ふさ》ぎ込んでいる。

文研部五人に起こっている現象が、原因のはず、なのに。

三時間目も、栗原は授業に出なかった。


栗原の様子がおかしいことには、クラスの皆が気づき始めていた。

「今日は帰った方がいいと思うんだけど『それは大丈夫』って言うしなぁ」

学級委員長瀬戸内《せとうち》薫《かおる》も、栗原を心配していた。

それを受けて、太一は永瀬、桐山と話し合った。

もう、多少強引に話しかけるのもやむを得ないだろうと判断する。

「話聞かないとなにもできないもんね……。話したから即危険にはならないだろうし」

「本当に近づかない方がいいのなら、そうしようってなるしね」

桐山と永瀬が言い、太一も同意した。

「せめて、栗原のケースだけでも白黒はっきりさせよう」

内心焦《あせ》りは、あった。ただ文研部と距離感の近い栗原なら、後で挽回《ばんかい》できると踏んだ。

昼休み、栗原はまたもやどこかに消えようとする。太一は永瀬、桐山と共に追った。

物陰《ものかげ》から追う太一達に、栗原は全く気づく素振りを見せず黙々《もくもく》と進んでいく。階段を降り、校舎を出、栗原は運動部の部室の方面へと向かった。

校舎から離れ人気が少なくなった。チャンスだ。三人は一気に距離を詰めた。

「ねえ雪菜！　聞いて！」

桐山はそのまま栗原を追い越し、行く手に立ち塞《ふさ》がる。

太一と永瀬は後ろから栗原を囲む形になる。

「なにがあったのか、話して。お願い」

真剣な面持ちで桐山は訴えた。

栗原は後ろを振り返り、もう一度前を見、また振り返り、三人に迫られている状況を認識《にんしき》し、うろたえていた。

もし『太一達が恐く見える』なんて現象に遭っているなら、とんでもない恐怖かもしれないが、今だけは我慢《がまん》して欲しい。

「ねえ、雪菜。あたし達友達でしょ？」

桐山の言い方から必死さが伝わってくる。

栗原はなにも言わず、怯えるみたいに首を振る。

「ねえってば！」

「落ち着いて唯。責めるみたいになるのはよくないよ」

熱くなった桐山を永瀬がすかさず止めた。

「……う、ごめん」

代わって永瀬が優しく話しかける。

「でも真面目《まじめ》な話、どうしたの？　なにかあったのなら相談に乗るし、わたし達に問題図《はか》らずもアメとムチを使い分ける形になったのが、栗原の心を揺さぶったのだろうか。

「——したくてしてるんじゃないっ」

栗原が声を荒げた。

「だって……だってあいつ、あいつが関わるなって……」

あいつ？　いったい誰を指しているんだ？

「……あ……くっ」

思わず喋《しゃべ》ってしまったのを悔《く》やむみたいに声を漏らし、栗原は駆け出した。

「ちょっと、雪菜……きゃ⁉」

進行を邪魔《じゃま》する桐山の手を、無理矢理に払いのける。

はっ、とした表情で栗原は振り返った。

「……ごめん。唯は……唯は悪くないんだ……！」

言い残して栗原は走り去っていった。

目元に涙を滲《にじ》ませる姿を見ては、追い縋《すが》ることもできない。

「雪菜……」

桐山は苦しそうに名前を呟く。胸の痛みがわかるようで、太一もなんとかしたかった。

「誰かに強制させられているらしい感じ、したよな」

わずかなセリフからの想像ではあるが、間違いないと太一は思った。永瀬が呟く。

「誰かなそれって」

暗躍《あんやく》する何者かが、存在する？

「……偽者《にせもの》？」

桐山はふと頭に浮かんだ言葉を口にしたのだろう。

「なるほど……。例えば『幻想投影』みたいなことが起こって、栗原を脅《おど》した、とか。更にそれが俺達の姿だって考えれば」

可能性としてゼロではない。また永瀬が発言する。

「けど『唯は悪くない』ってはっきり言ってたよね……」

「……ここで考えても答えは出そうにないな」

煮詰《につ》まる頭で、太一は唸《うな》るしかなかった。

なにか重大な齟齬《そご》があり、深みにはまっている気がした。一つ目のボタンを掛け違っているから、後でなにをやっても食い違いが出る、ような。

そのタイミングで太一のポケットが震える。携帯電話が着信している。

「稲葉から電話だ」

永瀬と桐山に断りを入れてから電話に出る。なんだろうか。

「もしもし」

『おう太一、別に昼は集まる予定にしていなかったんだが、気になる件があって』

「ああ、なんだ」

『現象の話だ。周りに人は？』

「永瀬と桐山だけだ」

『ならちょうどいい。……まあ、改めて考察《こうさつ》してみたところだな』

稲葉は躊躇《ためら》いがちに、推測《すいそく》を口にした。

『アタシ達を恐がっている？　みたいにする奴らって……特定の奴じゃないか？』

特定の人物、それは。

『大沢《おおさわ》美咲《みさき》や太一のクラスの栗原雪菜を初めとする、陸上部の女子五人じゃないか？』

同じ部活の、五人の女子。

「でも……声が聞こえなくなる、みたいなのは、他の人に対してでも感じたが」

『分けて考えてみたんだ。聞こえるはずの声が聞こえないのもおかしいが、明白にアタシ達を拒絶《きょぜつ》している人間だけを考えてみれば。どうだ？　お前が知る限りで』

「……その通りだよ」

『そうか……』

稲葉の声が、一段低くなった。

「で、これは……どういう意味になるんだ？」

『アタシだってわかってない。とにかく、太一達もその点に注意してくれ』

言い残して通話が終わった。

「稲葉ん、なんて言ってたの？」

「ええと、だな」

特定の人物だけが、おかしくなっている。

おかしくなって、自分達が拒絶されている。

いや、主語を変えてみれば？

彼女達が太一達を拒絶している。

いや、周りもだから、彼女達が周囲を拒絶していると言うべきか？

つまりそこには『太一達が』という主語が入る余地《よち》が、ないのだ。

正体不明だった煙の固まりが、徐々に形を作っていく。もう、口元まで答えは出かかっている。その一言さえ出れば全て明らかになる。でもそれが出てこないから——。

「ねえ太一ってば」

「あ、美咲ちゃんだ」

桐山の声で太一は視線を振る。

ショートカットでスレンダーな体の大沢美咲が、こちらに向かってきている。

太一達を拒絶している陸上部女子五人の、一人だ。目的地は栗原と一緒か？

単純な予想だと、おそらく部室に行くつもりではなかろうか。

彼女達は、部室に籠《こ》もっているのだ。

「……あ」

どこかぼうっとしていた大沢が太一達に気づいた。

立ち止まり、唇《くちびる》をきゅっと結んで顔を強ばらせる。
「だから……どうしたの……」
その表情を見て、呟きながら桐山はふらふらと近づいていく。
「あ、唯……」と永瀬も歩調を合わせて付き添い、太一も続く。
大沢は正面から太一達を食い入るように見つめている。
――次の刹那《せつな》、大沢の警戒が急に解《と》けた。
一度、二度と瞬きをして、視線を彷徨《さまよ》わす。
すぐ目の前の、太一達を見つける。
泣き出しそうに、怯えたように、でも大沢は歪《ゆが》んだ顔で、笑った。
「……だって信じられる？　あたしが……あたしが栗原雪菜だって……」
その一言で、太一の世界が完膚《かんぷ》なきまでに塗《ぬ》り変わる。
白が黒に。黒が白に。
真逆になる。
提示された答えに目がくらんだ。
そんな太一達に【大沢】は追い打ちをかけて、言うのだ。
「ねえ信じられる……人格が入れ替わるって？」
その後「なにも聞いてないよね⁉」と叫び【大沢】は去っていってしまった。

止めることができなかった。太一達も混乱の極《きわ》みにあったのだ。

「聞き間違えかな……『人格入れ替わり』とか……変な単語が聞こえたんだけど?」

桐山の声は震えていた。

「俺達に、じゃなく。自分達に、じゃなく……」

『自分達』が、主役じゃないとすれば……いやいや、そんな、話が。いくらなんでも。

「こ、これはもしかすると、だよ」

永瀬の声も、一本調子で普通じゃない。

「わたし達に『人格入れ替わり』ってフレーズを聴《き》かせて、わたし達の精神状態に、ダメージを与えようとしている、と」

ああ、なるほど。それは、それはあり得なくもない話だ。

悪趣味《あくしゅみ》で〈ふうせんかずら〉達が好みそうな話だ。

「もしくはもっと、……凄いことになっていると考えれば」

永瀬はごくりと喉《のど》を鳴らす。その先を、太一は予想する。

「周りの誰かに現象を起こして……自分達を混乱させようとしている?」

「嘘《うそ》よ……」

桐山は呆然《ぼうぜん》とした様子で呟いている。

非現実感が強くて、整理する時間が必要で、太一達は次の時間の授業を普通に受けた。

授業の内容は、少しも頭に入ってこなかった。

教室内の栗原はまるで己の存在をひた隠すように、小さく小さくなっている。

■□■□■

「ばっ……なんですぐアタシに言いに来なかった⁉」

昼休みの出来事を聞き、稲葉は烈火《れっか》の如く怒った。

放課後の部室にいるのは、文研部の二年生五人だ。五人で机を囲んでいる。

「……悪かった稲葉」

「で、でも稲葉ん。わたし達もあれはどういうことなんだって考えなきゃならなくて、それに教室での雪菜ちゃんの様子も確かめようって、それで……ごめん、言い訳だ」

「信じられなくて……」

永瀬と桐山がしゅんとなって説明する。

反省する太一達の姿を見て、稲葉も理解を示してくれた。

「いや……伝聞《でんぶん》ではなく直《じか》に体験したお前達は衝撃《しょうげき》もあっただろう」

「で、結局どうだったの？　本当に起こってたの？」

青木《あおき》が食いかかるように聞いてくる。

「まだ……わかってない」と太一が答える。

「確かめてないの？　いや確かめてよ」

「確かめ……られなかったのよっ」

桐山が苛立《いらだ》ち混じりに強く言い捨てた。

「あ……悪い。ちょっと……、ぶしつけだった」

青木が決まり悪そうに頭を掻《か》く。

「……で、現象のワードを聞かせてアタシ達を揺さぶる、もしくは現象そのものを他の奴らに起こしてアタシ達を混乱させる、か」

太一達が意見として言った内容を稲葉が復唱《ふくしょう》する。

自分達の前に〈三番目〉が現れた件、仲間の記憶が一瞬消えるなどの異変が起こっている件も考えれば、自分達になにか起こっているはずなのだ。

「まあ、そういう解釈《かいしゃく》になるか」

稲葉の同意に、太一も勢いづいて喋《しゃべ》る。

「ああ、やっぱりそうだよな。いくらなんでも無茶苦茶だが、実際どれだけのことが」

「いやでも、もしかすると」

太一を遮《さえぎ》った稲葉は一点を見つめる。

「……もしかすると、まさかとは思うが」

一点を、凝視する。

「全く別の――」

扉が開いた。

「お、遅くなりました……」

申し訳なさそうに、円城寺紫乃が顔を覗《のぞ》かせた。

「というかお邪魔してもよろしいでしょうか……？」

一年生コンビにも現象について話し、協力を依頼《いらい》していたのだ。

いい意味で、空気が変わってくれた。ピリピリとした緊張感がほんの少し和らぐ。

「もちろん、早く入りなよ」

永瀬が優しく言って安心させる。

「後ろのちっひーもね」

「やっぱ集まってたんですね。お疲れっす」

「なにかあった？　掃除当番があったとしてちょっと遅いよね。あ、座って座って」

桐山が聞きながら席を勧《すす》めた。

「ああ、実は事件っぽいことがあったんですよ」

「へえ」

「学校での異変を報告しろ……って、こういう意味でもあるんですよね？」

千尋の確認に稲葉が首肯《しゅこう》する。

「なにが関連しているかわからないからな。頼む」

「け、喧嘩《けんか》なんですよ～」

円城寺がその光景を思い出してか、怯えるみたいに身をすくめる。

「現場に出くわしたんですけど、先生も出てくる騒ぎで」

「大ごとじゃないか。うちの学校じゃあまり聞いたことないな」

太一も意外に思いながら言った。

「あ、それにちょこっと変だったんです。喧嘩した男の子の一人が『違うんだって……全然やるつもりなくて……』。いや、確かにむかついたんだけど……そこまでするつもりはなくて。けど、頭の中で【声】が聞こえて……それで……体が勝手に動くみたいに……』って感じな、ホラーな話してるんですよぉ～。恐いです……」

円城寺はやたら熱の籠《こ》もった再現を見せてくれた。上手いな、と思う。

いや、そうではなくて。現実から逃避《とうひ》しないで。内容をつぶさに読み取れば。

『欲望解放《よくぼうかいほう》』現象で太一達が体験した内容に酷似《こくじ》していないか？

その話だけで結びつけるのは無茶が過ぎる。だが、今の有様を考えれば。

「ちょっと待て……これはどういう……。あ、ああそうだ、その男子はどんな奴だ？」

稲葉にもはっきり焦りの色が見て取れた。

「どんな？」

「そいつのパーソナルデータを言ってみてくれ。例えば外見的特徴《とくちょう》は？」

「え、ええと……ですね。わたし達のクラスの子で……外見の、特徴と言えば……」

「身長は高くなくて――」

注文にわたわたする円城寺に代わり、千尋が説明した。

「そいつ……まさか……」

思い当たる人物があったのか、稲葉は独りごちる。

「どうかしたの稲葉？」と桐山が不安げに尋《たず》ねる。

「アタシが『一年の男子に、急に自分目がけて走ってこられた』って話しただろ。そいつも『こんなことやるつもりなかったんですけど……』と言っていた」

それは、もしや。

「たぶん……一緒の奴だ」

稲葉はどこか虚ろな声で続ける。

「タイミングがタイミングだったから勘違《かんちが》いしたか、クソが。その時点で、別の可能性もあると考えられていれば……。いや……アタシ達の持つ前提条件《ぜんていじょうけん》から考えると……」

「え、どういうこと稲葉っちゃん？」

稲葉の理解に青木はついていけていない。太一も似たようなものだった。

わかりかけてはいる。けれど最後の一ピースがはまらず完成しない。

「千尋、紫乃。早速で悪いが次の任務を頼めるか？」

少し考え込んだ後、稲葉が問いかけた。機械的な響きがあった。

「え……はあ」「もっ、もちろんです」

「その『やるつもりはなかった』と言っている奴ら……と同じようになっている者が他にもいないか調べてくれ」

「お、同じように……？」

「似たこと言ってる奴がいないか、似たように様子がおかしい奴はいないかって話だ。おそらくだが、そいつに近しい奴が怪しい。例えば、……同じ部活とか」

「同じ部活……」

囁《ささや》きながら、円城寺は太一達二年生五人を見回した。

「見つけて、することとあるんすか？」

「いや、危険があるから近づくな。誰か特定できたら報告だ」

二人も事態が逼迫《ひっぱく》していると感じ取ったのだろう。すぐに行動すると言ってくれた。

「では早速行って参ります！」「じゃあまた」

「が、頑張るんだよ」

永瀬が戸惑《とまど》いつつ二人を見送っていた。

一年生の二人が去って、また五人になる。

二人減っただけなのに、酷《ひど》く部屋が寂しくなったと感じた。しばらく皆、沈黙《ちんもく》した。

「ぜ、全然追いつけてないんだけどさ稲葉っちゃん」

青木が話し始める。

「これってさ、オレ達以外に現象が起こってるって話？　いったいなんのため──」

「はぁい」

扉が開いて声がした。

招かれざる訪問者の声がした。

自分達の『物語』が始まるのはいつだってそう、奴らが現れた時で——。

「誰っ⁉」

桐山が臨戦態勢《りんせんたいせい》をとった。太一も立ち上がる。

後藤《ごとう》ではない。男性ではない。女性である。

そこにいたのは、目をとろんと半開きにし、体をゆらゆらと小さく揺らす、我が校の数学教師、平田涼子《ひらたりようこ》だ。

「……こんにちは？」

ふわりと飛んでいってしまいそうな、つかみどころのない、ゆったりとした声だ。

「お前……」

「うん……〈二番目〉」

稲葉が尋ねる前に、タメもなにもなく〈二番目〉は正体を明かした。

「〈二番目〉……。本当かよ……っ」

稲葉がわなわなと呟く。

異常が部室内の空気を変えていく。〈ふうせんかずら〉が襲来《しゅうらい》した時と同じようで、どこか色が違う。〈ふうせんかずら〉は現れないのに、その仲間は次々とやってくる。どこまで広がる。いつ終わる。まさか一生終わらない？

「一度……会ってるよね？　……そこの君とは何度も」

〈二番目〉は太一を指差した。指先を向けられただけなのに、ナイフを突きつけられたような恐怖を覚える。

「太一、本当なの？　わたしは、ちゃんと見たことないから……」

動揺した様子の永瀬が訊いてくる。

「たぶん……いや間違いなく、この喋り方だった。それにこいつが乗り移るのは、女性ばかりだった。なぜか」

おそらく〈二番目〉と断言して、よいのだろう。

「つかもう〈二番目〉だろうが〈三番目〉だろうが……〈四番目〉だろうが関係ない」

稲葉は乱暴《らんぼう》な口調で言い放つ。内容も酷く恐ろしい。

「どっちにしろお前らを呼んだ覚え、ねえぞ」

「知ってる……。けどちょっと？　困ってるみたいだったし、ねえ」

「困ってるってなによ？　あんたがなにを知ってるのよ」

桐山が困惑《こんわく》の声を出す。

「……いいじゃん。混乱してるみたいだから……教えてあげようかなって」

まるで親切心《しんせつしん》からそうしてやるのだと、言わんばかりだ。

「気味悪いんだよ……なにが目的だ？」

稲葉が先陣《せんじん》を切って、踏み込む。でも声は少し震えている。

「目的……？　ああ……だから教えてあげる、だけだね。自分達に『現象』が起こってるんだって……、思ってるんでしょ？」

どこまでか知らないが覗き見られていたのは間違いないらしい。

「それ以外になにがあるんだっ」

食ってかかる勢いの永瀬を〈二番目〉は特に感慨《かんがい》もなさそうに受け流す。

そして言った。

「起こってないよ、『現象』」

少しの間、全くなにも動かなくなり、空白ができた。

時が止まったかと、思った。

「いや起こってるのは起こってるっしょ……？　オレ達以外も変になってるし」

青木が戸惑いつつ平坦《へいたん》な声で話す。

「起こってないよ？　……ああ、でも、起こってる、ね」

「どっちなんだよ、はっきりしてくれ」太一は痺《しび》れを切らす。

「だから、君達にはなにも起こっていない。起こっているのは……他の人」

他の人？

「君達はなんにも、……関係ない。……そう、部外者？」

自分達が部外者？

出来事の中心にいるのではなく、ましてや周辺にいるのでもなく、関係ない？

「じゃあ、なんだ、お前は」

稲葉は上手く息継《いきつ》ぎができなくなっていた。変な区切り方をしながら声を出す。

「アタシ達じゃない、栗原達に、『人格入れ替わり』が起こっていて、一年の男子に、『欲望解放』が、起こっているとでも？」

「うん、だね」

あまりにもあっさりと肯定《こうてい》されたので、太一は大したリアクションをとれなかった。

「……〈三番目〉……が、基本的には起こしている？」

〈二番目〉のセリフに桐山が反応する。

「そ、そうよ〈三番目〉よ！　あたし達が関係ないのなら、なんで〈三番目〉は、あたし達の前に現れて……」

「……君達に現象を起こしていると、言った？」

指摘《してき》されてその時の会話を思い返す。

——なんか、用？

——いや……近くで見ておこう、……と。

太一達になにかが起こったとは、言っていない。そんな話は欠片《かけら》ほどもない。

〈三番目〉が自分達になにかしているはずだというのは、思い込みの、妄想？

「待てよ。〈三番目〉が『基本的に』起こしているの、『基本的に』の意味は？」

稲葉が聞き咎《とが》める。

「……〈四番目〉もいるから、かな？」

確かに、先ほど〈三番目〉だろうが〈四番目〉だろうがなんて話を、稲葉がした。でもだからって、こんなに簡単に出てきていいものではなかったはずだ。

衝撃の事実に何度も打ち据えられ、もう、感覚が麻痺《まひ》してきた。

「とにかく……〈三番目〉達は、君達も知っている他の人間に、入れ替わりを起こしたり、色々、している。君達はそれには、……関係ない」

「関係なくは、ならないだろ。現に苦しんでいる人がいる訳で……」

「余計なことをすると君達も危ないし……、その子達も危ないかもしれないよ？」

「……なんで」

「だって、起こっていることが他の関係のない人に知られるのは……問題でしょ？　君達だって、そうだった……はず」

自分達はもう、根本的に関わってはいけないらしい。それは全く別の、他人の物語だ。

永瀬が希望を繋ぎたいかのように口を開く。

「ねえ、これは、焦るわたし達を〈ふうせんかずら〉が観察してるって話では……」

「……ないよ。……もう君達は終わった話、だから」

終わっている。〈ふうせんかずら〉の終息宣言《しゅうそくせんげん》に、嘘はなかったのか。

「でも……それでもアタシ達に妙なことが起こってるのも、確かだろっ。仲間のことを急に忘れたりするんだ。なにもないはずがない」

稲葉が必死な様子でまくし立てる。

「んんー？　……ふーん」

〈二番目〉は首を傾《かし》げ、それから興味深そうに頷く。

「……それは面白いね」

「面白く、ねえだろ」

「君達になにか起ころうとしている……というか、君達になにも起こらなくなろうとしている……というか」

「どういう意味だ」と太一が問う。

「……あんまり言い過ぎると怒られちゃいそう……かも」

誰に、だ。曖昧なふらふらした言い方に太一は苛立《いらだ》つ。

「じゃあ……関係ないから、関係ある子達に余計《よけい》なのしない方がいいよ、……って伝えて、バイバイだね？」

「ま、待ち！　なんで……オレ達に教えてくれたんだ？」

最後、青木に問いかけられ、〈二番目〉は一度二度と首を左右に傾けた。

「だって、……面白いから？」

言い残すと、ふらっと部室を出ていく。

乗り移ったまま姿を消す。乗り移っているのだから身体から抜け出せばいいのにそうしないやり方は、〈ふうせんかずら〉の採る方法と同じだった。

■□■□■

一度立ち上がってからそのままだったと気づき、太一は崩《くず》れるように腰を落とす。

〈二番目〉が立ち去った後の部室には退廃的《たいはいてき》な空気さえ漂っていた。

「なんで当たり前みたいに現れてるの……？　いつからここはそうなったの……？」

桐山が嘆《なげ》き、稲葉も額《ひたい》を押さえる。

「この学校がおかしいのか？　アタシ達の周りがおかしいのか？　それともこれが普通か？　……わからなくなってきたよ。ただ間違いなく」

稲葉が一呼吸置いてから口にする。

「……認めなきゃならない。今現象が、他の奴らに起こっている」

色んな事実が示すように、〈二番目〉が述べたみたいに。

「こんなこと……あるのかな？　わたし達が終わって、また身近な人達が現象に遭うって。いや……事実遭っているんだけれど。……こうやって次々起こるものなの？」

永瀬がぽつぽつと呟き続ける。

「なんなの『現象』って？　わたし達が知らなかっただけで、たくさん起こっているものなの？　世の中では、ずっと……」

それを受けて太一がふと口にする。

「世界はそういう風に回ってきた、なんて」

乾いた笑いしか出ない。桐山が低い声を出す。

「最っ低……。許せない、人を……おもちゃみたいにして」

その気持ちは太一も同じだった。第一に湧き上がってくるのは虚無感《きょむかん》。その次に覚えるのは、理不尽《りふじん》さに対する激しい怒りだ。

「でもオレ達には……なにも起こってないんだよね」

青木が呟き、その一言で皆の怒りの顔に困惑の色が混じる。

怒っている。憤《いきどお》っている。だけどそれはいつもと温度感が違う。

もちろん痛みを知っているから、相手の気持ちを想像することはできる。でも想像にしか過ぎない。これまで実際に感じてきた生々しい痛みとは絶対的な差異《さい》がある。

それはまるでテレビの中で起こる出来事で、どれだけ真に迫ろうが真実にはならない。

向こう側とこちら側には、距離が存在していた。

「自分達に起こっていないから見捨てるなんて、言わないわよね」

桐山が発言すると青木がすぐ返した。

「そんなつもりないよ」

少し間を置き考えてから、太一は言う。

「みんなを俺達の力で助けよう」

ただ傷つく人を見たくないから、そんな理由ではない。自分の、〈ふうせんかずら〉をどうにかし、この現象の輪を終わらせるという信念に基《もと》づき、言った。

「まず第一段階」

稲葉が空気を入れ換えるかの如く大きな声を出す。鋭く、厳しい表情だ。

ここのところ、太一の彼女としての顔は完全に鳴りを潜《ひそ》めている。

「〈二番目〉、〈三番目〉自体をどうにかすることは、可か不可か」

自分の決意に従うならば、すべきは奴らへの徹底対抗《てっていたいこう》だろう。そうしたい。ただ。

永瀬が難しい表情で語り出す。

「正直、厳しい気はする。〈二番目〉は敵になる気もなさそうだし、〈三番目〉もわたし達の前に現れそうにない」

「アタシもそう思う。せめて直接関わってるなら戦う方法も探せそうだが」

「……部外者の立場からじゃ、な」と太一が呟く。

「へえ、太一も納得なのか？」

稲葉は少し意外そうな、そして含みのある顔をした。

「……仕方ないだろ」

不本意ではあるのだ、もちろん。

「悪い、今のはよくない訊き方だった」

稲葉はすぐに謝罪《しゃざい》して妙な衝突にはならずに済む。

「となると第二案だ。〈二番目〉、〈三番目〉が存在するのはどうしようもないと認めて、奴らが飽きるまで耐える……つまりいつものアタシ達の方針《ほうしん》だな。それを他の皆にもとって貰う。アタシ達はその手伝いをする」

「うん、それは凄く、わかりやすい」

桐山がこくんと頷き、青木も首肯した。

「いつもの戦い方をすればいいって話だもんな。やって貰う人は別なんだけど」

「とはいえ積極的な関与《かんよ》も『余計なことをするな』と言われた手前検討《けんとう》が必要だ」

全くもって単純明快《たんじゅんめいかい》、にはいかない状況にある。

「ってなるとこれ……わたし達になにができるの？」

永瀬は組んだ手を額に当てて考え込む。

「けどさ、現象中結構、仲間以外の人に助けられた場面多かったよな？」

太一は色んなことを思い出しながら言った。

「間違いねえよ。ただ皆は、アタシ達が『普通に』悩み困っていると思って助けてくれたんだろ？　異常をどうにかしようって訳じゃなかった」

「だから、なんなんだ？」

「だから一筋縄《ひとすじなわ》じゃいかないんだよ。ここまで事情を知っているアタシ達が手を出したらどうなる？　それは奴らにどう判断される？　外に情報が漏れたとは判定されないか？　だいたいなんだ、現象はこんなに簡単に起こるものなのか？　だったらなぜ、アタシ達より前に現象に遭っていた奴らは、アタシ達に手を貸してくれなかった？」

「た、太一に稲葉……喧嘩しないで……」

細々とした声で桐山が囁いた。

はっとして、太一は「ごめん」と俯く。稲葉もバツの悪い顔で「すまん」と言った。

「直接関われないことが……、こんなに心外だとはな」

震える稲葉の声は、太一の体にも染み渡った。

自分達と現象に直接関係がなくなって、本来これほど嬉しいことはないはずだ。

なのに気分は晴れない。どんよりと曇っている。

どんよりとした曇り空の下で、土砂降りの対岸《たいがん》を眺《なが》めている。

どうにかしたい。ならなにかをすればいい？　その通りなんだろう。太一だって戦えるならいつだって戦いたい。

でも下手に動くと奴らのルールに引っかかり、相手に被害をもたらす可能性がある。

じゃあ安易《あんい》に行動はできない。自分がどうにかなるだけ、自分が頑張ればいいだけ、じゃないから、自分の意志を固めてもゴールにならないのだ。

「……覚えているかわからんが」

誰も声を発せなくなった空間で、稲葉が口を開いた。

「『夢中透視』の時アタシは『今回は物語を始めないでいられる』と言った。ところが今度はそもそも始まらない」

稲葉が時折使用する『物語』という表現。

「これは別の誰かの『物語』だ」

他人基点でもちろん『物語』は進んでいる。でも自分基点の『物語』が始まらない。

その限りにおいて自分達はずっと部外者のままだ。

「……ん、どったの伊織《いおり》ちゃん？　きょろきょろしちゃって」

青木の問いに、永瀬は躊躇《ためら》いなく答えた。

「いやぁ、皆々様方は誰なのかなぁ〜？　って」

永瀬の無邪気な顔に、ひやりと、胸が一瞬にして冷え切る。

場を和ますボケじゃない。真剣に、嘘偽《いつわ》りなくそう思い永瀬は口にしている。

「え………………いや嘘だって⁉」

目を見開き、席を蹴飛《けと》ばして永瀬は立ち上がった。

「……唐突なジョーク、です。ジョーク」

額に光る冷や汗が、冗談ではないとはっきり語っていた。

なにがどうなっている。

自分達に現象は起こっていないんだろ？

ならなぜ、誰かを突然忘れるなんてことになる？

自分達の異常な『物語』は終わったはず……まさか。
終わる、とは、今まで起こったことの証拠《しょうこ》隠滅《いんめつ》も含めて――。

その時扉が開いた。

五章　物語は始まる

太一《たいち》達五人以外の人間が開ける機会も、もう珍《めずら》しくなくなった扉。
かつては異常世界への入り口を示す、象徴《しょうちょう》でもあった。
その扉が開いていく。
ぎぃっと音を鳴らしながら、じっとりと、ねっとりと。
細い隙間《すきま》が、だんだんと大きくなる。
人の姿がはっきりと見えてきた。背が高い、スーツ姿、男性教師。
後藤龍善《ごとうりゅうぜん》の、姿。
そしてただの後藤、ではなく。
だらりとしている。
ぞわりと空気が気持ち悪くなる。
半開きの目にだるそうな姿勢《しせい》である。
異様な雰囲気《ふんいき》が漂う。

人間に出せるものとは思えない。

そう、それは、見紛《みまが》えようもない。

いつだってこうだった。

〈ふうせんかずら〉が現れて、自分達の非日常の『物語』は始まるんだ。

一瞬、頭が真っ白になった。

その後、遅れを取り戻すかの如《ごと》く、一気に爆発する。

「テメエっっっ！　何事もなかったように出てきやがって！」

「なんでまた⁉　ううっっ！」

稲葉《いなば》が猛然《もうぜん》と怒り出し、永瀬《ながせ》が迸《ほとばし》る感情を抑え切れず唸《うな》る。

「やっぱりあんたが……あんたが関わって！」

「オレ達にはお前か……お前なのかっ！」

友達を想う桐山《きりやま》が、青木《あおき》が叫ぶ。

「お前と……戦うことになるんだな。決着は、つけなきゃならないんだな」

太一は言う。勝手に退散《たいさん》して、それで終わりかと拍子《ひょうし》抜けしていたら、違ったか。

〈二番目〉に関係ないと告げられ、脇《わき》に追いやられた気がしていた。でも違ったのだ。

自分達には立ち向かうべき敵がいた。しぼみかけた気持ちが燃え上がってきた。

「いやいや……僕も不本意なんですけどねぇ……」

〈ふうせんかずら〉の第一声は、だらだらとしていて生ぬるく、こちらに発せられているはずなのに独り言みたいだった。

「積極的な意志ではなかった、と？」

太一は異常な存在に尋《たず》ねる。

「はい……その通りですよ……本当に、前ので最後のつもりでしたし……」

「信じられる訳ないでしょ？　『二度と現れない』って太一と稲葉に言ったのに」

桐山はとげとげしい口調で〈ふうせんかずら〉を責める。

「……努力はしたんですよ？」

「なにが努力だ、バカバカしい」

稲葉は吐き捨ててから、続ける。

「で、なんの用かとっとと言っていけ。〈三番目〉が出てきて〈二番目も〉現れて、そしてお前だ。最早《もはや》インパクトが薄れてるんだよ。つーかあれだ、キモいことに対話する気がある分一番マシだとか思っちまうよ」

確かに、この上なく嫌ではあるのだが、慣れ親しんだ〈ふうせんかずら〉が現れて落ち着く自分もいた。随分《ずいぶん》と、麻痺《まひ》している。

「ええ……そうですね。大事な説明があります……。というかその前に」

〈ふうせんかずら〉が間をとる。不要だろうに。

「……〈二番目〉や……〈三番目〉？　達と……どんな話をしました……か？」

「見てた訳じゃ、ないんだ」

永瀬が確認するように言う。

「僕も忙しくてですねぇ……ええ」

発言の割にはのろのろしている〈ふうせんかずら〉に稲葉が痺《しび》れを切らす。

「癪だが言わないと進まねえな。〈三番目〉は『近くで見ておきたかった』とか内容のない会話をして行った、〈二番目〉は『アタシらじゃなくて他の奴らに〈三番目〉達が現象《げんしょう》を起こしているだけだ。だから関わるな』とふざけた話を抜かしやがった。これでいいか？」

「ああ……だいたい本当ですね……。所謂《いわゆる》『現象』は皆さんに関係ない、と」

「待て。じゃあお前、なんでここに来た？　なにもないなら用もないはずだろ？」

稲葉が当然の質問をする。

『異常現象』のスポットが当たっていないのなら、どうして〈ふうせんかずら〉が関わってくる。自分達が異常な物語の象徴と相見《あいまみ》えなければならない理由が、わからない。

「いやいやだって……皆さんの記憶……消えかかって、いませんか？」

記憶が消えかかって――なるほどそれは、別の話ということか。

「……ふん、そうかい。やっぱり記憶が消えかかるのと、他に現象が起こっている話は別か。アタシ達には仲間の記憶が消える……そういう現象が起こっているんだな？」

稲葉が納得した様子で話す。

「……現象……ああ……違いますかね？」

だが〈ふうせんかずら〉は首を振った。

「違う？　どういうこと？」と青木が訊ねる。

「現象じゃなくて……現象の後始末《あとしまつ》で……」

後始末。

その単語が含む響きは、とても不気味なものだった。

なぜか、自分達が慈悲《じひ》もなく機械的《きかいてき》に処理をされる対象になった気分がした。

「一時的にランダムに……とかじゃなくて……完全に消すんです……一生」

脳が揺さぶられた。

ランダムに、じゃない？　完全に？　一生？

「て……ていう現象なんだよね！　現象中に一回消えたら戻らないけど、現象が全部終わりになったら元通りーっていうさっ」

永瀬の無理をした明るい声が部室に響く。本来それも明るく言うものではないのだが、今太一が想像した最悪のパターンよりは、マシだ。

「ああ……それで言うなら……」

理解のなかなか追いつかない、追いつきたくない太一達にもわかりやすくなるよう、〈ふうせんかずら〉はご丁寧《ていねい》に言ってくれた。

「現象中に起きたことが全て消えて……。現象のなかった世界に元通り……ですかね」

よほど啞然《あぜん》としていたのだろう。〈ふうせんかずら〉は「ああ……まず大枠《おおわく》を説明した方がよさそうですね……」と語り始めた。

〈ふうせんかずら〉達は複数存在し、この世界の至るところで『現象』を起こしている。通常ならば、現象が一通り終われば現象に関する記憶を関係者全員から消していく。

「……『現象』は世界にありふれているんですよ……とは言い過ぎですが、まあ……ないことはないんですねぇ……」

世界にありふれている。

特別じゃない。

いや、違う。今はいい。他人の話は一旦置いておこう。まず、自らの状況を知らなくてはならない。足下を固めなければ立っていることもできない。

「記憶を消すってのは、どんな、レベルでだ？」

稲葉が、少しでもよい回答を願い請うように訊《き》いた。

「現象に関する痕跡《こんせき》を消します……。完璧に……丸ごと……。現象自体も……現象がなければ起こらなかった出来事も……なかったことに」

完璧に、丸ごと、消される。

なかったことにされる。

しかし……現象がなければ起こらなかった出来事も、とは？

「例えば……だ。人格入れ替わりがあったって事実は、間違いなく忘れるんだな」

稲葉がまず一つ、尋ねた。

「ええ……ですね」

「入れ替わることによって……知った相手の秘密は？」

「……忘れますね」

「入れ替わりがあって、それがきっかけになって克服《こくふく》できたトラウマは？」

「……入れ替わりがなければあり得なかったことなら……トラウマはそのままですね」

「欲望が解放されて……それで友達同士が……真の親友になれたことは？」

「……忘れる……というかなかったことになりますね……」

「現象があって……色々あって……それで付き合うことになれた二人は？」

「……付き合っていない状況になりますね……。……正確に言えば……現象がなくても付き合っていたなら……付き合ってますが、そうじゃなければ……」

ふざけるな。

「ふざけるなよっ……ふざけるな……、ふざけるな……っ」

太一は無意味に、言葉を吐き出すことしかできなかった。

永瀬がかたかたと震え出し、空《うつ》ろな声を漏《も》らす。

「出来事自体を忘れるってさ、無理でしょ？　だってもし今わたしが現象中の大切な出来事を忘れたら、わたしは今のわたしじゃいられないよ？　それだけのことが現象中にはあったから。そうなったら、みんなとの関係も、消えちゃう……みたいな」

「ただまあ……現象に関するエピソードをすぽっと抜いても……皆さんの人生は、別に成り立っているでしょう？」

確かにそうかも、しれないけれど。

今度は青木が言った。

「け、けど……んな一つの現象中の記憶をごっそり失ったら……なにやってんだオレ⁉ってなるじゃん絶対」

「ああ……いえ。現象中の記憶が全て消えるんじゃないですよ……？　『現象に関わっている部分』しか消えません……。現象中だって皆さん……周りの人と普通に会話をしたり……食事をしたり遊んだり勉強したりと……していたはずで。それは現象がなくてもそうあったはずですから……消えませんよ？」

そんなに都合よくいくと思えなかった。実現性に疑いがある。太一は口を開く。

「考えついたんだが……例えば現象中に書いた日記は残るだろう？　完璧に消したって、見たら思い出されないか？　それが写真や映像なら尚更《なおさら》だ」

「それも、消えます。……物理的変化が僕らに不可能じゃないことは知ってるでしょう……？」

「そ、それって、最早《もはや》、世界の改変じゃない？　無理よ……無理無理。できっこない」

桐山が乾《かわ》いた声を漏らす。

「まあ……皆さんも過去の姿に戻ったことありますし……」

精神的に肉体的に過去に戻った、そんな体験は、あった。

「……なにより改変は言い過ぎですよ桐山さん……。ちょっと過去の記録を塗《ぬ》り替えるくらいですからねぇ……。現象に関わっている人間も普通多くないですし……期間も短ければ影響も少ない……」

ちょっと塗り替えるくらい？

なにを言っているんだ。過去の記憶を、やったことを消され、自分は、自分でいられるのか？　それに。

「仮に……仮に俺達の記憶が消えるとして、でも周りの皆は覚えているだろ」

「……いいえ」

太一の問いは、否定で以《もっ》て返される。

「だから本当に……その出来事がなかった世界になります……。当然、他の方の記憶だって、消えなければおかしい……」

〈ふうせんかずら〉は更に語る。

出来事自体は完全にこの世の歴史からなかったことになる。

そこにできる空白、空白のおかげでできる齟齬《そご》は一番収まりがよい形に置き換わる。

普通は空白がそこまで大きくないのでなんとでもなる。

「大きくないだと？　アタシ達は断続的《だんぞくてき》とはいえ一年半現象に関わってきたんだぞ？」

稲葉が必死の形相《ぎょうそう》で言う。

「……ああ、そうか……。皆さんが焦《あせ》っているのは……そこなんですね……。そこを説明してないから……ああ、なるほど」

「勝手に、納得しないでよ」

永瀬がきつい口調で言い捨てる。

「まあつまり……皆さんは特殊《とくしゅ》なんです。現象に関わっておきながら未《いま》だにその記憶を保持しているなんて……。その回数が複数回に及んでいるなんて……。普通はもっと短いので……影響も少ないんですよ……普通は」

「普通、普通って……だったらなにが普通だって言うのよ⁉」

我慢の限界を超えて桐山が叫んだ。

「一週間……長くて二週間ほど現象が続いて……終わる時点で、現象に関する全てが記憶からもそもこの世の中からもなかったことになって……終了です」

一週間？　自分達が知る話とは違う。一週間はまだ序《じょ》の口《くち》ではないか。

「つまり皆さんは……本来とっくの昔に終えておかなければならないことを……未だに残し続けちゃってるんですねぇ……」

一つの現象を二週間以上続けること。

何度も現象を行っていること。

一番初めの現象から数えれば、約一年半現象の記憶が残っていること。

その全てが、異例らしい。

「ちょい待って！　整理させて！『現象』は、世の中の色んなところで起こっていて、それは普通一、二週間で終わって消される。なのにわたし達は異様に長くて、トータルだと一年半になってて、記憶もまだ残っている……」

永瀬は頭を押さえ、目を瞑《つぶ》りながら話す。その言葉を聞いて太一も考えを整理する。

「……なんで、アタシらの場合は消えてない？」

当然、稲葉の発した質問に行き着く訳だ。過去の出来事がなくなっているとは思えない。だいたい、自分達が現象に遭ってきた記憶ははっきり存在する。

「……大元の原因を言っちゃえば……皆さんがなかなか面白い……」

いや、と繋げて〈ふうせんかずら〉は重ねる。

「……面白過ぎるからですかねぇ」

面白い、面白い、そう言われ続けてきた。それが原因なのか。

「だからその面白いがなんだってんだよ⁉」

稲葉が思い切り吠《ほ》えた。

「例えば……人格が複数人で入れ替わるなんてことになって……一カ月も耐えられたりするところですけど……。普通もっと短い間に……潰《つぶ》れますよ？」

前から考えていた、自分達が現象を乗り越え続けたからこそ何度も現象に遭わされたという推測《すいそく》は、あながち的外れでもないのか。

「まあ結局……僕が消さずに残しておきたいなぁ……と。……皆さんにあったことを消せば……僕の記憶も消えますしねぇ……」

「ちょっと待て。……お前の記憶も消えるって、どういうことだ？」

〈ふうせんかずら〉は誰かを現象に陥《おちい》らせて『面白い』を求める存在であるらしい。

基準《きじゅん》はまちまちだが、とにかく現象下から〈ふうせんかずら〉は面白いを見いだす。

そして一つの現象が終われば、必要なデータ部分を残して、後の記憶は〈ふうせんかずら〉からも消える。そのサイクルをずっと続けている。

なぜそうするのか、それには『そうする存在だから』としか答えられないらしい。

「それが……〈ふうせんかずら〉という存在」

太一は呆然と呟《つぶや》いた。

〈ふうせんかずら〉とはなんなのか。〈ふうせんかずら〉も記憶を消される存在だと解釈《かいしゃく》してみる。すると自分達がいて、〈ふうせんかずら〉がいて、更にその上がいるとも考えられる。

世界が、とてつもなく広がっていく。

一度に聞かされても、もう理解が及ばない。

「僕もまあ……色々と気づいたことがあるので……。記憶をなかったことにされるのは……遠慮《えんりょ》したいと思いまして……」

記憶を消されたくないというのは、あまりに、人間らしい感情だった。

自分達と、変わらないような。

「もういい。わかった」

稲葉の言い方は投げやりだった。

「お前は自分の記憶が消されたくないから、アタシ達の記憶を消さなかった。……そいつが真実であるか、どういう仕組みになっているかは置いておくよ」

吐き捨ててから、続ける。

「なのになんでまた、今更消えかかっているんだ？」

あり得ない前提《ぜんてい》に立って、あり得ない話をする。

この緊急事態では仕方がないのだろうか。わからない。最早基準が狂っている。

「まあ本来……残されるべきではないものですから……。ちゃんと痕跡《こんせき》を消そうという動きが……出ただけで」

「誰が動くんだ？」と太一が訊く。

「……〈三番目〉達と言えばわかりやすいですか……？」

「そこで……〈三番目〉が出てくるの……？　って、あたし達が会った奴のことだよね、〈三番目〉って。〈二番目〉も、同じ？」

桐山の問いかけに〈ふうせんかずら〉が頷《うなず》く。

「……でしょうね。……まあ〈二番目〉だけはイレギュラーな動きを……しているようではありますが……」

「つまりなんだ、本来『現象』中の記憶や起こった事実は、現象終了と同時に消されるはず。なのにお前は消していない。だから〈三番目〉みたいな他の奴らが消しに来た……ってことか」

「ええ……いい感じのまとめです。で……さっき普通は一、二週間で終わるって説明したじゃないですか……。これは起こったことを弄《いじ》る期間や範囲が広がるとやはり面倒になるという理由もあって……」

「でも、あれ、オレ達、『現象』記憶の保持期間、超長いんじゃなかったっけ？」

青木が疑問を呈する。

「……おかげで〈三番目〉達が複数でやってきて、しかも長期的な準備をしなければ消せなくなっているんですねぇ……。ああ……ですから今皆さんの記憶が一瞬消えかかっているのは前触《まえぶ》れでして……」

ゲームの設定を聞かされているみたいな感覚は拭《ぬぐ》えないが、筋は通っている、のか？

という訳で、と〈ふうせんかずら〉は続ける。

「……僕と、……協力しませんか？」

突然、思いもよらない、セリフが飛び出した。

「お互いに協力して……記憶を守りましょうという……話で」

けれどすぐに、感情は沸《わ》き上がってきて、詰め寄る勢いで太一は言葉を放つ。

「俺達はどれだけお前に、騙《だま》されてきたと思っているんだ？」

「でも今は……利害が一致しているんですよ……。……皆さんだって、記憶は消されたくないでしょう……？　僕だって……同じですよ」

消されたくはない。利害は一致している？　でもその程度で、今まで敵だった〈ふうせんかずら〉と手を組むなんて発想になるか。

勝手にやってきて、好き放題やらかして、自分の都合が悪くなるとしれっと協力要請《ようせい》してきて。舐《な》めるな。

「みんな……まずさ、記憶が消えるって話、信じてるの？　そんなのさ、ある訳さ」

桐山が笑みを作ろうとして失敗した様な顔で、口を挟んだ。

「でも……特にお三方はよく知っていますよね……そういう風に、記憶を消すことが不可能じゃないって事実を……？」

既《すで》に青ざめた顔を更に白くしたのは、稲葉に、永瀬に、青木だ。

思い出す。三人は、太一と桐山が『幻想投影《げんそうとうえい》』で記憶を消された世界を目撃している。

「あの時……太一と唯《ゆい》はアタシ達との繋がりを忘れていた……」

「自分が文研部《ぶんけんぶ》に入っている記憶もなくして……その代わりに、別の部活に一人で所属してるって、勝手に解釈《かいしゃく》して……。収まりがいいようになった？」

「オレ達はそうなるのが不可能じゃないって……認めなきゃ、ならない、のか」

稲葉が、永瀬が、青木が、口々に言う。

ただしその太一と桐山の記憶喪失は、イレギュラーらしく、本物の消去とは違うらしい。だから文研部の記憶を全て失ったし、周囲の人間には記憶が残ったままであったし、また最終的に太一と桐山の記憶も元通りになった。

本当の本物なら、そんな隙もなく完璧に消えるのだと言う。

もう、いい加減逃避したくなってきた。一度この場から離れたい。

「ああ、くそう。クソがっ。アタシ達が……アタシ達が……記憶と出来事の消去……まとめて『記録抹消《きろくまっしょう》』と呼んでおこうか……に備《そな》えて、できることは？」

限界ギリギリのところを渡りながら、それでも稲葉は〈ふうせんかずら〉と向き合う。

「……『記録抹消』……ああ……やっぱり名前をつけるとわかりやすいですねぇ……本当に。名前とは素晴らしい……。ああ……ええと……。まあ基本線は……僕の方で色々対抗策を用意しようとは……しています」

それにしてもだ。懇切《こんせつ》丁寧に〈ふうせんかずら〉は説明する。いつも自分の都合で話を切り上げる〈ふうせんかずら〉と、これほど長時間話したのは初めてではないか。いつもとは異なる態度が、つまりは〈ふうせんかずら〉にとっても異常事態であると示している？　わからない。でも気まぐれならば、今しかない。

「なので……僕に協力して頂ければありがたい……かなと。例えば……情報を得たらこちらに提供する。〈三番目〉達を警戒し距離をとる……。……記憶を残すための方法をとる……」

「情報提供も警戒もピンとこないが、記憶を残す方法があるなら言えよっ。早くっ」

稲葉は命令口調でまくし立てる。

「まあ……忘れたとしても、思い出せるようになにかを残す、……とか」

「あれ、ものも含めて消えるんじゃなかったの？　オレの聞き違い？」

青木が独り言に近い形で尋ねる。

「……なんですよねぇ」

「ふざけてるのかよ」と稲葉が怒りを露《あらわ》にする。

「いえ……だから……一見関連はなくて……『記録抹消』の対象とはならない。……けれど、皆さんが見れば、なにか思い出せる……みたいな」

「写真や直接的な文言は不可、なんだよな？」

「……はい」

「暗号化でもしろと？」

「……暗号で成功するかは知りませんが……皆さんの工夫《くふう》で……なんとか」

というか、と永瀬が口を開く。

「わたし達が……一旦は忘れること前提《ぜんてい》なの？」

「いやまあ……消されないために戦う方法が特にないので……。そっちはむしろ僕がやりますよ……と。けれど、今の感じだと……奴らの本気の『記録抹消』がくる前にも、皆さん色々忘れる可能性もありますし……」

「どれくらい……時間が残ってるの？　まさか今すぐ消されるんじゃ……」

たぶん無意識だろう、桐山が、消される事実を受け入れた前提で、怯《おび》えながら聞く。

「……まだいくらか時間があるはずですよ……。もう少し準備にかかりそうですし……。後〈三番目〉達が他のことも同時にやっている間は……、取りかかりはしないんじゃないかと。……予想ではありますが」

いつかくるかと恐れ戦きながら、消されても取り戻せるものを準備しておく。それは打ち破るというより、防衛策を張るやり方であり、戦いにくくもあった。

勢い任せじゃいかないのだ。

「つまり……」

稲葉は半眼《はんがん》になり、気怠《けだる》げな口調で続けた。

「アタシ達の現象に関する出来事や記憶は、本来なかったこととして消され、空白ができても収まりがよくなるよう物事が調整される。だが、お前はずっとそれを消さないできた。同時に自分の記憶も消えるのが嫌だ、って。それはルールを逸脱《いつだつ》しているから、〈三番目〉達が現れて『記録』を消しに来た」

頭が痛くなってくる。稲葉も眉間《みけん》を押さえ、ぎゅっと目を閉じる。

それから呆れたみたいに「はっ」と乾き切った笑いを漏らした。

「で、『記録抹消』は互いに避けたいから、お前も努力するし、アタシ達ももし忘れても記憶を取り戻せるような方法を考え実行すべきである。……バカじゃねーの」

自分達に関する物語の説明は、一旦終了らしかった。

もう、しばらく、いやしばらくなどと曖昧《あいまい》な言い方はせず丸一日は、今の話を受け止めるための時間が欲しかった。

しかし今回は、話がまだ終わらない。

なら、と声を上げたのは桐山だった。

「なんで……他の人達に現象が起こるの？」

震えながら質問する桐山の原動力は、たぶん現象に遭《あ》う友人達への想いだ。

「いや……それは別の話で」

「別の話なんかじゃあないっ」

強く、懸命に桐山が吠えた。

対する〈ふうせんかずら〉の目は変わらずやる気がなさそうで、冷たい。

「……なぜ？」

「だって雪菜《ゆきな》や美咲《みさき》ちゃんに現象が起こってるんでしょ⁉　大切な友達でっ」

「じゃあ……大切な友達以外の人達はどうでもいいということで……」

「お前の遊びに付き合ってる暇《ひま》はねえんだよ。つーかまず『現象』は、起こってるんだな、本当に？　対象は栗原《くりはら》達女子陸上部の五人と一年生男子達で間違いないんだな？」

「……起こっているかは、はい。指している人も……間違いないと思いますよ……。僕の方で名前のリストアップなんてしてないので……正確な答え合わせはできませんが」

「……で、現象を起こしているのも……〈三番目〉であると」

「そうですね……。皆さんの『記録』を消そうとしている存在と……同じですね」

「なんだよっ？　〈三番目〉達は、オレ達の記憶消したいんじゃなかったのかよっ？」

青木がもうさっぱりだ、と言わんばかりに問いかける。

「……そこなんですよねぇ」

呟いて、〈ふうせんかずら〉が窓の外を見つめた。

「皆さんの『記録』を消すことがメインであるのは間違いないんです……。実際準備してますし……。でも……片手間でなにか別のこともやっているみたいで」

物思いにでも耽ろうかという〈ふうせんかずら〉に稲葉が言う。

「聞くが、一度現象が起こった間近で、また別の現象が起こること、あるのか？」

「……あまりないですねぇ普通。二つの現象を近距離《きんきょり》で同時に起こすことも……干渉《かんしょう》し合う可能性があるから控えられてますよ……」

「じゃあ、今はなんでよっ」

桐山は激しく問い詰める。

「『記録抹消』の作業に時間がかかるのでその……暇潰《ひまつぶ》し……」

悪ふざけもいい加減にしろと、瞬間的に怒りが込み上げた。

しかし太一達の感情を読み取ったのかどうか〈ふうせんかずら〉はすぐ訂正《ていせい》する。

「……は流石《さすが》にないですかねぇ……ゼロとも言えませんが。現象やるのにも手間はかかりますし……。だから……他の目的がある……感じも、します」

「その内容は？」稲葉がノータイムで訊く。

「……さあ」

「お前、〈三番目〉達の動きをどこまで把握《はあく》しているんだ？　どうもお前が仲間と敵対している風、だが」

〈ふうせんかずら〉が固まった。その一時停止は、今までとは違う雰囲気があった。

「まあ……敵になるんでしょうね……。おかげで動きを掴むのも大変で……遅くなりました。直接なにかされることはないんですけど……。奴らは皆さんの記憶を消しちゃえば……僕の記憶も消えますから……それで結局元に戻ると……思ってるんでしょうね」

なんでも把握していると思わせていた〈ふうせんかずら〉にも、限界はあった。超常現象は起こせても、超常を超えた存在ではない。〈ふうせんかずら〉がほんのわずか、近くなった気もした。もちろん、気のせいだろうが。

「とまあ……一通り話した気はするので……後は皆さん頑張って頂いて……」

「待て！」

誰もが言おうとしただろう。だけど太一が、一番に先行した。

「『現象』が起こっている皆を……」

やっぱり、このままというのは無理で。

「放ってはおけない」

太一は皆の顔を見る。気持ちは一つだった。

「〈三番目〉達に近づかない方がいいと……言ったはずでは……？」

「栗原達と関わることが、〈三番目〉達に近づくことになるのか？」

「……なりますね」

「なにがダメなんだよ？」と青木が訊ねる。

「目をつけられたくないんですよね……。記憶を消されないよう動いていることが知られると面倒《めんどう》でしょう……と。向こうは……こちらの記憶を消そうと動いています……。

～ですが同時に、他の話も進めている……。なのでそちらに時間をかけてくれれば……

『記録抹消』のための作業を遅らせることにも……なる訳で」

「現象に遭っている雪菜や他の人達を利用するんだ……最低」

桐山の軽蔑《けいべつ》したセリフを、〈ふうせんかずら〉は無視する。

「つか、目をつけられたら終わりだとするとすっげー危なくない？　あいつらも、いつだってわたし達を観察できるんでしょ？」

永瀬の懸念《けねん》は当然だ。

「ああ……今のままならたぶん大丈夫ですよ……。どうせ後で消えるんだって、奴らはそれほど見ていないはずです」

「だったら、他のみんなのために動くのも、ある程度は可能なんだな」

自己犠牲《じこぎせい》なんて欲求じゃなく、単純に同じ苦境《くきょう》にある皆のためになにかしたい。決意を基《もと》に言った。

「……まだ、言ってるんですか……？」

「……本気で、言ってるんですか……？」

〈ふうせんかずら〉は、意外そうで、苛立《いらだ》っているようでもあった。

迫る言葉が、脅迫《きょうはく》に聞こえて、太一はたじろぎかける。

「なにを言おうがどう脅《おど》そうが、戦わないって選択肢《せんたくし》は、アタシ達には出てこねえぞ」

でもすぐに、稲葉という頼れる援軍が加わる。

「他のみんなを見て見ぬフリなんて」「できるワケないね」

桐山と青木がペアになって言葉を紡ぐ。

「わたし達はずっと、心が折れかけたこともあったけど……実際にわたしは、一度ダメになっちゃったけど」

永瀬が語る姿に、思わず太一は感情移入する。

「でも完全に〈ふうせんかずら〉に屈しなかった。だからここまでやってこられた」

永瀬は皆の思いを代弁する。

「それに、だ」

まだ足りないとばかりに稲葉が続いて喋《しゃべ》り出す。

「お前はもう、アタシ達になにかをする気はない。その後始末をしに、〈三番目〉達がきた。これにもし打ち勝つことができたなら……アタシ達の戦いは、本当に終わりになるんじゃないか？」

本当の終わりに向けた戦いが、そこにあるのだ。

「なら最後の最後まで、貫いてやるよ。『現象』が起こっている他の奴らのためにできること、あるだろう？　言え」

稲葉が突き進んで傲岸不遜《ごうがんふそん》に、命令を下す。

「……勢いで誤魔化《ごまか》している気がしないでもないですが……」

しぶしぶにも見える態度で、〈ふうせんかずら〉は説明を開始した。

他の者達に起こっている現象は〈三番目〉達の支配下にある。

〈ふうせんかずら〉に他の現象を止める術はない。

原則通りなら、一、二週間もすれば現象は終了し、『記録抹消』が行われて現象は『なかったこと』になる。

現象が終わる条件は二つ。一つは現象を起こした奴が『面白かった』と満足した時。もう一つはこれ以上やると『現象をなかったことにする』のに手間がかかる時である。

そして普通は『現象に関すること』と、『現象がなければ起きなかった事柄《ことがら》』が、記録から綺麗に消失する。必要に応じて、収まりがよくなるように改変が加えられて。

「でもまあ……緊急性が高く、大ごとになった時には……例外の対応も……」

「『大ごとになった時』ってのはなんだ」

稲葉が尋ねる。少し間があった。

「真実を、話せよ。もう誤魔化しも要《い》らねえだろっ」

更に稲葉が問い詰める。破れかぶれに近い感もあったが、その分恐れがなかった。

「言うと……不味い流れになる気も……するんですが……。でも……結局、その方が頑張ってくれるなら……いいのか」

〈ふうせんかずら〉は迷っていたが、結局ぶつぶつ呟いて妥協《だきょう》した。

「まあ……普通はなるべく収まりがよくなるよう……できるだけ余計なものは消さないよう……するんですよね。そっちの方が楽ですし……。当然……収まりがよくなる時に……付随《ふずい》して消されるものも存在しますが……あくまでおまけ程度です。が……『強制終了《きょうせいしゅうりょう》』というものが……ありまして」

いやに、危険な臭いがする。

「まあ『強制終了』の場合……、あの時八重樫《やえがし》さんと桐山さんの記憶が消えたみたいな感じで……仲間との特別な関係性を綺麗に忘れて……ただ普通の知り合いに成り下がる……なんてことも」

「な、なんでそうなんの⁉　意味わかんなくない⁉」

永瀬が戸惑い露《あらわ》に叫ぶ。

「普通に終われればいいんですが……トラブルでそうはいかない時もありまして……となると……『強制終了』を……します。つまり、色々調節している時間がないので……もう丸ごと消してしまえ……と」

「千歩譲《ゆず》って、一、二週間の現象に関する記憶が消されるだけならまだ許せる……まだ、許せるよ」

稲葉の感覚もおかしくなっている。多少なら記憶の抹消も容認《ようにん》する、なんて。

「けどなんでテメエらの都合でっ、一緒にいた仲間を忘れなくちゃならねえんだっ」

「……致し方ない場合も、あるということで……」

たった一言で、片づけられる。

現象が外部の人に漏《も》れること、社会的に問題になる『大ごと』になった時、もしくは誰かの心が完全にやられて『大ごと』になった時、そんな、なにかこれ以上進むと『何事もなかったように修復《しゅうふく》するのが困難になる』と判断された時、『強制終了』は発動される。ともかく社会に影響を出すような事件に発展するのを、強制的に避ける意図があるらしい。

「……どう考えても無理に消す方が後々大変っぽいけど」

永瀬が呆れた溜息と共に感想を漏らす。

「それがそうでもなかったりするんですよ……興味深いことに。……まあ僕達としてもリスクが高いので……『強制終了』はあまり使いませんが……」

「前のっ千尋《ちひろ》君の時は、後で元に戻ってるよね？　あたしみんなを忘れてないもんっ」

桐山が希望を見つけたみたいに、勢いをつけて発言する。

「あれは……トラブルなので……。本物の『強制終了』とは少し違います……」

稲葉が釈然《しゃくぜん》としない顔で呟く。

「つまり……なんだ。強制終了は絶対に避けるべきだ。……逆に言えば普通に終われればマシ。だから、普通の終わりを迎えるのが目標になるのか？　だったら消えるものも現象中のものに限られるから、許容範囲だと」

「……でしょうか、ね」

ん～、と唸ってから永瀬が話し出す。

「〈ふうせんかずら〉はわたし達が安定したら飽《あ》きてやめた。やっぱそれと同じ方向に持っていくのが一番か。現象なんてものともせずに、いつも通りを貫く、と」

自分達がこれまで続けてきた戦い方こそが最善《さいぜん》かもしれない。なら活路《かつろ》はあった。

「……でも本当に、〈ふうせんかずら〉が話してくれて助かったよ」

ほんのわずかの親しみを込めて太一が声をかけると、稲葉に「なに言ってるんだコイツ」という目で見られた。

「絶対に戦わなければならないと、わかったじゃないか。他の皆が残してきたものを、記憶を、消されるのを黙って見過ごしていいはずがない」

そう、戦わなければならない。

必ず戦わなければならない理由がある。

だったら、戦うまでだ。

「……最後一つ確認しておきたいんだが、アタシ達が、栗原達や一年生達に現象の話を直接するのは、アリか？〈二番目〉からは『やめておけ』と忠告《ちゅうこく》されているんだが」

冷静な稲葉は確認事項を忘れない。

「警告は一応でしょうから……正直ある程度は大丈夫なはずですよ。僕らは外に広まるのを嫌いますが……皆さんは『現象』を知っている訳で……隠す意味もなく。ただそうですね……。奴らが伝えていないルールまで教えてしまうとか……やり過ぎて限度に触《ふ》れると……別でしょうが」

やれる範囲は手探りになりそうだが、全くなにもできない訳ではなかった。

「ああ……なんだか話したことは失敗だった気が……」

〈ふうせんかずら〉は後悔《こうかい》しているらしい。

だからだろうか、〈ふうせんかずら〉は、最後突きつけてくるように言った。

「でも皆さんが一番に考えるべきは……自分達自身のことですよ……。他人のことにかまけて……ご自身のことがおろそかにはならないように……お願いしますよ……？」

そして〈ふうせんかずら〉は去った。

■□■□■

〈ふうせんかずら〉との長い話を終えた後の雰囲気は明るくもなく、かと言って暗くもなかった。

　はっきりとした感情の浮かばない部室は、どこかいつもと異なっている。

　誰が話し出すでもない。皆は時折《ときおり》姿勢をわずかに変えたり、ぶつぶつと他には聞こえない声で呟きながら考え込んでいる。情報量が多過ぎた。

　今までとは全く異なる展開だ。〈ふうせんかずら〉への思いと、新たに出現した敵への思いが錯綜《さくそう》している。感情のベクトルがどっちを向いていいのか、今は絶望すべきなのか希望を信じるべきなのか、判断がつかなかった。

　ただ〈ふうせんかずら〉が現れて、ほとんどパブロフの犬みたいに、戦わなくちゃという気持ちが湧《わ》き上がっていた。その気持ちに基づいた対応をしていた。

　皆同じ態度で、気持ちは一緒だ。五人一緒だ。

　そうやって皆で心を支え合って、戦おうとしている。自分達はこの方法でずっと乗り切ってきた。今回だって、同じことだ。

　他人に現象が起こったって、やるべきことは変わらない。

「ぶっちゃけた話をすればだ」

沈黙《ちんもく》し多くの色が混じり合って結局色をなさない部室で、稲葉が口を開き火を灯す。

「一週間二週間の……現象中の出来事や記憶なら、仕方ないかと諦められる」

「絶対納得はできないけど、……『強制終了』よりはね」

永瀬も複雑《ふくざつ》な表情で言った。

それが起これば、一週間、二週間じゃきかないレベルの、仲間の絆《きずな》が消えてしまう。

「……で、アタシ達の場合は期間が異様に長いから……複雑なことになっている」

『人格入れ替わり』から数えれば一年半近くの時が流れ、現象には都合六度遭遇《そうぐう》した。

その中でどれが、現象があったから起こった消されるべき『記録』で、現象と関係なくあったはずの消されはしない『記録』なのか。

「悔《く》やまれるのは普通とは少し違ったらしいアタシ達五人と……、どうも奴らの普通からは外れつつある〈ふうせんかずら〉が出会ってしまったこと、って感じか？」

なにを間違ったのか、今自分達はイレギュラーな状況下にある。

「でもとにかくさ、今やれることをやるしかないだろ」

それが正しいと信じて太一は言葉を紡いだ。

「今はまだ『記録』も残っている。なにも消えちゃいない」

「そ、そうよね！　雪菜達、他の子達も、助けないと！」

「オレ達の経験を使えば……なんかできそうな気がするもんなっ」

桐山と青木が続けて勢いを盛り上げてくれた。

「やれるよ。……やろう」

自分と皆に言い聞かせるように、戦意を漲《みなぎ》らせて永瀬は言う。

稲葉はもう、一人で一つ先の段階に進んで考えていた。

「他の奴らに関しては『強制終了』だけは絶対に避けて、波風立たせず一、二週間を乗り切ればいいんだ。手を出し過ぎて〈三番目〉に目をつけられないよう気をつけて」

これまで積み上げてきたものから判断すれば、はっきりと指針《ししん》は立つ。

そうだね、と頷いてから永瀬が続ける。

「後は……わたし達が『記録抹消』に備《そな》えてできることを、するだけ」

「記録を残す手段……か。これはひとまず各自考えて実行し、よい案があれば共有だ」

稲葉が発言して、桐山と青木も同意する。

「オッケー」「よっしゃ」

「なんとかなる。いや、なんとかしよう」

自分達の力を信じて太一も言った。

奴らのルールの中で自分達は戦ってきた。今回も変わることはない。

ただこれまでなんだかんだ『面白く』するだけだった〈ふうせんかずら〉の現象とは違い、奴らは本当に自分達に害をなそうとしているが……いや、やることは同じだ。

自分達は自分達を、貫くんだ。

■□■□■

戦いが始まりを告げる。

やっとのことで、太一達は本格的に動き出す。

今把握する限り現象が起こっているのは、栗原達と一年生だ。

早速太一達は、栗原達と接触《せっしょく》を図《はか》る。まず彼女達と話さなければならない。

『欲望解放《よくぼうかいほう》』が起こったらしい一年生も気になり、千尋と円城寺《えんじょうじ》に連絡を取ったが、一年生達はもう帰宅してしまっていた。ただ少なくとも、共におかしくなっているのは同じクラスの四人の男子ではないか、とまでは見当がついたらしい。

栗原達は、陸上部の活動がないにもかかわらず陸上部の部室に籠《こ》もっていた。入れ替わる五人だけでいれば差し当たって問題ないという、太一達も辿《たど》り着いた案に、彼女達もまた行き着いたのだろうか。

運動場の端にある、部室が立ち並ぶエリア。冬の夕方も遅い時間である。まだ残っている部活生は近くにはいなかった。

「ねえ、みんな！」

閉ざされた陸上部女子部室の前で、桐山が語りかける。

中にいる五人は、このところずっと文研部から距離をとり続けている栗原達だ。初めは太一達に現象が起こり、その影響で避けられているのではないかと的外れな予想をしていたが、今は違うとわかっている。

彼女達は周りを避けようとしている。

彼女達はおそらく他の誰とも話を共有できないよう脅《おど》されている。

彼女達は人知れず、自分達だけで、自分達の世界に閉じこもり、苦しんでいる。

彼女達には――『人格《じんかく》入れ替わり』が起こっている。

今は話しかけても返事をしてくれない。でも今はいいんだ。

これから彼女達の世界を、こじ開けるのだから。

「あたし達はみんなが大変なことになってるって、わかってる！」

役目を担《にな》うのは『人格入れ替わり』中のメンバーと一番近しい存在の桐山だ。

「その内容とかは……もしかしたら口止めされてるかもしれないし、教えてとは言わない！　伝えてくれれば対策が練れるかもしれないけど、危険は冒《おか》せない」

一番初めノックして開いた扉の隙間《すきま》から、中に五人がいると確認できて以降、反応は一つもない。しかし桐山の熱の入った声は、きっと五人に届いているはずだ。

「だけどみんなが精神的に辛くなったり大変になった時……誰かに相談したくなった時。あたし達文研部がいるってことを、忘れないで」

「わたしとか稲葉ん。後万が一男子がよければ八重樫太一と青木義文《よしふみ》もいるからね！」

これが自分達の戦い方だと言わんばかりに、最後は明るく、永瀬が締めくくった。

＋＋＋

本当にどうすればいいのかわからない。

青木義文は居間でテレビをつけて、でも画面を観《み》ずうわの空で、ぼうっとしている。

皆のテンションに乗って、「やってやるぜ」的な勢いを見せつけた。自分もその波を作ろうと頑張った。

でも明らかに、自分も、みんなも、無理をしている。

自分の『記録』が消えるって、なぁ。

文研部みんなの『記録』が消えるって、なぁ。

他の人の『記録』も消えるって、なぁ。

それはもうとてつもなく大変なことだ。

だってさあ、『記録』がなくなれば、自分は今の自分でなくなるんだ。

体よく言えば生まれ変わりで、残酷《ざんこく》に言えば、死？

――自分の生死がかかっている？

一気に、心の臓が冷え切った。寒い寒い。マジで寒い。なんでこんな気持ちを、自分が味わわなけりゃならないんだ。いい加減、誰かが夢だと教えにきてもいい頃合いじゃないか？　そんな危機的状況にもかかわらず、自分達のためだけでなく皆のためにも戦うって言ったけれど、その余裕があるかどうかは実のところ怪しい。

だって自分達はただの一般高校生だぞ？　特殊能力《とくしゅのうりょく》もなにもありゃしない。

でも大切な仲間の絆が失われるかもしれないと言われると、見過ごすのは無理だ。

自分達の防衛手段《ぼうえいしゅだん》として虚勢《きょせい》を張ったってとこも、たぶんある。

気弱になると、逃げの姿勢になると、たぶんヤバイ。誰かを見捨てたら罪悪感《ざいあくかん》に苛《さいな》まれ、気が気じゃなくなって、自分達のことまで上手くいかなくなる。精神的に攻めの姿勢でいると強く心が持てるからその分いい。危険ではあるけど。

自分達も他の人も守りたい。

本当はどっちにも全力投球できればいいんだけど、このレベルの難敵《なんてき》には全力でやっても足りない。

全力疾走《ぜんりょくしっそう》して、駆け抜けて、必死に生きて、今を最高にしてそれを積み重ねる。

今さえよければオッケー、そうずっと思えていればこの上ない。でも今回のケースも、その考えで、乗り越えていいのか？　乗り越えられるのか？

「珍《めずら》しく難しそうな顔してんじゃん」

「あ、姉ちゃん帰ってたんだ」

短大を出てアパレル系の企業に勤める姉がスーツ姿で帰ってきた。

「あ〜寒いっつの。義文、熱燗《あつかん》お願いね」

姉は着替えもせずこたつの中に滑《すべ》り込む。

「……飯時になったら用意します」

「え～寒い中帰ってきた姉が体の芯《しん》から暖まりたいと言ってんのにぃ～」

しゅっとしていて弟から見ても結構美人だと思う。にもかかわらず彼氏ができても長続きしない要因はここら辺にあるんだろうな。

「で、なに悩んでんの？　ご飯がおいしくなくなるからさっさと解決して」

「……姉ちゃん酔《よ》ってる？」

「ものすっごいうざいと思っていた飲み会に義理で出たら、ものすっごいを遥《はる》か越えてうざかったからピッチャー一気飲みして帰ってやった」

「か、かっけぇ……じゃなくて、無理すんなよマジで」

「大丈夫だっつの、まだ二十代前半だぞ。で、なんなの？」

酔っ払いの相手は面倒臭いなぁ、と思いつつも。

「や、なんかもの凄く大変な事態になって、オレや仲間だけじゃなく他の人の命運《めいうん》まで背負っちゃう感じになって、……それでもオレはいつも通りで大丈夫なのかなぁ、と」

詳細は話せないので、ぼんやりな感じになる。

「ダメ」

「回答早っ⁉」

「ていうか、いつも通りって？」

「え、意味わからず答えてたの？　ま、今に全力投球！　みたいな」

「ふーん、そりゃあダメだな」

「な、なにがダメなんだよ」

「今のあんたじゃ他の人の命運なんて背負えないよ。降ろしてきな」

「……なんでそんな勝手なこと言われなきゃならないんだよ」

「あんた最近朝は早いし帰りは遅いじゃん。つーかそういうのに定期的になるじゃん」

……不味《まず》い。姉は普段指摘してこないけど、やっぱそういう目で見ていたんだ。

「自分だけのことなら、なんでも自己責任だし、死ななきゃ後はどうでもいいって思ってるけど、人に迷惑をかける話になるとなぁ。あんたはその器《うつわ》じゃない」

「いやマジ、なんなの。実際背負ってるし。オレ結構色々やってきてんだよ」

イラッとし始める。

「ははっ、そりゃ勘違いもいいとこ。がむしゃらにやったら偶然上手くいってるだけ」

「……もういいわ。勝手に言っとけよ」

「や〜い、拗《す》ねやがった〜」

バカにしながら姉はもぞもぞとこたつの奥へ上半身まで埋《う》めて寝転がる。腹立つ。

とむかついていたらまた話し出した。

「あんたの楽天的で、どこか達観《たつかん》している性格、いいと思うよ」

酔っているからそれっぽいことを語りたいんだろうか。顔が見えないから、本気かどうか判別がつかない。

「でもそれだけじゃダメな瞬間が、くるよ。なにかを背負おうってなら今にでも」

それだけじゃダメ、と言われて、どきりとした。

「あんたがそういう姿勢で、分不相応《ぶんふそうおう》なことやるって言うなら、人様に迷惑かけらんないから」

寝転がったはずなのに、わざわざ上半身だけをよいせっと起こす。

「姉ちゃん、あんたを止めるよ」

マジな、目だった。

六章　誰かの戦い

「……いってきます」

申し訳程度に声をかけて、兄……八重樫《やえがし》太一《たいち》は家を出ていった。

「あいつ最近元気ないな……。そして今朝も出るのが早い」とお母さんが呟《つぶや》いている。

自分も、八重樫莉奈《りな》も同じように思っていた。

お兄ちゃんは昨日も元気がなく、凄《すご》く思い悩んだ様子で帰ってきた。

だから少し問い詰めてやったら「俺も、みんなのためにやらなきゃいけないことがあるんだよ」なんて答えが返ってきたのだ。

だから兄を少し叱《しか》りつけてやった。「みんなの前に、まず自分のこと考えてよ。ちゃんとしてよ」、と。妹を心配させない程度にはしゃんとして欲しかった。

そしたらお兄ちゃんは「俺にも色々あるんだよ」「早く自分の部屋で勉強しろ」と妹の気持ちを無下《むげ》にして暴言《ぼうげん》を吐いたのだ。すぐお母さんに言いつけて怒って貰った。ふん、お兄ちゃんが悪いんだからね。

確かにこれまでも様子がおかしく、ちょっと変になる時があった。

何度もあって、その度《たび》いつの間にか元に戻っていたけれど、いくらなんでも多過ぎた。

うちのお兄ちゃんはバカみたいにお人好《ひとよ》しだって知っている。する必要のないものまで抱え込む。そんなお兄ちゃんは好きだけど、でも無理はしないで欲しいと思う。自分を大事にして欲しい。

しかしおバカさんなお兄ちゃんはやっぱり自分を犠牲《ぎせい》にしてでも無理をしちゃうから、その時こそ妹の出番だった。

もしこれ以上悪化するようであれば……。

「わたしがフォローしてあげなくちゃ。全く、世話の焼けるお兄ちゃんだ」

「莉奈っ〰〰！　あんたはさっさと朝ご飯食べなさいっ！」

「わ、わかってるよっ」

＋＋＋

翌朝一番の仕事は、部室で千尋《ちひろ》と円城寺《えんじょうじ》の二人に〈二番目〉と〈ふうせんかずら〉の話を伝えることだった。

『人格入れ替わり』と『欲望解放《よくぼうかいほう》』という現象を、過去に文研部《ぶんけんぶ》は体験してきている。

『人格入れ替わり』は複数人《ふくすうにん》の人間の中でアトランダムに人格が入れ替わり、戻り、また入れ替わり、を繰《く》り返《かえ》す現象だ。一度の入れ替わりは短ければほんの数分、長くても二時間程度だが、一対一ではなく三人や四人の人間の中で人格がシャッフルされる場合もある。

『欲望解放』は人の持つ欲望をこれまたランダムに解放してしまう現象だ。概《おおむ》ね、その現象が起こった瞬間《しゅんかん》本人が一番やりたいと思っていることを、理性《りせい》の歯止めを無視してやってしまう。ただ実際に現象が起こっている時間は非常に短いため、欲望に従いなにかをしようとしても、それが達成《たっせい》されずやりかけて未遂《みすい》に終わるパターンが多い。また現象が起こる瞬間には副作用として頭の中で、解放されようとする欲望に関連する『声』が聞こえる。

それらの現象が、山星高校《やまぼしこうこう》の他の生徒の間で起こっている。自分達の知るルールは全て太一達の体験談によるが、他の者達に起こってもさほど変わらないだろう。

当初太一達は、その兆候《ちょうこう》を自分達に現象が起こっているため発生していると勘違《かんちが》いした。でも〈二番目〉や〈ふうせんかずら〉の出現で、予想は全く外れていて、他の生徒を主人公にした話だということがわかった。

それを引き起こしているのは〈三番目〉達という存在だ。

〈三番目〉達は現象を起こしている。なにもなければ、おそらく一、二週間で終了となり、現象下にあった者達は、その現象に関わる事実だけを『なかったこと』にされ解放される。ただし、もし『大ごと』になりそうであれば現象を乱暴に『強制終了《きょうせいしゅうりょう》』され、共に現象にあった仲間との思い出も付随《ふずい》して消される可能性があった。それはなにを措《お》いても絶対に防《ふせ》がねばならないことだ。

更に〈三番目〉達の目的はその現象を起こすことだけにはとどまらず、今まで太一達に起こった現象に関する事実を、全て抹消《まっしょう》しようとしている。

太一達は今、記憶も、それが起こった事実さえも奪われる危機に瀕《ひん》している。

これだけのことがあれば、昨日の放課後も栗原《くりはら》達に声をかけたはいいが、その後はふらふらと虚《うつ》ろに帰宅するしかなかったのも、自明の理というものだ。

「……『人格入れ替わり』現象に」

「よ、よ、『欲望解放』現象……で、ですか？」

「それが陸上部の女子五人の方々と……」

「わ、わたし達のクラスの男子四人に起こって……い、る」

千尋と円城寺は、頓狂《とんきょう》な声を出す。気持ちは十分理解できた。

「信じられないかもしれないけど……」

「ゆ、唯《ゆい》先輩。そんなことないですよ、信じます。……ただ」

「記憶が……なかったことに……ってのは」

「……あ、あの時の、唯先輩と太一先輩の感じに、なるんですよね？」

千尋も円城寺も酷くうろたえている。

「念のため聞くけど、二人に記憶障害《きおくしょうがい》の兆候は？」

　真剣な面持《おもも》ちで永瀬が訊く。

「こ、心当たりありません……」「……ない気がします」

〈ふうせんかずら〉によると『現象』に関する出来事自体が消え去るのだから、一年生の二人とこれまで積み上げてきた〈ふうせんかずら〉に関する物語も、なかったことになるのだろう。しかしとりあえず現時点では違和感《いわかん》がないのには、素直にほっとした。

「記憶……『記録《きろく》』？　……がなくなったらわたしは……どうなるのでしょう……か？　あれがなかったら、わたしは、まだ……ダメなまま……だって、ことも」

「どれだけ影響が出て……俺もどれだけ、変えられてしまうのか。……変えられるって表現、恐いですね」

「もちろんわたし達は、失わせなんて、させないつもりだよ」

　永瀬《ながせ》が、震える二人を落ち着かせようと力強く言い切る。

「大丈夫だって、……マジでさ。オレ、全部背負う気で頑張るからさ」

　青木《あおき》も強気を貫《つらぬ》く。ただ少し気負《きお》い過ぎているように見えるが、それは皆同じか。

「不安、か？　恐ろしいもんな」

　楽観視《らっかんし》一辺倒もどうかと思い、太一は尋《たず》ねた。

「た、たぶんですけど……どっ……ど」

　円城寺は半泣きになりながら太一に言おうとして詰まり、言おうとして詰まり、また詰まって、なんとか喋《しゃべ》り出した。

「これまでどこか……他人事だったんだと思います。わたし達には起こってないから、って。……見て見ぬ振りはしないって決めてた、のに」

その言い方は、まるで自分で自分に失望しているみたいだった。

「見て見ぬ振りとは言わねえよ」

それを、千尋がフォローした。

「……ただ真剣みは、足りてなさそうだな……俺も含めて。実感持って追い詰められなきゃ……やっぱわかんないすよね、バカだから」

「誰《だれ》だってそうだよ、誰だって」

稲葉《いなば》が呟く。部室は重苦しい雰囲気《ふんいき》になっていた。

打ち破らなければと、太一は思った。

「今までにないくらい厳しい状況だよ。だからこそ七人の力が必要なんだ」

みんなの力を合わせれば、何人の方を守ればよいのでしたっけ……?」

「……七人で、何人の方を守ればよいのでしたっけ……?」

円城寺が蚊《か》の鳴くような声で尋ねる。

「俺達七人……栗原達五人……後一年生は今のところ四人……で計十六。もちろん、また増える可能性はあるが……」

「だから他に現象に巻き込まれている奴がいないか探すことも、必要だな」

稲葉が更なる任務を言い渡す。重荷《おもに》となるのはわかっていたが、言わなくてはならな

い。太一達だけの手じゃ足りない。

「基本的に紫乃《しの》と千尋は一年生の中の異変を発見し報告してくれたらいい。後はみんなで相談だ」

完全に戦力として計算した上で、稲葉が言う。

「自分達の記憶を消させない策……を講《こう》じるのが先決な気もしますけど……」

千尋の言う通りでは、ある。全くもってそうすべきじゃないかとも感じる。

だが戦いは始まっていて、待ってはくれないんだ。

「あいつらに全部を話したのは失敗だったか……？　特にあいつら自身にも影響する記憶の件に関しては……」

先に一年生二人を教室に帰してから、二年生五人だけとなった部室で稲葉は呟いた。

「いや、必要だっただろ。中途半端に誤魔化《ごまか》しても……上手くいかないよ」

太一は言う。皆、その判断には納得しているはずだ。

「あたし達にはまだ……やることがあるもんね」

桐山《きりやま》はぎゅ、っと拳《こぶし》を握《にぎ》った。

「つーか、どうだよ、ぶっちゃけ？　ああ、諸々《もろもろ》含めてってことな」

稲葉は皆に対して、大雑把《おおざっぱ》な質問をする。

「凄い展開ではあるね」と永瀬がまだ現実感がなさそうに答える。

「オレ達に現象が起こってさあ大変！　……じゃないもんね」

青木がそんな風に表現したので太一は言ってみる。

「肩すかしな感じはしたな。……で、焦《あせ》った。だったら自分にはなにもできないって」

包み隠さず話してみると、稲葉が応じてくれた。

「基本的に現象が起きている人間だけの話だからなぁ、現象って」

で、だ。と稲葉がタメを作ってから続ける。

「アタシ達の『記録』が消されるって爆弾《ばくだん》が投下《とうか》されるしよ」

記憶も、それがあった事実も。

「あ、あたしノートに書いてみたよ。忘れても思い出せるように色んなこと、さ」

桐山が自分の『記録抹消』への対策を発表する。

「わたしもやったよそれ。後、写真焼き増しした。効果あるかわからないけど」

永瀬も言うと、青木が声を上げる。

「そんな方法になるよな～。それで大丈夫なのかな～」

「『記録』が抹消されるって……やっぱりこう、実感湧かないんだよな」

太一は呟いた。誤魔化しようのない本音だった。

「その瞬間がくるまで……いや、こないのが一番なんだが、そうならない限り、考えた策が効果的かわからんからな。試行錯誤《しこうさくご》できないのが痛い」

対策を考え続けているのだろう稲葉が頭を押さえる。

「でもさ……、こんな危機が潜《ひそ》んでいるってわかっていない……今現象を起こされている子も、辛《つら》いよね」

永瀬の言う通り、おそらく今『人格入れ替わり』や『欲望解放』下にある面々は、大切な記憶まで消える可能性が存在していることを知らない。

「俺達にできることはなにがあるかわからない……。でもその危機を知っていて行動できるのも、俺達だけなんだな」

太一は言って、やはり自分達がやらなければという心を強めた。

本当の恐怖を知らない彼らのために、本当の恐怖を知ってしまった自分達が。

彼らの、ために。自分達のためでは、なく。

■□■□■

現象下にある陸上部の女子五人も、朝早くから学校に来ていたらしい。

部室から教室に向かう途中の廊下《ろうか》で、五人と遭遇《そうぐう》したのだ。

先に気づいたのは、太一達一行だった。

「ねえ、昨日の話、考えてくれた？」

優しく労《いたわ》る口調で桐山が話しかけると、太一達を見て女子達はびくりと体を引いた。

互いに立ち止まって、動かなくなる。両者には牽制《けんせい》する雰囲気があった。

今度は永瀬が腫《は》れ物に触《さわ》るような慎重《しんちょう》さで声をかける。

「……せめて、わたし達が味方であることを理解してくれていれば……」

「やめてっっ！」

女子の一人がヒステリー気味に叫んだ。

「関わらないでっ！　放っておいてっ！」

「そ、そこまで言わなくてもさ。なにもしないから……」

青木も戸惑《とまど》いながらなだめようとしている。

「だって……だってだってだってアイツが――」

アイツ。

それと同じ表現を、確か栗原からも聞いていたはずだ。

本当はその時、勘《かん》づかなきゃならなかったんだろう。

彼女達は、何番目か知らないそいつらに、会っている。

「やめなって！　その言い方も絶対ダメだって！」

「だって、こいつらがしつこいからっ」

女子同士で、揉《も》め始めた。

「なにか、あったのか？　例えば妙な奴に接触《せっしょく》された、とか？」

稲葉が口にした瞬間、周囲が冬の寒さを超える絶対零度《ぜったいれいど》の世界になった。

そんな錯覚《さっかく》を覚えるほどに、陸上部の女子達は凍《こお》りついた。

稲葉の狙い通りなのかはわからないが、太一達の推論《すいろん》は確信に変わる。

ある程度なら、太一達が栗原達に現象に関する話をしても大丈夫、らしい。程度は不明だが、踏み込まなければ簡単なアドバイスすらもできない。

「……その話、もしよかったら聞かせてくれないか？」

「できるワケないでしょ⁉　ふざけないで！」

案の定、激昂《げきこう》で返されてしまう。

しかしめげずに、永瀬も流れに続いた。

「わたし達も、無関係じゃないんだよ……実は」

「無関係だよ。……部外者だ」

女子達ははっきりと壁を築《きず》いて、侵入《しんにゅう》を決して許そうとしない。

「雪菜《ゆきな》……。美咲《みさき》ちゃん……」

桐山は、ずっと黙《だま》っている二人の親友の名を呼ぶ。

「唯……」「……唯ちゃん」

二人とも、苦しそうな顔で桐山の名を呟く。

その時。

「きゃ⁉」「や⁉」「え？」

突然大沢《おおさわ》と他の女子二人が声を上げた。

「なに⁉　どうした⁉」

栗原も慌てて皆に確認する。

「え……入れ替わった……」

「……またっ」

「待って。誰が、誰？　わたしは……」

しかも無情《むじょう》に、無粋《ぶすい》に、鐘《かね》が鳴る。

「あ……授業……」

呆然《ぼうぜん》とする彼女達を、その場で追及することなどできなかった。


頭に入るはずもない授業を一時間受け切り、休み時間に突入する。

一時間目を少し遅れてやってきた栗原は、一直線にトイレに向かってしまった。

「雪菜……。助けてあげたいのに……」

栗原が出ていった扉を見つめ、桐山が泣きそうな声を出す。

「トイレ内は安全圏《あんぜんけん》、ってとこだろうな」

そこに逃げることを、太一も無理に制止はできない。

太一は永瀬・桐山の二人と共に、他の陸上部の女子四人の様子も確認することにした。

休み時間の度に、各教室を見て回る。

初めに見に行った教室の女子は机に突っ伏していた。別の教室のもう一人のメンバーも同じ様子で、もう一人は室内にいなかった。

太一達は意識して見ているからだろうが、やはり女子達の様子は目立つように思えた。異変に気づかれ、問い詰められ、もしなにか摑《つか》まれてしまえば……それこそ、奴らが忌《い》み嫌う『誰かに現状を知られる』状況になる気がした。そうなった時『強制終了』をやられはしないか、心配だった。

そして傍《はた》から観察していて思ったのだが。

「俺達……よくやってたな。こんな入れ替わりを一カ月続けたんだよな？」

「終《しま》いには慣れてきちゃうからね」

「……あたし達ってもしかしておかしい？」

ぽろりと言った太一に続き、永瀬と桐山がそれぞれ発言する。

「……だからこそ奴は俺達をやたらと面白いと言って……何度も現象に遭《あ》う羽目に」

四人の様子を見終え、最後に大沢美咲のクラスを訪れる。

大沢だけは少しばかり様子が異なっていた。クラスの友人と普通に会話している。笑いも零《こぼ》れていた。太一達三人は教室の前で雑談をするフリをしながら室内を窺《うかが》っている。

「美咲ちゃん……現象起こってるよね？　スゴクね？」と永瀬が呟く。

「腹をくくった美咲ちゃんは、強いよ。筋の通った女の子だから」

桐山は自分のことではないのにどこか自慢《じまん》気《げ》だ。

「もしかしたら大沢がある程度冷静さを保っていて、みんなの支柱《しちゅう》になっているのかもな。俺達にとっての、稲葉みたいな」

現象に初めて遭った文研部でも、冷静に状況を分析《ぶんせき》し続けた稲葉がいたから、太一達も精神的にかなり楽になり対応できた。

陸上部の女子達が今も登校できているのは、もしかしたら大沢のおかげかもしれない。

「頑張れ美咲ちゃん……陸上部のみんな」

桐山は祈るように胸の前で両手を組んだ。永瀬も口を開く。

「でも今のままじゃ本当に、祈るくらいしか……あれ」

途中で話すのをやめた永瀬の視線を追う。

再び大沢を視界に捉《とら》える。と、さっきまで笑顔だった大沢が表情を消している。

嫌な予感がした。

次の瞬間大沢は扉に向かって走ってきた。ほとんど足をもつれさせて教室を出る。大沢は太一達を見つけ、「ひっ」と後ずさった。それから反対方向に一目散《いちもくさん》に駆けていく。

「美咲っ……ちゃん……じゃないかもしれない、誰……か」

桐山は反射的に追いかけようとして、すぐに立ち止まった。

教室にいた人間も、廊下を歩いていた者も【大沢】を怪訝《けげん》な目で見ていた。

現象が起こったのだろう。

でも現象が目の前で起こっているのにできることもなく。

「大丈夫かな……」永瀬が自分の腕を摑みながら言う。

太一達にできるのはそんな風に感想を漏《も》らすだけだ。

異常が起こっているのに自分に直接的な痛みはない。他人事なんだと思い知らされる。このまま傍観《ぼうかん》しているだけじゃなにも解決しないとわかっているが、自分達もこれ以上無理に手は出せない。少しでも状況を教えてくれないとどうしようもない。どうにか助けになりたいのに、結局なにもできない外の世界の住人になってしまう。

やろうと思っていてもなにも行動しなければ、それは初めからするつもりがなかったのと、一つも変わらない。

■□■□■

昼休みは、一年生も合わせて文研部《ぶんけんぶ》七人で部室に集合する。

「現象の起こっていないアタシ達がいつも通りの日常を送る必要はないんだし、今更授業出続けるのもどうかと思うがな」

稲葉が気怠げに言うので太一が答える。

「……いざとなったらサボるのも必要かもな」

「……お前からは『出るべきだろ』とつっこまれると期待したんだだが」

稲葉は意外そうにしていた。

午前の各自の動きを報告し合う。

太一が気になったのは『欲望解放』に遭っているらしい一年生達の動向だ。

「話を聞いた限りだと、やっぱり現象が起こっているのは、四人じゃないかと」

千尋が説明する。運がいいと言っていいかはわからないが、現象が起こっているのは千尋と円城寺のクラスメイトだった。調査、サポート共にしやすい位置にある。

次《つ》いで円城寺も報告する。

「み、みんな『【声】が聞こえて……』『……体が勝手に動くみたいで』とか『でもやりたいって気持ちは俺の本物でさ……』とか言ってました」

又聞きではあるが話を聞く限り『欲望解放』が起こっているのも、確定だろう。

「結構パニックで、色んな人に話そうとしてましたけど、ご、ご指示通り『周りには言わない方がいいよ』って教えました。あ、変になったのは一昨日《おととい》からだ、って」

どうもまだ〈二番目〉や〈三番目〉達からの接触《せっしょく》がないみたいなのだ。

「回数も今のところは多くない感じっすね」

「起こり始めた段階、ってことだな。……また大沢達のように拒絶されると敵《かな》わん。できるだけアドバイスしておけ。言うべきことは後でまとめる」

「うっす」「りょ、了解です稲葉先輩」

話を聞き終えて、永瀬が意見を述べる。

「早い内から対応できてると、なんか、できることありそうだね」

「あたし達も、その一年生達をサポートした方がいいかな」

桐山は顎《あご》に手をやりながら言う。

「中心は千尋と紫乃でいいだろ。急に見知らぬ上級生にこられてもやりにくいだろうし。つっても、顔合わせはした方がいい」

「頼りにしてるぜ千尋に紫乃ちゃん！　ってことだね稲葉っちゃん」

青木に言われ、一年生の二人はまんざらでもなさそうな顔をしていた。

話し合いはすらすらと、するすると、流れるように進んでいった――ことに、太一は少し疑問を持った。

『欲望解放』は、外部に被害《ひがい》を与える可能性がある。〈ふうせんかずら〉の現象の中でも屈指《くっし》の危険を孕んでいる、はずだ。それをこんなにあっさりと、千尋や円城寺に預ける形にしていいのか。

だけど今は、自分達がぐだぐだ悩んでいたって、どれだけ考えても、その通り一年生達が実行してくれるとも限らない。……少し醒《さ》めた考えだろうか。これも、当事者でないが故《ゆえ》の発想だろうか。

どのみち時間も足りない。大事がいくつも重なって、一つ一つの重要さが損《そこ》なわれている気がする。

今も『人格入れ替わり』や『欲望解放』を話し合って昼休みが終わろうとしている。

自分達の『記録』が消される件についての話し合いは満足にできず仕舞《じま》いだった。

■□■□■

ところが放課後になって、事態は思わぬ好転《こうてん》を見せた。

今日最後の授業が終わってすぐのことだ。栗原から桐山に一本のメールが入ったのだ。

「あの……さ」

そして陸上部の女子五人は今、太一達のいる文研部室を訪れている。

会って欲しい、そう連絡があり太一達は慌てて準備をした。

部屋に入りきる人数もあるし、見知らぬ後輩《こうはい》がいるのはどうだろうと、千尋と円城寺には席を外して貰っている。

「え……ええと」

対面にいる女子五人の中で、その役に任命されたらしい栗原雪菜が言い淀《よど》む。

「やっぱこれ……やめる？」「危ないよね……」「でもでも……」

女子達はこそこそと相談をしている。

そんな中大沢美咲が「じゃあわたしが言おうか？」と栗原に聞く。「い、いや……」と栗原は首を振って拒否をした。

息を吸って、大きく吐いて。

「あ、あの……あたし達文研部を信じるよっ！　だから話聞いてっ！」

栗原は一気に言い切って、目いっぱい頭を下げた。

文研部二年生五人の向かい側に女子陸上部五人は座った。残念ながら席が足りないので、太一と青木は後ろに立つ形になっている。

栗原達は、太一達の予想通り〈三番目〉と思われる存在から接触《せっしょく》を受けていた。

――君達五人の中で……時々人格が入れ替わる……。

――ルールは二つ……。人に知られないこと……そして変わらぬ日常を送ること……。

――いずれ……いやというよりそこそこ早く……日常を送っていれば終わる……。

――ルールだけは守るように。守らないと……。では健闘《けんとう》を……。

栗原達が要約してくれた話は、すぐさま奴らの不気味な喋り方に脳内変換《のうないへんかん》された。

「……知られるなって、じゃないとやばいって脅《おど》されて、だから唯達にも近づかないでおこう、って」

「文研部には名指しで近づくなって言われてたんだよっ。……過去に、同じ目に遭って事情を知ってるとか、なんとかで」

栗原ともう一人の女子が、文研部を拒絶《きょぜつ》していた理由を説明する。

「名指しとはまた大層だな……」

稲葉が呟く。そんな背景があれば、特に太一達を強く拒絶したのもわかる。

「でもわたし達だけじゃもう無理だった。力を借りないと。異論《いろん》はあるけど」

話す大沢は一人の女子をちらりと見た。

そのポニーテールの女子はずっと不満そうな顔で俯《うつむ》いている。

しかし大沢は他に比べてはきはきとした喋り方である。まだ自分を、強く持っていた。

稲葉がポニーテールの女子を気にしつつ、話し始める。

「奴らのルールに抵触することを恐れる気持ちもわかる。が……、あまりに余計な邪魔《じゃま》をしなければ大丈夫なのは確認済みだ」

「確かめた⁉　誰がっ、どうやって⁉」

ポニーテールの女子が立ち上がって噛《か》みつく。

「……アタシ達にはツテがあってな。お前らが会ったそいつとは、違うが」

稲葉はかなり大まかにだが〈ふうせんかずら〉の話を、陸上部の女子五人に伝えていった。途中途中で、太一達も口を挟んだ。

「……あいつの特徴《とくちょう》とかさ、もう完全に一致してるし……」

「あたし達があの訳わかんないのに会った瞬間を見ていたか……、じゃないと自分達で会ったか……」

おかげで過去太一達が現象に遭い事情を知っていると、信じてくれたみたいだ。

「経験者なんだね……。で……無事だったんだよね。ちょっと安心した。自分達も大丈夫なんだって、思えた」

希望を見つけてほっとしように、大沢は頷《うなず》いた。続いて栗原も言う。

「……ホント、精神的にきつくてさ。いつ終わるのかもわからなくて……。ずっと酷《ひど》い対応してて、なにを今更って思うかもしれないけど、アドバイスとか、くれたら」

自分達だけで対抗していた五人にも、限界がきていた。手を差し伸べてくれているし文研部に相談すべきではないか、との話し合いは前から行っていたらしい。

「だからって……だからって全部話していいの⁉　あいつのルールに、背《そむ》いてっ」

「あ、明美《あけみ》。落ち着きなって」

栗原がおろおろとしながらなだめる。

「じゃあ聞くけど……文研部が誰かにその話を漏《も》らしたこと、あるの？」

「現象の関係者以外には……初めてだな」

誤魔化さず、稲葉は正直に認めた。

「やっぱ……文研部が無事だったのは、ちゃんとルールを守ったからで……」

悲観論《ひかんろん》を訴えるポニーテールの女子に大沢が少し強く言う。

「明美っ、ルール、ルールって、なんであんな奴の言うことに縛《しば》られる必要が」

「じゃないとっ、もし一生このままだったらどうすんの⁉」

「動くことも必要だよっ」

「ストップだ！　落ち着こう！」

熱度が上がろうとしていた言い合いを、絶妙なタイミングで永瀬が止める。なかなか口も挟みにくい中、隙間《すきま》に滑り込む勘《かん》のよさは見事だ。

更に稲葉が駄目《だめ》を押す。

「そうやって対立すると、奴らの思うツボだ。敵は『人格入れ替わり』を起こした奴らだ。そこを間違わないで、みんなで協力した方がいい」

正論に、争っていた二人もなにも言わなくなった。


そこからの太一達の説明は、ある程度スムーズに進んだ。

現象を乗り切るためには、皆で協力し合い、いつも通りでいるのが大切なこと。人格入れ替わりに関して言えば、可能な限り連絡を取り合って状況を相互《そうご》に確認すること、なるべく人目を避けて大人しくしていること、他人に相対《そうたい》する時はできるだけ本人になりきること、などの原則《げんそく》を伝えた。

まだ夢であればいいと現実を直視できていない感じは見受けられたが、皆真剣に話に耳を傾《かたむ》け、太一達の話した内容を実践《じっせん》すると約束してくれた。

「後『別に大したことない』という認識も大事だな。心の持ちようで大分変わってくるから」とも稲葉はアドバイスした。

話していく中で一つの疑問が彼女達から呈《てい》された。

これはいったいなんなのか？

なにがこれを起こしているのか？

それに対しては、「正確なことはわからない」としか答えられなかった。

「よし……いつか終わるって思ったら、やれそうかも」

「いつも通りでいいのなら、いつも通り……で」

「……大丈夫。……大丈夫。……大丈夫」

他の女子達が言うのに、大沢も続く。

「あの……ありがとね、協力してくれて。関係ないのに、巻き込んで」

自分の問題で手一杯なはずなのに、大沢は太一達を心配してくれた。

できた人間だなと思うと同時に、気を遣い過ぎてパンクしないか多少不安にもなった。

「違うんだよ美咲ちゃん……本当はあたし達が……」

「唯」

自分達のせいなんだ、そう零《こぼ》そうとしたのであろう桐山を、稲葉が止める。

嘘《うそ》をついている訳ではないが、全ての事情を話せず黙《だま》っていることが心苦しい。

「……あたし、頑張るよ。……頑張る」

己に言い聞かせるように、栗原は呟いていた。

+++

今日は平日なのに、会社で働いているお母さんがかなり早く帰ってきていた。

たまたま八重樫莉奈も遊びの約束をせず帰宅したので、お母さんと二人で夕食の買い物に行くことにした。ついでに夕飯作りも手伝ってやろう。家事のできないダメな奥さんになる、と言ったお兄ちゃんの鼻《はな》を明かしてやるのだ……ふふ！

せっかくなので電車に乗ってちょっとお高いスーパーに向かう。親子水入らずで出かけるのも悪くないもんだ。うちのお母さんは感覚が若いから、友達みたいな関係でもいけちゃうし。

「莉奈ー。寒いの平気？」

「へーき」

電車から降りて、お母さんとてくてく歩く。風もなく、短い距離ならマフラーなしでもへっちゃらだったかもしれない。

「あ」と前方から声がした。

ん、と思って莉奈は前から来た人を見る。

真っ白な女性だった。

肌が白くて、白いロングダウンを着こなして、白いマフラーを巻いている。下はジーンズで全身真っ白ではなかったけれど、凄く透明感《とうめいかん》があって綺麗な人だった。三十代だと思うが、もっと若いと言われても驚かない。

顔をよく見る。誰かに似ている気がするのだけれど……。

「……あ！　永瀬さんのお母さんですよね!?　……ですよね!?」

お母さんに言われてぴーんときた。お兄ちゃんと同じ部活の永瀬伊織《いおり》さんの母親か。

ところでお母さん『今思い出した！』みたいな口調をするのは失礼だからやめてね。

「はい、いつも伊織がお世話になっております」

とても丁寧《ていねい》に頭をお下げになる。

「どもども、こちらこそ。確か玲佳《れいか》さんでしたよね。ええと、うちのだらしない息子がお世話になりまして」

お母さんはぺこぺこ頭を下げる。なんか、軽い。そして、恥《は》ずかしい。

「あ、こっち娘で小六の莉奈です。もうすぐ中学生になるんですよ」

「はい、こんにちは。八重樫莉奈です」

挨拶《あいさつ》を交わしてからお母さんに聞く。

「……ねえねえ、なんで伊織さんのお母さん知ってるの？」

「一度文化祭に行った時ご挨拶させて貰ったじゃん。あんたも……あ、ちょうどその時はいなかったか」

なんと、そんなイベントがあったのか。

「その節は、ありがとうございました。伊織がよく部活の話をするので――」

そこから親同士のテンプレパターンに入り込み、互いの子供の情報を交換し合う。

玲佳さんはどこかふわふわしていて、会話のテンポもゆっくりだった。早口のお母さんがまくし立てているみたいに見える。と言ってもそれはそれで嚙《か》み合うらしく、話は結構盛り上がっていた。

入る隙がなかったので莉奈は横で大人しくしている。……おろ、よくよく観察すると玲佳さんが着ているダウンは量販店《りょうはんてん》の大変リーズナブルな代物《しろもの》じゃないか。なのに全くそれを感じさせず、綺麗に着こなしている。み、見習いたいお洒落力《しゃれりょく》……！

「あの……最後に少しだけ、聞きたいことが」

玲佳さんが言う。話もそろそろ終わりみたいだ。

「最近……伊織がなにか悩んでいる、ような。時々そうなって、今までなんともなかったので大丈夫だとは思うんですが……」

一瞬、『え？』と心の中で思った。

「それお兄ちゃんもです」と口をついて言葉が出ていた。

「……八重樫君も？」

玲佳さんがじっと莉奈を見つめてくる。ちょっと緊張する。

「は、はい。悩んでいるみたいで、うわの空で、変な感じに、ってたまになるんです」

「そうなると『部活』って言ってよく家を空けたり……？」

「はい！　まさしく！」

これは、この符号《ふごう》は？

「え？　なに？　私ついてけてないけど大丈夫？」

「お母さん。お母さんはもう少しお兄ちゃんの変化に敏感《びんかん》になって」

「なんか変だなーって時はあるけど、思春期《ししゅんき》の子ってだいたいあんなもんでしょ」

「お母さんは『あんなもん』の範囲《はんい》が広いの！　ところで玲佳さん、伊織さんからその件について話を聞きました？」

「ええ、いつも、結構大変なことに巻き込まれているらしくて。今度もまた……」

「うちのお兄ちゃんも『みんなのためにやらなきゃならないことがある』……とか言って。あ、あの、とにかく、もしよろしければ情報交換をしませんか⁉」

「莉奈！　私も！　私も入れて！　私、お母さんだから――」

＋＋＋

土曜日を迎え、学校は休みになる。

しかしお構いなしに現象はやってくるから、太一達文研部は部室に集まった。『欲望解放』は……休みの時くらいはひきこもるべきか」

「『人格入れ替わり』に関してはどこか一室に五人でいれば楽なんだがな。『欲望解放』は……休みの時くらいはひきこもるべきか」

稲葉が発言すると千尋が返す。

「っても……まだ実感薄いですよ、あいつら。回数も多くないからって……」

「いきなり『それが現象だ』って言われても、信じるのは難しいかもな」

太一が言うと、稲葉が溜息《ためいき》交じりに感想を漏らす。

「普通に遊びに行ったりしてそうだな……。大丈夫なんだよな、今のところ」

「『今なにしてる？』とはメールで確認してますけど、返事あったのは二人で『飯食ってる』とか、そんなです。お前は？」

千尋が円城寺に話を振る。

「わたしの方にも……『今度暇ある？』的余裕ぶっこきメールが届いているので、全然全く、問題ないかと」

「……それ別の意味で危なくね？」

「へ？　な、なにかこのメールに危険なシグナルが!?」

千尋が多少不満げな顔に見えたのは……自分が邪推《じゃすい》しているからだろうか。

「じゃ一旦そっちは置いておこう。……で、栗原達の話に集中だ」

稲葉は言った。文研部は土日を利用し、陸上部の女子五人とじっくり話す機会を設《もう》けていた。『人格入れ替わり』が発生して五日目になっており、心労も溜《た》まっているだろうから、これを機に少しでも楽になって貰いたかった。

「約束はばっちりしてあるわ」

桐山が得意げに話すと、永瀬がじとーっと太一と青木を見比べる。

「太一と青木を連れて行くか微妙なところだなぁ」

「連れてったら意外に活躍《かつやく》するかもよ～」

青木が調子良く言って場の雰囲気を盛り上げる。

「……後は、俺達の『記録』を守る話も、……頑張んなきゃな」

最後太一は独り言を呟いた。
写真を残したり、様々なところにメモを隠したり、行動はしている。けれど有効な手段は自分も含め、誰も思いつけてはいない。
陸上部女子五人は、家が近い者同士で集まっているとの話だった。なので太一達も二
グループに分かれて会いに向かう。
太一は永瀬とペアになった。展開次第じゃ次は面子《めんつ》を入れ替えて、それぞれが陸上部
女子達全員と会おうと考えている。誰かには話せなくても、他の誰かには話せることが
あるかもしれない。
電車を乗り継いで太一と永瀬は、栗原ともう一人の女子の地元に到着。待ち合わせ場
所へと歩いていく。
「今から雪菜ちゃんと明美ちゃんに会いに行く予定なんだけど……。辿《たど》り着いた時、二
人は二人じゃない可能性があるのって、馬鹿げているというか……」
「……とんでもないよな」
十分あり得る話で、そのため直接会って話す計画が頓挫《とんざ》するかもしれなかった。
「まあ明日もあるしね。あー……でもなんか、今日家を出る時やったらお母さんに『ど
こ行くの？』『なにするの？』って聞かれたんだよなぁ」
「そう言えば俺の妹も、今日いつもよりしつこく行き先と目的を聞いてきたよ」

しかも「部活で学校だ」と太一が答えた時、妹がくわっと目を見開いていたのが少し恐かった。

「お互い大変だねぇ」

永瀬はしみじみと言う。

「なにも詮索《せんさく》しないでいてくれるのが一番の協力だとは言えないしな」

「大変だねぇ……で、ちょっと前に太一が話してたことに戻るんだけど」

永瀬はそう口にしてから続けた。

「……わたし達の『記録』が消されるって、あり得ないくらい大変だよね？」

「そりゃ、当然だろ。本当に大変だ」

「や、もっとさ。過去最悪に洒落《しやれ》にならないくらい。たぶん本当は、もっともっと深刻《しんこく》に考えなきゃいけないくらい……」

記憶を失う。『記録』が消される。しかも長期間のものだ。影響は計《はか》り知れない。それだけ自分達に影響を及ぼすことは、周りになにをもたらし……。

「あ、もう二人共いるよ」永瀬が見つけて言った。

既に二人は待ち合わせ場所に待機《たいき》してくれていた。

太一達は小走りに近づく。さっきまでの話は一旦保留。今は目の前の問題に集中だ。

栗原は「やあやあよく来たね」と明るく迎えてくれた。対するもう一人、ポニーテールの子は少し嫌そうな、怯えるような態度ではあった。でも今日は場を設けてくれただけで、十分だ。

人目を気にしないでいい場所と言えばここだろうと、カラオケボックスに入店する。

本人の家も、男子の太一がいるとお邪魔しにくかった。

人数分のドリンクを注文し、狭い個室を四人で埋《う》める。マイクを握る者はいない。

しばらくは雑談だった。

永瀬が「この町来るの初めてだー」と言い出し、太一が「俺は中学の時部活の試合で来たことがある」と話す。それから栗原達の地元トークが始まった。本題はあるのに、そこには触《ふ》れないでいた。

間もなく人数分のドリンクが到着すると会話が途切れた。そろそろ、始めよう。

「……どうだ？　上手くやれているか？」

どの入りが正解かわからず、相手任せな問いになってしまった。

「文研部にアドバイスされたみたいに、確かになんともないと思ったらなんともないね。入れ替わっても、基本じっと大人しくしとけばいいんだしさ。……いや、今までも似た感じにはしてたんだけど、誰かに間違ってないと言って貰えて安心できたってかさ」

栗原は明るく話す。多少声が嗄《か》れているのが気になる。

「だね。試験も近くて勉強中誰かに入れ替わったら大変だけどさ～。数学やらなきゃいけないのに気づいたら目の前に英語！　みたいな」

気軽な調子で永瀬は応じる。こういう場面の永瀬は本当に凄いなと思う。もし太一だけならどれだけ重い雰囲気になっていたか。

「つかテスト中に入れ替わったら？　入れ替わった同士得意科目だったら最高だけど、苦手同士だったら最悪だ……」

「それわたし達も考えたなぁ」

「ね、明美も——」

「でも重く考えたら」

女子が、話しかけた栗原の声を遮《さえぎ》る。

「とてつもなく恐ろしいよね？　例えば入れ替わりで元に戻れなくなったら……」

「それはないさ。現に俺達は、元通りになっている」

「なんの保証《ほしょう》になるってのよ」

「明美ちゃん」

永瀬がなにか言おうとしたがそれも無視される。

「そもそも人格入れ替わりがあり得ないんだよ！　だって急に入れ替わられたら……入れ替わりがバレたら不味《まず》いから、他の友達と会いにくい。彼氏とも会えない。家でも自室にひきこもらなければならない。たとえひきこもっていてもいつ入れ替わるかわからないから、全くプライベートなことができない。会話中の入れ替わりに対応できず、話相手に変な印象を与えてしまう。入れ替わる時の一瞬の空白が危ないから、包丁《ほうちょう》を持てない。他の行動も制限される……などなど、話せば堰《せき》を切ったように、ポニーテールの女子とそれに煽《あお》られた栗原から愚痴《ぐち》が出てきた。

「つーかこの前わたしが雪菜と入れ替わった時、ちょうど激辛《げきから》チゲ食べてる時でさぁ、思わず噴《ふ》き出しちゃったよ。わたし辛いのダメなんだ」

「あーれは後の処理に困ったよっ！　家族に白い目で見られるしっ！　ていうかあの程度は激辛じゃない！」

「うーん、どっちの主張が正しいか確かめたいぞ……！　お、激辛ピッツァあるよ！」

「伊織！　あたしは別に激辛料理が好きな訳じゃないから注意ねっ」

不平不満の愚痴大会は思いの外盛り上がっていた。いい具合にストレス解消になっているのではないか。

「あー、なんか久々喋って笑った気がするなぁ。……全然笑えてなかったもん」

栗原がぽつりと感想を漏らす。

「力になれたなら、俺達も嬉《うれ》しいよ」

「今は色んな心配する必要もないから。ここで入れ替わってもなにもないじゃん。家もアリだけど、やっぱ見られたくないものとかあるしさあ」

「落ち着ける場所ならまだ……マシ、かもね」

ずっとピリピリしていたポニーテールの女子の顔も和《やわ》らいできている。

「というか雪菜って、そんな秘密持ってるの？」

「秘密ってほどじゃないけど、例えば過去の男との交遊録《こうゆうろく》とか」

「あー、確かにそれは──」

唐突に栗原ともう一人の女子が、一瞬間静止する。

「……うっと、あ、あたしがいる!? ……じゃないいや、明美と入れ替わったんだ。はい、そこの驚いているお二人さん、あたし栗原雪菜ですよ」

そう言って、栗原雪菜ではない【ポニーテールの女子】が手を挙げる。

「おお、なんだなんだそういうことか。ていうことは、【雪菜ちゃんの身体】の方には明美ちゃんがって……オチ……」

永瀬は声をかけるのを途中で、やめる。

【栗原雪菜】が尋常《じんじょう》ならざる反応を示していたからだ。

【栗原】は数秒固まった後、がたがたと体を震わせ、ガチガチと歯を鳴らし始めた。

「ど、どうしたんだ？　というか、……すまん、誰だ？」

太一が問うも、【栗原】には届かない。

「ちょっと待って……今……片付けようとしてたんだよ……。家に来るって言うから、念のためって……。ほんの数分さ……その数分くらいさ……大丈夫って……大丈夫だって……大丈夫なはずだって……。あれを見られたら……」

放心して呟く女子は、後に大沢美咲だと、わかる。

「お願い……お願い……お願い……お願い……」

何度も呟きながら、桐山唯は携帯電話を耳に当てる。

呼び出し音が鳴る。鳴る。鳴る。止む。

心のこもらぬ機械音が、留守番電話サービスの案内を始める。

普段は留守番電話なんて使わない。メールで済ませる。でも今は。

「美咲ちゃんっ！　なにがあったの⁉　なにかあったらあたしに教えて！　あたしは絶対……絶対美咲ちゃんの味方だからっ！」

思いの丈を叫んで、終了ボタンを押した。

＋＋＋

土曜日……美咲は『なにか』を知られて、酷《ひど》く狼狽《ろうばい》していたらしい。ちょうど美咲の家に向かっていた唯はどうしたらよいかわからずともかく家に向かおうとした。けれど「今家に来るのはやめてっ」と美咲【雪菜】が強く言う（という連絡を伊織と太一から受けた）ので身動きが取れなくなった。

一時間ほどして美咲は【美咲の身体】に戻ってきて、それから改めて唯は美咲と会った。でもその時唯と稲葉と青木と会った美咲は、少し冷静さを欠いていたものの時間が立てば普通に戻っていた。心配だったけど、大丈夫なんだなと思った。

ところが翌日午後から美咲と連絡が取れなくなった。

昼間の間は、たまたまメールを見逃しているのかなと考えていたが、夜、この時間になっても連絡がつかないのはおかしい。他の誰が連絡しても、返事がないのだ。

「どうしよう……どうしよう……」

なにかあったのだろうか。今すぐ駆けつけるべきだろうか。どうしよう。どうしよう。普通なら心配するほどじゃないかもしれない。でも今のとんでもない状況を考えたら、なにか、起こったとしか思えない。

なにか、危機的《ききてき》なことが。

『お姉～。ご飯だよ～』

下から、妹の杏《あんず》の声が聞こえてきた。

自分達がとんでもないことになっても、日常は回り続けている。

ご飯は食べよう。腹が減っては、戦はできぬ。


「今日どうしたの、お姉？」

気づくと、妹の杏が顔を覗《のぞ》き込んでいた。

「全然ご飯進んでないけど。いつもなら絶対おかわりしてる時間だよ」

茶碗《ちゃわん》のご飯が冷めかけている。メインの豚生姜《ぶたしょうが》焼きも半分以上お皿の上だ。

「体調、悪いの？　だったら早く寝ちゃいなさいよ。最近遅くまでなにかやってるみたいだけど……」

母親も心配そうに言ってくる。

「あ……体調は、大丈夫」

最近帰りの遅い父親がおらず三人で囲む食卓が、唯のせいでとても暗くなっていた。

「お姉、あんまり大丈夫には見えてないよ？　本当に大丈夫？」

現象が起こると、そりゃ精神的に不安定になる。誤魔化すのが得意な人間じゃないから、どうしても態度に出る。おかげで過去何度もあった現象の度《たび》、凄く心配をかけた。

今『現象』が起こっているのは、別の人間だけど。

みんなはちゃんと、やれているんだろうか。

「ねえ……ママは、言って欲しいよ。理由があるなら」

母親は強めに迫ってくる。

これ以上心配させたくない。少し話そう。話すと大切なヒントが貰えるかもしれない。

「……今まである大変なことがあたし達に起こっていたんだけど、それが友達に起こるようになって」

唯は言葉を選びながら語る。

「だからその友達を助けてあげたい。でも……、今、あたしも不味いことになってて」

とてつもなく、不味いこと。

自分の大切な親友である——のみんなのことを。——と——と——と——のことを。

え？

違う！　文研部のこと！　青木と伊織と稲葉と太一と！　後千尋と紫乃のことも！

覚えている！　ちゃんと覚えている！　忘れる訳、忘れられる訳、ないはずなのに。

なんで忘れかけるの？

本当に最後は思い出が消えちゃうの？

どうせ現象だろうと、一時的なものだろうと、後で元に戻るんだろうと、『こうなるぞ』って〈ふうせんかずら〉のただの脅しだろうと、心のどこかで考えていた。けれど本当に、逃げる余地もなく、消えて二度と戻らない？

嫌だ……嫌だ……嫌。

「うっ……」

気持ち悪くなった。

唯は椅子《いす》から転げ落ちる。

「唯っ⁉」「お姉⁉」

手で口を押さえる。涙目になる。でも大丈夫、気分が悪くなっただけ。

「ぴょ、病院に行った方が……」

母親がおろおろとし出す。

「ま、ママ、大丈夫……だよ。大丈夫」

「お姉！　便秘《べんぴ》？　頭痛？　つわり？　どのお薬がいるの⁉」

「……あんた、最後の症状の意味わかってる？」

もの凄く心配している二人に何度も大丈夫だと言い聞かせ、やっと落ち着いたところで唯は席に戻る。自分のせいだけれど、とても疲れた。

「唯……一度はっきり言うわ」

母親が唯を真っ直ぐに見つめ、厳しい表情になった。

「私は唯のママだから、唯を贔屓《ひいき》する。唯が傷つかないで欲しいって、一番に思う」

「う、うん」

えらく大胆な、はっきりとしたもの言いだ。

「正直……他の人のことはどうでもいいって、思っちゃう」

「え……」

本音なのかもしれない。いや本音なんだろう。でも親として、子に言うべきセリフじゃない気もした。胸にしまっておくべき類《たぐ》いの言葉だって気がする。

だけど母親は今言ったのだ。

「……と、え……ととと……」

妹の杏は箸《はし》にご飯を乗せたまま、母親と唯の顔を何度も見比べている。

「だから無茶はしないで唯。唯が危険な目に遭うのなら、ママは嫌よ」

「そんなはっきり……言わないでよ」

突きつけられてしまったら、今後やりにくくなるじゃない。

「言わなきゃわかってくれないから」

わかる。そう言いたくなる気持ちも。しかもその的確さたるや、唯を磔《はりつけ》にして動けなくしてしまうほどだ。母親に、本気で急所を狙われたら敵《かな》わない。

「でも……でも」

自分だけじゃなく、他の人の分まで守らなきゃいけないんだってわかって欲しい。自分がそれを大切だ、失いたくないと思えば思うほど、他の人にも失わせる訳にはいかなくなる。その比例関係は止まらないんだ。

「『でも』じゃない」

いつも優しい母親が今日ばかりはなんでこんなに厳しいんだろうか。

どうして。だって、やらなきゃならないことがあるのに……。

「唯」

母親の呼びかけには、思いやりと真剣みがあった。

「人のためになにかするのは素晴らしいことよ。でもまず、自分を一番に考えて」

母親の言葉に唯は、頷かなかった。

七章　変わりゆく世界

「ああ、太一《たいち》。この間永瀬《ながせ》さんのお母さんと会ったんだけどさ」

朝、母親にいきなり言われた。なんだろうとは思ったけれど、同時に嫌な予感もした。

「悪いけど、今日急いで学校行かなきゃならないからっ。朝も要《い》らないっ」

永瀬に話を聞いてから対応しよう。後、時間がないのは本当だった。

「こら朝は食べんか太一」

「お兄ちゃん！　土日も家を空けていったいなにを……」

妹、莉奈《りな》の抗議《こうぎ》も、

「ちょ、ちょっと無視しないでよ!?」

スルーして太一は家を出る。家に帰ってきても嵐、という状況にしてしまったのは後で辛《つら》くなりそうだが、今は学校にも嵐が吹き荒れている。くそ。心の安まる場所がなくなっていく。でもやむを得ない。

学校に急ぐ。

いちいち各駅で止まる電車が、じれったくて仕方がなかった。

今朝、とても恐ろしい連絡があった。

一分一秒でも早く、状況を確認したい。

二年生の教室のフロアに到着する。永瀬と桐山《きりやま》、それから栗原《くりはら》がいたので話しかける。

「どうだっ？　大沢《おおさわ》は？　他の陸上部の子は？」

「まだ、みたい」と焦りを滲《にじ》ませる永瀬が返す。

「ねえ太一……大丈夫だよね。美咲《みさき》ちゃん……大丈夫だよね。そんなの……嘘《うそ》だよね」

小さく震えながら、桐山が声を押し出す。

栗原は窓ガラスを一心に凝視《ぎょうし》して、ぴくりとも動かない。まるで水が一杯に入った容器を抱え、わずかでも動いたら、零《こぼ》れるのを知っているみたいだ。

続いて稲葉《いなば》や青木《あおき》も登校してくる。皆で廊下の端に固まった。

今朝、ある話が栗原達から回ってきた。

ある、恐ろしい話だ。

そして大沢美咲がやってくる。

長身のすらりとした肢体《したい》を持つ、ショートカットでボーイッシュな女の子。

おはよー、と明るく知り合いに声をかけながら廊下を歩いてくる。

「唯《ゆい》ちゃん、伊織《いおり》ちゃん……というか文研部《ぶんけんぶ》みんな揃《そろ》ってるんだね」

大沢は少し怪訝《けげん》な顔をした後、すぐ笑顔になった。

「おはよう」

とてもさわやかで、憑《つ》きものが落ちたような笑顔だ。

「美咲っ」

栗原が、陸上部で大沢美咲の親友でもある栗原雪菜《ゆきな》が、名前を呼ぶ。

「ああ、栗原さんおはよう」

親友の栗原雪菜を『雪菜』と呼んでいたはずの大沢が、『栗原さん』と呼んだ。

それは、いつもとは異なる世界で、なにかが変わってしまった後の世界だ。

「嘘だ……嘘だ嫌だ……嫌だ嫌だヤダヤダっ！」

取り乱した栗原が、泣きながら大沢に迫る。

「いつもみたいに『雪菜』って呼んでよ美咲っ！　一年生の頃に戻ったみたいな言い方……しないでよっ！」

「ちょ、ちょっと急になに……」

大沢はうろたえている。

「わかったよ。これからは栗原さんを雪菜って呼ぶよ。……なんか照れるな」

大沢は同じ部活の仲間を初めてそう呼んだように、はにかんだ。

きらきらと輝く光を放っていて、その分光が作る影は、絶望的な暗黒だった。

大沢美咲は現象に関する記憶と、共に現象下にあった他の女子四人の記憶を失った。

他の四人の記憶を失ったと言っても、全てを忘れている訳ではなく、同じ学校で同じ部活の仲間だとの認識はあった。でもその四人との間の思い出は忘れている、そんな状態だ。だから傍《はた》から見れば、なにか変であるとは思われるが、そこまで深く言及《げんきゅう》されるほどの注目はされていなかった。つまり太一と桐山が『幻想投影《げんそうとうえい》』で仲間の記憶を一時的に失ったのと、同じ状態だった。

土曜日、大沢が隠していた『なにか』が知られた。狼狽《ろうばい》していたが落ち着き、その場ではことなきを得た。

しかしその後に何事かあったらしい。

大沢の状態を知り、他の『人格入れ替わり』現象に見舞われている四人は、授業に出席できる状態では、なくなった。

「マジ……あり得ない……！」「記憶消されるって!?」「これ絶対『人格入れ替わり』と関係ある……よね……」「美咲……美咲……っ」

「みんな落ち着いて……」桐山が細々とした声で言う。

「落ち着けるワケないじゃん！　バカじゃないの!?」

「わかってる……わかってるから、みんな、こっちへ」

永瀬が先導《せんどう》し、安全地帯として利用できる文研部の部室に連れて行った。授業中も、主に桐山や永瀬が付き添い懸命になだめた。

授業を受けるという、日常の義務も、最早放棄《ほうき》した。

途中、太一は栗原に話を聞くことができた。

「なにがあったんだ？　なにか、知ってるんだよな？」

「……美咲、土曜日すっごい悩んで、落ち込んでた。で、日曜の昼間には連絡つかなくなって。やばいことが起きたんじゃないかと……凄く心配した。でも、日曜の夜遅くにもう一度電話したら出てくれた。……ただ、急に明るくなってた」

栗原は泣きながら、笑っている。

「しかも、あたしから電話かかってきたのが、珍《めずら》しい……みたいな態度で、名前も……『栗原』って」

昨日の昼から夜にかけて、大沢の身になにか起こり、記憶の喪失《そうしつ》に至ったのか。

「悩んでたって、……なにを悩んでいたんだ？」

「……それは……………ごめん」

栗原には心当たりがあったようだが、太一に教えてはくれなかった。


油断があったと言えば、それまでだ。

自分達は大丈夫だったからと、表面上はいい雰囲気《ふんいき》になったと、今のところ問題は起こっていないからと、だから、人格が入れ替わっても大丈夫なんだと。

そんな馬鹿げたことあるはずないのに。

だいたい先にも、太一達は〈ふうせんかずら〉から「現象は続いても一、二週間が多い」と聞いたではないか。一週間も経てば、こうした終わりがくるのも自明《じめい》だった。

頭ではわかっているつもりでも、理解できていなかったのだ。

突如《とつじょ》として大沢美咲は、現象と、現象に共に遭《あ》っていた面々の繋がりを忘れた。

それはまさしく〈ふうせんかずら〉から聞き出し、それだけは絶対に避けようと目標にしていた『強制終了《きょうせいしゅうりょう》』ではないか。

自分達は、もうこの時点で、取り返しがつかないかもしれない失敗を犯していた。


更に恐ろしいことは連鎖《れんさ》する。連鎖？　いや、ただ奴らが動き出したのだ。

「あの太一さん……」「太一先輩っ」

休み時間に連絡をしてきた千尋《ちひろ》と円城寺《えんじょうじ》の二人が、部室の前まで駆けてきた。

「どうした、なにがあった？」

「一年生の……例の『欲望解放《よくぼうかいほう》』にやられてる奴らの、話なんですけど」

「そ、その子達の前にも……〈ふうせんかずら〉みたいな奴が現れて――」

〈三番目〉が一年生男子達の前にも現れて、彼らの『欲望解放』の物語も、本格的な始まりを迎える。

■□■□■

昼休み、文研部七人は陸上部の部室を使って話し合う。陸上部の女子が逆に太一達文研部の部室を使っているからだ。栗原達に使用許可は得ている。

稲葉は疲れた溜息《ためいき》を吐いてから、号令《ごうれい》をかける。

「……現状確認するぞ。まずは栗原達」

答えたのは永瀬だ。

「はい、雪菜ちゃん達は今『人格入れ替わり』現象に遭っています。で、……メンバーの一人である美咲ちゃんの記憶が……消えた。現象と、一緒に現象に遭っていた仲間との思い出を消されました。元に戻るかは不明。これが、おそらく『強制終了』です」

「つかさ……『強制終了』って一人ずつかかるんだね。全員一気に、じゃなくて」

青木が意見を述べると、稲葉が応じた。

「だったな。しかし一人ずつ消すと残った奴らの動揺《どうよう》は激しいし……その残りの奴らが最後まで現象を耐えきった時にはどういう扱いになるんだ？『強制終了』された奴だけが仲間との絆《きずな》を消され他の奴らは覚えている……？」

完全にこの世から消えないで、誰かからは消えても誰かには残るとしたら、いつかは取り戻せるのではないか。希望が、あるのでは。

「……というアタシらに都合のいいことにはならねえ気がするな。後で全員分の絆を消す……なんてアイツらのご都合をやってきやがりそうだ」

「恐いこと言わないでよ稲葉ん……。それが真実なのかもしれないけど……。えと……とにかく美咲ちゃんが記憶を失った事実に……、残った四人は酷《ひど》く動揺《どうよう》中。このままじゃまた誰かが『強制終了』をされ大切な記憶まで失うかも……です」

「……『欲望解放』に遭っている一年は？」稲葉の視線の先には千尋と円城寺がいる。

「今朝、特に関わりもなかった二年に乗り移った〈三番目〉に接触《せっしょく》されたらしいっす」

「つ、伝えられた内容は……陸上部女子の方々のものと、ど、同一でした」

「あいつらもやっと、俺達が説明してきた『急に我慢《がまん》が利かなくなる状態』は本当に異常な『現象』なんだと理解しました。元から『欲望解放』で誰かと争ったり自分勝手な振る舞いをして女子にひんしゅく買ったりで、精神的にきつくなったりはしてたんですが、『現象』とか〈ふうせんかずら〉の話は……信じようとしてませんでしたからね」

「た、端的《たんてき》に表すなら、もの凄くビビってました。『精神病院いかなくていいのか？』とか『俺達はどうなるんだ？』とか」

「そっちも、もうちんたらしてる余裕はないな。……で、アタシ達の記憶だ」

その件については太一が話す。

「変わらずに、一瞬仲間に関する記憶を失う状態は続いている。この前触《まえぶ》れによる影響は不明。唯一の対抗手段である『記憶を残すための手段』は適宜《てきぎ》実行中だが大きな進展はなし。……というか、なにが進展かわからない」

「〈ふうせんかずら〉や〈三番目〉達の動きは？」という問いには青木が答える。

「さっき千尋達が言ったみたいに〈三番目〉は一年生男子の前に現れたけど、他に動きはなし。当然オレ達の前にも〈ふうせんかずら〉、〈二番目〉、〈三番目〉は現れず」

「……これが現状、だな」

一度確認し合っていたのだが、稲葉の提案で太一達はわざわざ個々がまとめた上で改めて情報共有していた。だがこうでもしないと、話を現実の問題として捉《とら》え考えられなかったと思う。異常過ぎて、なにもしないと頭に入ることなく上滑《うわすべ》りしてしまう。

「他に言っておきたいことは？」

「ねえ、あの」

稲葉の質問に桐山が声を上げた。

「美咲ちゃんの記憶……大丈夫かな。あたしは大丈夫って信じてる、けど」

「わからん。誰にも、わからん」

「じゃああたし達の記憶……『記録』も、本当に、本当に……」

望んでもいないのに『記録抹消』に対する現実感は、勝手に増していく。それは恐怖となって、太一達にのしかかってきて——。

外から扉がノックされた。訪問者が顔を見せる。

それは、生徒会で書記を担当する男子だった。

「あ、やっぱここか。なあ、……会長が呼んでるから、来てくれないか」

　こうやって、太一達の前進はまた別の問題により妨害《ぼうがい》される。


「おい文研部、本当に妙なことになっているじゃないか」

　太一達の正面で、生徒会長香取《かとり》譲二《じょうじ》が話す。

　二年生全員が呼び出されていたが、流石《さすが》に全員は回避《かいひ》した。桐山と永瀬は陸上部女子に付き添うため部室へ、千尋と円城寺は『欲望解放』下にある一年生男子をフォローするため自らの教室へ向かい、出向いたのは太一と稲葉、青木の三人だ。

　余裕がないとはいえ、『なにかを知っている』のではないか、と思わせぶりな会話をしていた香取を、放っておく訳にもいかない。

「妙なこと、とは？」

　稲葉が表情を変えずに問い返す。

「しらばっくれるな。陸上部の女子達や、一年二組の男子生徒四人についてだ」

『人格入れ替わり』、『欲望解放』が起こっている者達の名を香取はピンポイントで言ってみせた。

　太一達は立ったまま生徒会長と相対《あいたい》している。香取も座れとは、言ってこない。

「そいつらが、なんだ？」

「全員午前の授業を全部サボっているらしいじゃないか。そして文研部もだ」

サボっているのは見ればわかる。だから香取が目をつけたのも……理解できる？

「生徒会長として、なにをやってるんだと聞く権利はあると思うが？」

香取の横では副会長と書記がこくこくと頷《うなず》く。今回も議論《ぎろん》に参加する気はなさそうだ。

とはいえ太一も、今のところは稲葉に任せきりになっている。

「生徒会長にそんな権利あったっけな？」

「屁理屈《へりくつ》はいいんだよ。俺はただ、学校の奴らを守りたいだけなんだ」

その気持ちに、偽《いつわ》りはないのかもしれない。

「だから文研部、お前らの知っている内容を教えろ」

でも、じゃあどうして文研部に目をつけたのだ。情報を引き出そうとするのだ。そこに別の意味や目的は、ないのか。

「どうして初めからアタシ達に目をつけていたか説明をしてくれたら、少し答えてみようか？　取引だ」

「できんな。情報提供者のプライバシーを守るのは当たり前だ」

「そこが明かせないのが怪しいんだよ」

「お前じゃ埒《らち》が明かねえよ。おい八重樫《やえがし》、お前次の時間も休む気じゃないよな？　だったら正当な理由を言えよ」

「すまんが香取、やらなきゃいけないことがあるんだ」

ゆっくりと妥協点《だきょうてん》を探している暇も、今はない。

「青木」

「ちょっと今は、事情があって」

「つーかお前ら、学校だぞ？　そんなことが許されると思ってるのか？」

「生徒会長だから、学校だから、権力や権威《けんい》を、お前は体良《ていよ》く使うよな」

稲葉のセリフに、香取の目が鋭くなった。

「ふざけるな。容赦《ようしゃ》、しねえぞ」

凄《すご》みがある。ぞくりと、させる。

「上等だ、かかってこいよ」

「はっ、安い挑発《ちょうはつ》だな」

香取は鼻で笑ってから、また緊張を高める。

「狙いがあるな？」

「……お前もだろうが、香取」

香取が上をいくか、稲葉が上をいくか。

しかし最後の最後で稲葉は一歩引いた。

「……確かにアタシらの行動がおかしいのは認める。後で可能な限り説明はするから今だけ見逃すのは」

「できないな。なぜならお前らはもう俺達の、敵みたいなもんだ」

『敵』だと、宣告《せんこく》される。もう歩み寄る余地もないのか。

「それは言い過ぎだろ……」と太一は呟《つぶや》く。

「いいや、お前らの態度は許容《きよう》できない。んなもん認めていたらもっとめちゃめちゃになる。ルールを守っていつも通りに生活をしろ」

「ルールを守って……」「いつも通り……」

青木と稲葉が二人それぞれ思うところがあるように囁《ささや》く。

そのキーワードは、太一達にある場面を想起《そうき》させる。

〈ふうせんかずら〉の姿、〈二番目〉の姿、〈三番目〉の姿。

これは警告？

「俺がやらなきゃならないからな」

香取は左右の生徒会メンバーを見つつ言う。

「つーか、普通なら教師が動くレベルなのに動きやしない。その理由も知ってるか？」

最後、お前達なら知っているんじゃないかと言わんばかりに、香取は皮肉った。


「くそっ、わかってんだよ。アタシらの方が無茶苦茶《むちゃくちゃ》やってるのはっ」

生徒会室から文研部の部室に向かう途中、稲葉は吐き捨てた。

「稲葉……。でも予定通り、これで香取の目は俺達に集中しそうじゃないか」

挑発的に出たのは、現象中の栗原達や一年生達に注意がいかないようにする目的もあった。自分達ならまだしも、現象が起こっている張本人達に注目が集まれば、事態の露《ろ》見《けん》は避けられない。なんとか『強制終了』は回避しなければならない。

「でも香取の言う通りさぁ……」

青木が腕を組み、右手を顎《あご》の下に当てる。

「『ちょっと体調悪いんで』みたいな言い方で、すぐ授業を休むのが許可されるのはなーんかなぁ。うちの学校ってそこまで緩《ゆる》かったっけ？　……奴がなんかしてないよね」

嫌な推測《すいそく》だけは、どんどんと広がっていく。

事態が収束する気配も、見えない。


お昼休みが終わる前に、太一と永瀬は一旦教室に戻った。教室の様子を確認しておきたかった。あまりに怪しまれていたなら、授業への出席も考えなくてはならない。

「お前らなにしてたんだよ～。部活の奴らでサボりとかさ～」

教室に帰るなり、太一は宮上《みやがみ》に絡《から》まれた。

「まあ、不可抗力《ふかこうりょく》で……」

「なにが不可抗力だ」

「……で、なんだ？　エロいことでもしたのか？」

小声で聞いてきた。スクエア型メガネの奥がにやにやしている。

しかし宮上を受け流しながら、太一の意識は少し離れた永瀬に向けられていた。

「ここのところずっと休み時間どこかに行ってばっかで。まあそれは勝手だけどさ。体調不良でもないのに授業を休むのは、やり過ぎだよ」

永瀬も二年二組学級委員長、瀬戸内《せとうち》薫《かおる》に捕まって注意されている。

「ご、ごめんなさい……」

「でも、わたし的に気になるのは～」

大きな声でツインテールの中山《なかやま》真理子《まりこ》が割り込んできた。

少し距離のある太一と永瀬、両者に聞かせようとしている。

「雪菜ちゃん達女子陸上部になにが起こっているか、だけど」

心臓が、ぎゅっと縮《ちぢ》こまった。

「それ俺も聞きたいな」

更に別の声。今日も昼ご飯をしっかり食べたのかお腹をさする、漫画《まんが》研究部の曽根《そね》だ。

「栗原達にさ、なんか起こってるよな。普通じゃないこと」

でも曽根に、いつものおっとりとした雰囲気はなかった。

「それにお前らが……関わっているのか？」

宮上も、いつの間にかふざけた調子はなくなっている。

ばれている？　摑《つか》まれかけている？

今朝集団で授業をサボったことで、目立ってしまった。それが致命傷《ちめいしょう》になったか。

今更ながら、現象が自分達に起こっていると勘違《かんちが》いしていた時間が悔《く》やまれる。早く事態に気づき栗原達を庇《かば》えていたら、今の展開にはならなかった。

もし皆がことの次第を、『現象』というものを知ったらどうなるか。『大ごと』になると判断され、栗原達まで大沢のようになって……。

「あ、それにさ、一年生にも似たことがあるって聞いたんだけど」

瀬戸内がふと思い出したように言うので、永瀬が緊張した様子で尋《たず》ねる。

「どこで……なにを聞いたの？」

「一年生の間で、何人か授業出てない人間がいるって噂《うわさ》になっているらしくて。っていうのを後輩の女の子から聞いた」

やはり、一年生も同じ状況か。

じりじりと太一は永瀬に近づいて、声をかけた。

「……永瀬」

「ちょっと気になるね」

「じゃあ今すぐ」

「うん」

これは今行動が必要だから。別にこの場所から逃れるための、言い訳なんかじゃないんだ。戦っている。必死に戦って、戦う果てに行き着いて、こうなっている。

太一と永瀬は目を見合わせ、それから前を向いて走り出す。

「悪いっ」「ちょっと行ってきますっ」

「おいっ」「どこ行くの⁉」「休み時間もう残ってないよ！」

様々な声がかかったが、太一は聞こえないフリをした。

相当感じが悪いと思う。こんな勝手を続ければ、教室で孤立《こりつ》してしまいそうだ。

しかし廊下には、

「藤島《ふじしま》……！」

一番厄介《やっかい》であろう、藤島麻衣子《まいこ》が待ち構えていた。藤島は『夢中透視《むちゅうとうし》』の時に現象を嗅《か》ぎつけているのだ。一筋縄《ひとすじなわ》で行かせてくれる訳がない、と、思っていたのだが。

藤島はすっと道を空けた。「どこに行くの？」と尋ねさえしなかった。

なぜか申し訳なさそうに目を伏せていたことが、気になった。

太一と永瀬は一年二組の教室の前までやってきた。

人が何人か集まっている。その中心に、千尋と円城寺がいた。

「なあマジ、宇和《うわ》は事情知ってるだろ、あいつらが休んでることで」

「別に、事情って言われても」

「紫乃《しの》ちゃん、教えてよ。わたし達心配なんだよ」

「……は、はい。心配なのはわたし達も、ですから、わかるよ」

「宇和に円城寺さんっ！　あいつらここのところ、おかしかっただろ！　俺は間違いないと踏んでいるっ！」

一番暑苦しく叫んでいるのは、部活に関する討論会《とうろんかい》への出場を、全く無関係なのに振ってきたことのあるテニス部の紀村《きむら》だった。

「救助要請《ようせい》サイン……出てるよね？」

隣の永瀬が訊いてくる。別段責められている感じはなかったが、事情を知りたい皆からの追及《ついきゅう》に、千尋と円城寺は困り果てている。

太一は永瀬と先輩という立場を利用して強引に近づいていく。

「はいはーい、借りていきますよー」

「い、伊織先輩⁉」「永瀬さん⁉」

一年生二人の腕を永瀬がしっかりと掴む。

「すまんが、優先事項があるんだ」

戸惑《とまど》う後輩達に太一は「悪い」と頭を下げておいた。

■□■□■

結局次の午後の授業もサボる羽目になった。

「そろそろ本格的に不味《まず》いんじゃないか……親に報告がいくレベルで」

文研部室にはまだ陸上部の女子がいるので、太一と永瀬は部室棟の裏手で話し合う。

学校をおろそかにし過ぎている。教師から注意が入るだろう。しかも面倒なことに、今やたらと太一に絡んでくる母親と妹を思えば、行動制限を強《し》いられる気がしている。

「もしそんなことになったら、わたしもお母さんにもの凄く心配されちゃうよ……」

永瀬も不安そうな表情だ。

だけど太一達は、ペナルティがあったとしても行動しなければならない局面《きょくめん》にある。

今だけは家族のしがらみを解き放ち、自由に行動できたらとまで考えてしまった。


「あんたらに事情を漏《も》らしたからこうなったんだっ！　あんたらのせいだろっ！」

一時の絶望と混乱の極致《きょくち》から脱した陸上部の女子達が、文研部に向けた感情は、怒りだった。文研部の部室で、太一達に怒鳴《どな》り散らす。

これ以上刺激したくなかったが、事情を説明せざるを得ず、部室にて『強制終了』のルールを、全てではないものの説明する。

「記憶が消えるってなに⁉　後出しで……言ってきてさ……！」

「隠してたんだ……。知ってるくせに」

「違うよ。イジワルしたんじゃない。みんなのためには、その方がいいと思って」

桐山が必死に弁明《べんめい》する。

「勝っ手に決めないでくれる⁉」

「文研部に相談したのが……間違いだった。わたしは反対したのに……雪菜とかが」

「あ、あたしは……」

怒る他の三人に対して、栗原は一人深く傷ついた様子で項垂《うなだ》れている。

「ていうか美咲もだよ。美咲と雪菜が、文研部を信じようってバカなことを言い出すから。あいつの言う通り、人には黙《だま》ってるべきだったんだ。絶対……絶対」

目を見開いたポニーテールの女子が怨嗟《えんさ》の声を発する。その加熱は止まらない。

「美咲と雪菜が……。二人のせいで……。二人がいなけりゃ……」

責められた栗原は反論もできず「うぇぇ……」と泣き出した。

「美咲は、自業自得かもしれないけど、なんで、わたし達まで……」

「それは言い過ぎだぞっ」

いくらなんでもと、太一は思わず声を荒げた。

女子がいきり立って言い返してくる。

「なによっ。あんたらがなにをしたって言うのよ⁉ 事態を悪化させただけじゃないっ。他人事だからって……適当にやってんでしょっ」

反射的に「違う」と言おうとして、でも太一は口にできなかった。

万全《ばんぜん》を期《き》していたかと問われれば、そうじゃなかったからだ。

自分の周りにはあまりに多くのことが起こって、全てをカバーし切れない。

多くの問題があり過ぎる、手が足りない。

だいたい、だいたい自分達には、自分達で守らなければならないものもある。

今の女子達の様子を見て、太一も生々しく感じ始めた。仲間の記憶を失う。下手をするとそれ以上の経験と思い出を忘れる。それが二度と、戻らない。

わかり始めている。最終的には色々と手を回してくれた〈ふうせんかずら〉は普通じゃない。だからこそ安全策を講《こう》じていた。

超常《ちょうじょう》の力を持つ者達に、雑に扱われる。

自分達は今そんな状態にいる。

「ホント……最悪。どうしてあたし達が……」

圧力が、迫りくる。

彼女達は、一、二週間の現象を耐えきれば最小限の『記録抹消』で終われる、その希望は残っている。

しかし自分達は、なにもせずにいれば確実に『記録抹消』されてしまうのだ。

今本当に自分達がすべきこととは、一体……。


栗原以外の陸上部女子三人は、文研部部室を出ていった。まだ授業中にもかかわらず、家に帰るつもりらしい。

彼女達を止めることはもうできなかった。

ぷっつりと、太一の緊張感も途切れる。

「なんで……、こうなっちゃうの」

桐山は涙ぐんでいた。手の甲で目元を何度も拭う。

「……なんとかして、あげたかったのに」

立ち上がっていた永瀬が、がくりとしゃがみ込む。膝を抱えて丸くなる。

「いくら『落ち着け』やら『大丈夫だ』って言っても、届きやしねえよな。……信用を失った部外者だと」

稲葉が自分のふがいなさを悔《く》いるように、思いっ切り歯噛《はが》みをする。

「大丈夫なのかよ……。これ明日……来てくれるよな？　来てくれなかったら……」

青木が言わなかったその先、『日常を送り続けるというルールを破った』と見なされ、それが現実のものとなったらどうなるか。

「自分の記憶は消したくないんだから……来るんじゃない……？」

弱々しい声で栗原が呟いた。

一人残った栗原は、部室の黒ソファーに体をずっぽりと埋め、目を伏せていた。

「ああ……でも、みんなを悪く思わないで。だってさぁ、こんな状況なんだよ。人と人の魂が入れ替わって……。記憶を失うかもしれないって……」

栗原は酷《ひど》く疲れている様子で、今にも目を閉じ、眠りについてしまいそうだ。

「……実際に美咲は記憶を失って――」

空白ができて、栗原は唐突《とうとつ》に停止した。

「…………え、美咲……？」

見覚えのない名前を呟いていたように、栗原が、不思議そうな顔をする。

なにかが、消えていく？

目に見えない大切なものが、消えていく？

「雪菜っっっ！」

桐山が割れる大声で叫んだ。窓ガラスが震えた。

「っ……、うん、なに唯？」

ぼんやりとしていた栗原の目の焦点《しょうてん》が合う。

「今……なんか変じゃなかった、美咲ちゃんを……」

「は、はあ？　あたしが美咲を忘れるなんて……。あり得ないじゃん。ヘンなこと言わないでよ……ヘンなこと」

その言い訳こそが、今栗原の身に起こったことを如実《にょじつ》に物語っていた。

「心の大きな動揺《どうよう》が今のを生んだ、か？　心がやられても『強制終了』らしいが……」

稲葉が焦《あせ》りの表情を浮かべて言う。

「ちょっと、あのさ。さっきはみんながブチギレちゃったから詳しく聞けなかったけど、記憶が消える説明の中にあった、心がやられてもダメって、どういうこと？」

「予想も込みだが、例えば大きな心の動揺……ショックを受けたり、傷ついたり——」

これまでの話を踏まえ、稲葉が更に詳しく、〈ふうせんかずら〉より伝えられた『強制終了』の条件を話す。

「……ショックを受けて、傷ついて……」

栗原がこれ以上白くならないだろうと思われた顔を更に白くする。

「で、でもそれって、相当大きな心の動揺のことだよね？　例えば、物騒《ぶっそう》な話だけど襲われたとか、誰か大切な人が死んじゃった……くらいの」

「かもな。ただ……」

稲葉が逡巡《しゅんじゅん》している。質問の形をとり、栗原が同意を求めているのは明らかだった。

でも今更誤魔化《ごまか》しても、と稲葉も考えたのだろう。

「……大きいか小さいかは、たぶんその人次第だ。外から見れば小さくてもそいつの中じゃとてつもなく大きいことがある。逆も然《しか》りだ」

その人の世界は、その人の心が決める。物事の大小も全て。

「ああ……じゃあもしかして……あれが」

栗原が、血の気の引いた顔を手で覆《おお》う。

「心当たりあるの雪菜⁉　ショック受け過ぎないでよ⁉」

慌てて桐山が声をかける。

「美咲がそういう趣味があって……、そういう子と付き合ってたって……」

「……もしかして、女の子同士の、話？」

「ちょっとそれ……」

桐山の発言に反応し、栗原が太一や他の面々の顔を窺《うかが》う。

「事情があって、全員表面上の話なら知ってる」と稲葉が説明した。

文研部は『桐山が大沢にデートに誘われる』というイベントを通じて、大沢が男の子も女の子も恋愛対象として見られる子だと知っている。

「ああ……そう、なんだ。それをさ、あたし達知らなかったんだけど、知っちゃってさ……『人格入れ替わり』で」

いつでもどこでもアトランダムで人格が入れ替われば、誰かの秘密を知る場合もある。

「別にさ、だからって美咲を嫌いになるとか、友達をやめるとか、ないけど。そういうの嫌がる子もいるし……。あたしも最初は、びっくりして……それで……引いちゃったように、思われたかも」

もし別の形で、タイミングを選んで明かされれば問題なかった事柄が、最悪の形で晒《さら》される場合もある。

「あたし達の態度に……美咲はもの凄く傷ついたみたいで……」

人が『知られたくない』と思っている話は、その人の中で必要以上に大きな問題として捉えられている場合がある。

そして、だから。

多くの偶然が重なって、その不幸はいつしか必然になる。

夕方になり、太一は帰路《きろ》に就《つ》く。一人で冬の夜道を歩いていく。

どっ、と疲れた一日だった。イベントが多過ぎる。どう考えても一日に詰め込んでいい量じゃない。なんとか守ろうと、それは自分達の責任だからと考えていた陸上部女子達に責められたのも心労《しんろう》になった。だが客観的に見て、太一達に当たるのも理解できた。

現に一人が仲間の記憶を失っている。そんなもの、正常でいられる訳ないし、タイミング的に太一達のせいだと思われても仕方がない。

事実その可能性だって、否定できない。わからないのだ。

自分達が関わらなければあり得た、『太一達が栗原達になにも言わなかった未来』への道は既《すで》に失われている。

誰かに関わるということは、自分が関わらなかった未来を閉ざすということは、とてつもなく責任あることなのだ。それは前、『夢中透視』の力を振りかざしてしまった時に学んでいるはずだ。

自分達の行いは、全くの逆効果だったのか。

生徒会長、香取譲二にも今や完全に目をつけられた。裏になにがあるか不明だが、敵に回して楽な人間ではない。香取に、栗原達や一年生男子達が周りに『なにか変だ』と疑われているのも大きな問題だ。『日常を送ること』という奴のルール上、現象に遭っている皆は、学校への登校を避けては通れない。

最悪太一達は、学校に行かない選択ができる……いや、今そんな真似をすると、近頃太一の行動に妙に執心する家族にいよいよ答えを吐くまで問い詰められるか。

なんだか、心安らぐ場所がない。味方と呼べる存在もいない。敵……とまでは言わなくとも。

自分達の居場所はどこだ？

どこに行っても、責められる、疑われる、問い詰められる。自分達の周囲にある、いつもは自分達を助けてくれるかもしれないものが、今は障害《しょうがい》になっていた。

今この瞬間だけ、都合よく切り離せられればとか、自分勝手なことを考えるが当然できやしない。どうにもできないそれは、まるで自分達を搦《から》め取る『しがらみ』だった。

ただ逆に、突如として共闘《きょうとう》するようになった〈ふうせんかずら〉は、もしかすると。〈ふうせんかずら〉と自分達が戦っている構図なら、単純明快な二元論《にげんろん》だった。がむしゃらに、進んでいけばよかった。意志さえあれば、立ち向かう心さえあれば、戦えた。

しかし今は？

自分の意志を以《もっ》て決意した。でも今、太一は搦め取られて動きが鈍《にぶ》っている。色んなものが太一達の歩みを邪魔する。条件が悪い。後押ししてくれるものがまるでない。

心が変わるだけで世界は変わると思っていた。

だけどそんなに甘くはなかった。

自分達の世界だけならどうにかなったけれど、想いだけで、自分達だけで、本物の世界は、変わらない。

それが現実、なのだろうか。

この世界、なのだろうか。

……ああ、なんかもう、どうしたらいいかわからない。

家に帰って泥のように眠りたい。一度シャットダウンして、暗黒の世界に落ちて――

それで次に光ある場所へ帰ってこられるか？

保証《ほしょう》はない。

だって、自分は、記憶を失ってしまうかもしれない。

朝目覚めたら、大切なものをなくしている可能性もある。

それが冗談でもなんでもなく起こり得るんだとはもう痛いほど見せつけられた。

記憶を失った大沢を見て、栗原達は取り乱した。その彼女達をどこか自分は、離れた位置から見ていたんだと理解する。いや真剣みがなかったとかそんな意味じゃない。

「大変だな」と「なんとかしないと」と心の底から思った。

でも本当の意味での実感を持ててはいなかったのだ。

テレビの中の光景を見ているのと、同じだ。

心動かされるのだけれど、なんだろう、本物の熱量が足りないのだ。

たぶん、自分の感覚がついていけていなかった。

それが今、やっと、追いついてきた。

記憶を失う。

『記録』をなかったことにされる。

消えてなくなる。

そこにあるのは暗闇ですらない『無』だ。

しかも自分達の場合、なにかに失敗したら消される、とかじゃないのだ。

なにもしなければ、確実に消されてしまう。

これは今までの現象とは全く異なっている。

ただ『面白く』されるだけの話ではない。

〈ふうせんかずら〉によって安全策も用意されては、いない。

得体も知れない存在は、自分達を奈落《ならく》まで落とすことを意図している。

見えない大きな手が、見えた、気がした。

黒い暗い大きな手。抵抗する術《すべ》は人にはない。その手が一息で太一の体を掴む。片手で太一の全身が覆われる。

ずるりずるり、暗黒の世界へと引きずられる。

恐怖が、象《かたど》られていく。

今まであまりにも現実感がなくて、他にもすべきことが多くて、なにより信じたくなくて、表面上の言葉だけで捉えていたものが立体になっていく。

触《ふ》れられる、音が聞こえる、臭いがする。

失って、消えて、自分でなくなる。

笑えるほど泣けるほどクソみたいに死ぬほど、恐かった。

一人で震える。立っていられなくて塀《へい》に寄りかかる。

冷たいコンクリートに触れているだけ安心感があった。ぴくりとも動きそうにないくらい確かなものに触れていると、自分も地に足がついた。

もちろん、そんな安心まやかしだって知っているけれど。

恐怖が迫る。対抗できない。余裕がない。なにもできない。

なんだ、もう、色んなものを投げ出すか。

だって、自分に他の人の世界を救っている余裕がないんだ。

それどころか、自分がこんなに苦しんでいるのに、周りは助けるどころか足を引っ張ってくるんだ。

ここまで気を張り頑張ってきた。楽に考えても、もう許されるんじゃないか。

最終的には、自分達の世界さえよければいい。もうそれでいい。

人が他人のためにできることなんて、限られているんだ。

ああ、本当に、自分の自己犠牲欲求《じこぎせいよっきゅう》が、ただの自己中心的な欲求だと暴かれていく。

絶対に無理だと思ったら、手放せるんだから。

矛盾《むじゅん》をはらんで、混沌《こんとん》と相成《あいな》って、太一は進路も退路も失う。

白状しよう。どこかで、自分達は今回も勝てると思っていた。五人の力を合わせれば不可能はないはずだった。どんな困難も乗り越えてきたから、ここまで全戦全勝してきたから、できると信じていた。

でもこれは、負け戦《いくさ》なのかもしれない。

勝ちしか知らない、負け方を知らない奴らは、負けた時の引き下がり方がわからない。

もう負け戦を認め、被害を最小限に抑えるための敗走が必要な段階なのかもしれない。

だけど太一にはそれが判断できない。

どうせ明日も、自分は誰かを助けようとするんだろう。

■□■□■

翌日になったら全部元通りになっているんじゃないか、と身勝手に期待していた。

でも都合よく大沢美咲の記憶が戻るなんてことはなかった。

登校できるのか心配だった現象下にある女子陸上部の四人や一年生男子達はなんとか学校に来ていた。

ただ明らかに、限界だった。

事情を知らずに傍目《はため》から見ている者にも、なにかあったのは一目瞭然《いちもくりょうぜん》だろう。

学校に来ている。席には着いている。でも誰がどんな声をかけても、反応しない。

『欲望解放』されている一年生男子に関しては、塞《ふさ》ぎ込んでいたかと思っていたら急に奇妙な行動をとる。

次第に周りも声をかけるのを躊躇《ためら》い始める。

そして周囲からの視線は、心配から不安に移り変わる。

太一はその人の動きを、外周から眺《なが》めるしかなかった。

「……雪菜ちゃん大丈夫かな」

一時間目終わりの休み時間、教室で沈む栗原を見て、ツインテールの中山は近くにいた太一と永瀬に語りかけた。

「今は……、そっとしておこうか」

永瀬は苦し紛《まぎ》れに返す。

「これ……絶対なんかあったよ……。先生に相談した方がいいよ……」

中山がそう言うと、学級委員長、瀬戸内薫が応じた。

「あたしも、そう思う」

「だよね、だよね薫ちゃん」

中山達が栗原を遠目に相談を始める。

その輪から太一と永瀬はすっと抜けだし、廊下に出た。

「やばいよ……。先生にまで知られて目をつけられたら、絶対事情聞かれるよ、誤魔化し切れないよ。……そうなったら、みんなの『記録』は」

青ざめた顔で永瀬が呟く。

「でも俺達が、皆が相談に行くのを止めるのは……無理がある、し」

こんなセリフ、吐きたくはない。けれども現状の打開策がない。

「先生が事態を知ると、家族にも連絡いくよ。……どんどん安全な場所が」

自分達はなんとか、自分達の世界だけで物事を完結させてきた。でも異変を隠しきれず外に漏れ出ると、こんなに周囲に影響が出て危機に陥《おちい》るのだ。

「俺でさえ家族になにかあると怪しまれてるのに……」

今栗原達は家庭ではどんな状態なのか。家族にさえなにかあったと疑われていれば、本当に心の安まる瞬間がない。

「わたしもなんか、お母さんの監視《かんし》が強くなってるんだよ。おかげで家じゃ電話もできないし。……鈍い時は鈍いんだけど、妙に勘《かん》がよい時もあるから」

その時、稲葉から永瀬と太一にメールが届く。

送信者の稲葉姫子《ひめこ》は、たった一文だけ寄越《よこ》した。

『奴が現れた』

それどころではないと、二時間目の授業をサボって太一達文研部の二年五人は部室に集まった。不良生徒どころじゃ済まなくなってきている。もうなるようになればいい。

そして異常と、当たり前のように相見《あいまみ》えた。

すんなりと受け入れた自分達も、十分異常だった。

「奴らのやろうとしていることが……判明したのでお知らせに……きました」

「やろうとしていること……?」

太一は熱っぽく、ぼうっとした頭で〈ふうせんかずら〉に聞き返す。

〈ふうせんかずら〉は後藤龍善《ごとうりゅうぜん》の姿である。この時間は後藤の受け持つ授業はないのだろうか。あったら不味いと思うのだが。

「ああだから……言ってたじゃないですか。奴らが皆さん以外に現象を起こして……いったいなにをしているのか……。あれ、忘れてるなら報告なしでもよかった……？」

説明されて思い出す。〈三番目〉達がそもそもこんな一カ所に集中して、栗原達や一年生の男子に現象を起こしているのは、奴らにとっても普通じゃないのだ。その裏に、ただ現象を起こしたいだけでなく別の目的があるのではと話していた。

今やもう、そんな全体像を見ることもできなくなっていたが。

「まあ……一人が、強制終了になって……記憶を失ったみたいじゃないですか……？」

「お前もちゃんと、把握《はあく》しているんだな」

苛立ちを露《あらわ》に稲葉が言う。

「あれもおかしなタイミングなんですよね……。だってあそこで強制終了して……他のメンバーへ『暗示』をかけることもなくそのままで……。絶対混乱するのがわかっているのに……ほったらかしで」

「暗示？」と永瀬が怪訝な顔で尋ねる。

「的なものですが……。まあ『強制終了』して一人がおかしくなれば、それを見た他の方々もパニックになりますよねぇ……」

太一達の中でも一度話に上がった部分だ。

「……で、そのまま収拾がつかず『終わる』可能性があって……。だから……そうならないよう暗示をかけるのですがそうもせず……なんだか雑《ざつ》なんですよねぇ……色々」

〈ふうせんかずら〉はだらだらべらべらと話し、首を傾《かし》げた。

「まあ……僕も真面目に頑張ってるんで……。皆さんも記憶の件を……頑張って頂きたいというお話でして……」

「つーかわかったことがあるならさっさと言えよ。情報が足りないんだよアタシ達は」

稲葉は強気な態度で……いや、ただ八つ当たりしているだけなのかもしれない。

「……人のせいにしないで貰いたいですが……」

それから〈ふうせんかずら〉はもったいぶってタメを作り、太一達一人一人と順番に目を合わせた。虚空《こくう》のような瞳《ひとみ》の奥、なにを見てなにを考えるのか。

「……奴らは学校全体のより多くの人間を巻き込む現象を起こそうと……しているようです……。今いくつか現象が起こっているのは……その予行演習でしょう」

「予行、演習？」

桐山は上手く言葉を飲み込めていなかった。太一だって同じだ。

「まあ……もっと大きな『本番』を奴らは企んでいるということで……」

「『ということで』で納得するかよっ！」

稲葉がキレて、叫んだ。

『人格入れ替わり』や『欲望解放』といった現象。自分達の『記録抹消』。それだけで終わらず、それすら序《じょ》の口だと言わんばかりに被害が広がるのか？

あり得ない。あってはならない。

既に敗北しかかっているのに、それ以上のものに勝てるはずもない。

「い、今の話を信じろってのは……ちょっとね」

いつも楽観的《らっかんてき》な青木でさえも、逃避《とうひ》しようとしているのがはっきり漏れ出ていた。

「やっぱ……わたし達への揺さぶりじゃないの？　今起こっていること全部幻《まぼろし》、でさ」

永瀬が話を極小化しようとする。もう『そうあってくれればいい』という妄想《もうそう》を期待するしかできなくなっている。太一だって、似たようなものだ。

太一の足下も今やおぼろげだ。

本当に、全てがわからなくなろうとしている。

「……そもそもこれはなんなんだよ？」

太一はぼそりと呟いた。無意識だった。

「いやいや……〈三番目〉達が起こした……、皆さんの『記録抹消』に……プラスして、より大きなことを企んでいる……」

「じゃなくて、そもそもの『人格入れ替わり』とか、『欲望解放』とかのことだよ」

自棄《やけ》気味に聞いてはみたが答えるはずはなかった。今まで一度たりとも〈ふうせんかずら〉は『自身がなんなのか』といった類《たぐ》いの質問に回答をした例《ためし》がない。

「……これはそう……実験です」

だから、〈ふうせんかずら〉が答えた時は、冗談かと思った。

「え……」と太一は間抜けな声を漏らす。

「……なんのための、実験？」

ほとんど反射だろう、永瀬が平坦《へいたん》な声で尋ねる。

「まあそんなことより……今のことを考えましょう……か」

〈ふうせんかずら〉はそんな風にはぐらかす。先ほどの発言は気まぐれだったのか、意図があったのか、変わらない表情からは読み取れない。

「いつか、吐いて貰うからな……」低く稲葉は言ってから、尋ねる。

「……しかしより多くの人間を巻き込む現象？　また現象を増やすってことか？　んなことやったら収拾がつかなくならないか？」

「……ですよねぇ。単純に増やしていけば……どう考えても周りにばれますよね……。というか今も既に……ねぇ」

〈ふうせんかずら〉はなにごとか考えるように顎を触る。

「まさか、現象をやりたい放題やって、ダメになったら『強制終了』するのを繰り返す気じゃないだろうな」

太一は怒りを込めながら言った。

しかし『実験』ならば。

圧倒的強者が弱者を思うままにできる『実験』ならば。

モルモットたる、自分達は。

認めたくないはずなのに、実験と言われ酷く納得している自分がいる。

認めれば、この『物語』は色々と理解しやすくなる部分がありもする。

「まあ実のところ……ここから先はまだ僕も調査中ですね……。ただ……『噂《うわさ》』がヒントになることは間違いないかと……」

「噂？」

心当たりがなく、太一は呟く。

「それが……皆さんには聞こえないようになっていたんですよねぇ……。そういう『暗示』があってねぇ……」

「噂？　暗示？　なんの話だ？　アタシ達は一つも知らないぞ」

稲葉も不可解《ふかかい》そうな顔で聞き返す。

「そういう風に……〈三番目〉達は皆さんを意識して考慮《こうりょ》してあるんですよねぇ……。だから考えなしには思えなくて……。今にももっと壮大《そうだい》なことが……」

もっと壮大などと言っている。

太一の心はもう適切な反応を起こさない。感情の許容量を超えた。

ああ、大変なんだろうなと、無感動に思う。

事態に追いつける気もしない。どうにかしようという気持ちも、形だけになっている気がしてならない。格好だけ整えて心が伴っていない。外面だけいい顔をしている。

心が死んだ人形も、同じだ。

「ああ……僕の方で手を加えておきましたので……。皆さんにも……その『噂』が聞こえるようになっていますよ……。これまでは……他の人が喋《しゃべ》っているのに……耳に届かなかったと思うのですが──」


「でかい実験ってさぁ」

「閉じ込められるのはホントない」

「この学校内で、しかも結構な人数らしいね」

「ん、わたしは『人格が入れ替わる』……って聞いたけど」

「俺は『心が見えちゃう』って……嫌じゃね!?」

「『嘘《うそ》しか言えない』か、後で嘘って説明すれば終わり……じゃないの？」

「なあ、いつ始まるんだ？　で、いつ終わるんだ？　知ってるか？」

──どうして、今まで気づかなかったのだろうか。

皆平然と、教室で、廊下で、食堂《しょくどう》で、トイレで、そんな話をしているのだ。

世界が一変し過ぎて、自分が別世界に迷い込んだのかと錯覚《さっかく》した。

でも違うんだ。太一達の周りの世界は、徐々《じょじょ》に、徐々に変わっていた。

発覚が遅れたのはむしろ自分達の過失《かしつ》だ。奴らに『特定の話が聞こえなくなる』ようにされていた。聞こえてもいい距離の人間の話が聞こえないとは、気づいていたのだ。

でもいつしかそれを、他にもっと大変なことがあるからと、見捨てていた。

大きなことがあっても、それで小さなものを切り捨てていい理由にはならないのに。

学校中で、不可思議な噂が流れている。

世界は既に変わっていて、太一達は取り残されている。

本当に遅ればせながら文研部は調査を開始し、午前の休み時間、昼休み、午後の休み時間と学校を回り、時に話を聞き、その結論を得た。

主に一年生二年生が中心となっている。三年生は受験シーズンでその日が任意《にんい》登校だったのも関係あるのだろうが、『噂』はまだ聞こえてきていない。

休み時間は学校中を歩き回り、授業中はただ机に座り続けていると、あっという間に時間は過ぎ去り、放課後になる。この期に及んで授業を受ける意味はわからなかった。

全く見もしなかった教科書とノートを鞄《かばん》に片付け、太一は立ち上がる。

永瀬と桐山と、太一は目を合わせた。けれど声をかけ合わず、それぞれバラバラに教室を出る。

後ろの出入り口付近で中山真理子《なかやままりこ》、石川大輝《いしかわだいき》のカップルが話していた。

「『好きな人が変わる』とはなかなかどうしてスリリングだよね」

「その時の気持ちを想像できんな」

二人がそんな会話をしている。

「なあ中山に石川」

「おう、なにさ八重樫君」

「今話してた噂を、どこで聞いたんだ？」

「どこだってそりゃ…………あれ、どこだっけ？　石川君覚えてる？」

「俺は……中山から聞いた気が」

「わたしも石川君から聞いた気がするよ。むぅ、まあ噂だしそんなものだよね」

誰も、誰から聞いたか覚えていない。正確な発信点も知らない。

けれどもその気持ち悪さを、気持ち悪さと認識《にんしき》していない。

自分達は『暗示』がかかっていてその『噂』が聞き取れなかったらしい。となると、皆にも別の『おかしいものをおかしいと認識しない暗示』がかかっているのだろう。

学校は奴らの支配下にあった。奴らの箱庭《はこにわ》の中、自分達は囚《とら》われた人形にも等しい。

少しだけ状況を確認してから部室に行こうと思った。

なんとなく、いや、もしかしたらどこかに起死回生《きしかいせい》の一手が落ちていないかと考えた。

ふらふらと校舎の中を歩いていると、稲葉と出会ってしまう。

「お前、どこ行くつもりだよ？」

「俺は調査を、と。……そういう稲葉こそ真っ直ぐ部室に行かないのか？」

「……アタシも、似たようなもんだ」

互いの意を、互いに読み取った。太一と稲葉は二人で歩き出す。

特に相談もしない。すぐ「対策をどうする」なんて会話にならない。

形だけ見れば今をなんとかするために動いている。でも実際は、ただ行き詰まっている。いつも一番に方策《ほうさく》を導き出す稲葉でさえ、なにも言い出せないでいる。

そこで、あまり会いたくはなかった人物に出くわした。

「おい文研部、噂について聞き回っているらしいな」

太一と稲葉は生徒会長、香取譲二に捕まる。

「ああ……」「それが？」

応じようとした太一を制し、稲葉が挑発的な口調で返す。どうも稲葉と香取はお互いを意識している。こいつに負けるのは癪《しゃく》だ、と。まあ、香取の横に因縁《いんねん》浅からぬ藤島麻《ふじしまま》衣子《いこ》が控えていたのも、稲葉を駆り立てた要因かもしれない。

今自分達の前には香取と藤島が立ち塞《ふさ》がっている。

「生徒会長様と生徒会執行部《しっこうぶ》エースがなんの用なんだよ」

「聞きたいんだが」

香取は口を開き、隣の藤島をちらりと確認する。

「文研部は噂の件をどこまで知っているんだ？　例えば種類はどれくらい、だとか」

「どこまで……」

その質問を稲葉は一旦受け止めて黙る。どう言うか迷っていた。

稲葉には稲葉の考えがあったかもしれないが、駆け引きしても仕方がないと太一は判断した。香取もこの学校の生徒なのは間違いないんだ。敵では、ない。

「今日、知ったばかりで……ちゃんとしたことはわかっていない。把握していることがあるなら教えて欲しい」

正直に言おう。助けを請《こ》おう。

「今日……？　いやいやおかしいだろ。これだけ広まっているのに。……マジか？」

「……ああ、だから教えろ……てくれよ。アタシらも情報共有するから」

稲葉も意地を張らず、太一の意図を汲《く》んでくれた。

香取はなにかを知っている。怪しいところがある。ずっとそう思っていたけれど、実はただ自分達がなにも知らなかったというオチかもしれない。

だったら、香取は自分達の味方になってくれる可能性も秘めている。

「いや……それなら、いいわ」

でも期待はあっさりと、裏切られる。

香取は気勢をそがれた顔をしていた。

「いいって……なんだよ」と太一はなんとか声を押し出す。

「お前ら絶対、この噂のどこか知らねえけど、重要な部分に関わってんだろって思ってた。そういう、立ち位置の奴らだって」

香取が喋る。先ほどから藤島は黙《だま》ったままだ。

「でも……お前らマジで、関係ない？　なら勘違《かんちが》いしてた。何度も呼び出して悪かったよ。藤島が『妙なことがあったら文研部が怪しい』と主張したから警戒したんだが」

藤島が？　と思って見ると、藤島は気まずそうに視線を下げた。

「あ、藤島責めてる訳じゃないぞ。判断したのはなんたって俺だから。責任は俺な」

香取は藤島へのフォローを忘れずにしてから、「じゃ。またなんかあったらな。今度ちゃんと詫《わ》びるわ」と去っていく。

太一と稲葉と藤島が取り残される。

やっとのことで、藤島が口を開いた。

「……ごめんなさい、本当に。噂、妙だなと、調べた方がいいと考えて。そしてこの妙な感じは、もしかしたら文研部が……関わっているんじゃないかと」

申し訳なさそうにしているが藤島の推測《すいそく》は、間違っていない。〈ふうせんかずら〉が起こす現象に類《るい》することで合っている。

「だけど、勘違いだったみたいね……。あなた達が関わる『妙なこと』とは、違う『妙なこと』だった。会長に疑わせて、変な時間をとらせてごめんなさい」

関わりのないものと見なされ、おかげで香取の目も藤島の目も気にしないでいいみたいだ。それはラッキーなのだろう。

でも太一には、ただぷつりぷつりと、周りとの糸が途切れていく感覚しかない。

もう一度頭を下げて謝罪し、藤島も太一達の元から離れていこうとする。

「……いや、待て……待て待てっ」

稲葉は慌てて藤島を呼び止めた。上ずる声は興奮しているみたいだ。

「藤島お前……この噂を妙だと思うんだよな？」

「ええ」

「妙だと思うんだな……よし、よしっ」

「……どうしたんだ？」

意味がわからず太一は稲葉にひそひそと尋《たず》ねる。

「バカっ。奴は『暗示』をかけているだとか言った。事実学校中に気味が悪い噂が広まり、でも誰もそれをおかしいと思っていない。だが……」

そうか、藤島は噂を『妙』だと捉《とら》えているんだ。

「お前なら独自に調べてるかもしれないな。『噂』の発信点、知ってるか？」

稲葉は藤島に期待を込めて尋ねる。

「発信点……いえ、気づいた時には知っていたけど。噂ってそういうものでしょ」

あれ？

稲葉も言葉に詰まっている。しかし気を取り直して再度問いかける。

「……ああ、まあ……。いや、でもお前は噂を『妙』だと思っているんだよな。どこが妙なんだ？」

「だってこんなに一気に、学校中に広まるってあり得る？　おかしいじゃない」

「おかしい……けどよ……」

稲葉は呟き、ぶるりと一つ震えた。

その先を聞くか、躊躇《ためら》ったのだろう。

でも訊くしかない。だから太一は意を決した。

「噂の内容もさ、妙だよな？　おかしいよな？」

「そう？」

ああ。

「内容自体は、そんなものもあるかって感じでしょ？」

そうか、そうなんだ。

「全然、なんにも、おかしくない」

そこでやっと太一達は、なにもかもが手遅れだと、気づく。

＋＋＋

「伊織、いい加減にしなさい」

夜遅く自宅アパートに帰ってきた永瀬伊織に対して、母親の永瀬玲佳《れいか》が怒った。

伊織は黙って自分の部屋に向かおうとする。

「伊織。……酷い顔色よ」

そりゃあ、そうだろう。

「疲れたから部屋行くね。疲れてるだけだから、大丈夫だよ」

「待ちなさい。どうしたのか、言いなさい」

ちょっと、やめてよ。なんで邪魔するの。

「……言ってもわかんないよ」

「言って」

「だから……」

「言って」

横暴《おうぼう》だ。これでもし、外に情報を漏らしてはいけないというルールを破ったからと『強制終了』で記憶を消されたら、どうするんだ。

爆弾《ばくだん》を抱えているんだから触らないで欲しい。

伊織は無理矢理に母親の横を通った。伸ばされた手を、払いのけた。

酷いことをしている。でも他人を気遣《きづか》っている余裕はなかった。

自分の部屋に入る。ふすまを閉めて、へたり込む。

「伊織っ！」

強く厳しい声を背中に聞いて伊織は身を固くした。

わかってる。自分が心配をさせている。母親にあるのは愛情だ。わかっている。

でもそれが、逆に自分を窮地《きゅうち》に追い込むこともある。

せめて、もう味方じゃなくていいから、警戒が必要な存在にはならないで欲しい。明確な敵ではないけれど、敵か味方かで言えば敵に近くなってしまう。

自分が安心したいからって、娘を追い込まないで貰いたい。

だけど自分だって、自分の都合しか考えられていない。自分の都合で母親の気を揉《も》ませている。

結局自分のことが一番大事。

これは否定されるものじゃない。

人間なら、誰だってそうじゃないのか?

自分の周りが大変なことになっている。だから助けたいと思っている。

しかし自分の身の丈を考えれば、限界がある。

まずは自分の世話ができて、それから家族や仲のいい人のことを考えられて。それから周辺の人々のこと。

他人のことをとやかく言う前に、自分の世界を守らないと始まらない。

自分は今、記憶を失うかどうかの瀬戸際《せとぎわ》にいるんだ。

その恐ろしさが今や完全に伊織達を飲み込もうとしている。このままじゃ、自分はこれまでの思い出をたくさん失う。自分が変われたきっかけも失う。

自分がなんであるかも曖昧《あいまい》な、あの暗黒のような日々に戻ってしまう。

『自分がわからない』感覚は、現象が起こらなくても解消されたことなのか。だったらいい。でも違ったら、自分は。……いや、もうそんな一つのことに限らず今まで色んなことに気づき色んな成長ができた自分は。

そしてなによりも大切な仲間達との絆は――。

どこか仮定の話だった『記録抹消』は、実体を以《もっ》て伊織に牙《きば》を突き立てている。

『記録抹消』されて、現象に関わる記憶が消えて、現象がなければ起きなかったことも消えて、すると自分も変わって、自分と母親の関係だって……あれ？

『記録抹消』の影響範囲は、今自分が考えるより、もっととんでもないのではないか？


だからこそ〈三番目〉達も、複数で、しかも時間をかけての準備が必要なのか。

迫る強大な力、その中で、今自分がすべきことはなんなのか。

選択を突きつけられる。選ぶしかない。その選択が酷く残酷《ざんこく》で無責任だとしても、自分達が取り得るものは決定的に限られているのだ。

自分の限界を知る。

自分の小ささを知る。

本当にできないことを知る。

「……皆さんに連絡をとろうか……」

自分の中に入り過ぎていて、母親がなんと呟いたのかはっきり聞き取れなかった。

八章　路傍で種は芽吹いている

翌朝になって、最早《もはや》学校が学校として機能《きのう》していないと判明《はんめい》した。『暗示』がかかっているらしいとは言え、生徒達は全てを『おかしくない』と判断する訳ではない。明らかに異常をきたしている栗原《くりはら》達を心配し、有志《ゆうし》が教師のところへと相談に行ったのだ。

しかし教師達から返ってきた答えは「なにも心配することはない」「問題はない」という内容であった。

教師が事なかれ主義で問題を放置しているとは思えない。一人だけならまだしも全員の教師が同じ対応をするとは考えにくい。加えて、いくら太一《たいち》達が授業をサボろうが、教師陣《じん》は誰もなにも注意してこないのもやっぱり異常だ。見逃されているだけかと思ったが、そうではなかった。

ここにも、なんらかの力が及《およ》んでいる。

どこにどれだけの力がどの方向に作用しているのか、見当もつかない。

『噂《うわさ》』の広まりはピークに達していた。

学校中の至るところで噂話がなされている。

そして『噂』は、更に先の段階に進む。

「ちょとさ……この噂、ヘンじゃね？」

「俺も思う。あり得ないだろ……これだけ広まって、出所《でどころ》も誰も知らず。しかも話が具体的になってくるとか」

「普通じゃないよな」

「普通じゃない状態に陥《おちい》っている奴らも、もういるしな」

「なにか……起こるのかな」

「起こる気がしてなんねえよな、なにか」

「逃げた方が……」

「でも学校は来ないと不味いだろ、なあ？」

「どうにかなる……よね」

「誰かがなんとかしてくれんじゃ……」

皆がなにか起こっていると、気づき始めていた。

疑問に思うなら初めから感じてもいいはずなのに、今になって気づいたのだ。

しかも次の展開があると悟っていて、でも逃げ出しもせず身構《みがま》えて待っている。

『暗示』は、いいように皆の精神状態を操り、校内世論《よろん》の流れを誘導《ゆうどう》していた。

より大きな、それこそ学校全体を巻き込む規模《きぼ》の現象の素地が、整いつつある。

異変が起こる学校を、太一達は傍観《ぼうかん》するだけだ。

「どうする？ やっぱり、仮に忘れたとしても思い出せるきっかけを仕込む方法が」

昼休み、もう何回目かもわからない文研部《ぶんけんぶ》二年生の会議の場で太一は言った。

中心議題は『記録抹消《きろくまっしょう》』の話だ。各人がそれぞれ行動しつつも後回しになりがちだったが、今日は力を入れて一番に話している。自然とその流れになっていた。

――『人格入れ替わり』に遭《あ》う栗原達陸上部女子は『もうダメかもしれない』とメールを送ってきたが。記憶を失った大沢美咲《おおさわみさき》はまだ陸上部の仲間四人との絆《きずな》を忘れ、現象に関する話を聞いても首を傾《かし》げるだけみたいだが。『欲望解放《よくぼうかいほう》』に遭う男子の内二人は学校にはいるものの授業には出ていないらしいが。『噂』が広まっているのは一、二年生だけで三年生が知らないのは確定だと千尋《ちひろ》と円城寺《えんじょうじ》から連絡があったが。母親から『これ以上あんたの様子がおかしいと永瀬《ながせ》さん達とも相談しちゃうよ～』と脅《おど》されているが。クラスの皆が「やばいやばい」と話し合い、授業中太一達が教室にいなくても誰も気にしなくなったが。今までになかった学校全体に発生するかもしれない巨大ななにかは今にも起こりそうで、太一達はそこから疎外《そがい》されているが。

しかし、今まで一番にすべきだったことが後回しになっていたのだ。

だから太一達が自分達の『記録抹消』について話し合うのも仕方がない。

「今とれる手段ならな。直接的ヒント過ぎるとそれも『記録抹消』の対象にされるんだろうから、なるべく遠回りに。でも正解には辿《たど》り着けんと、無意味だ」

稲葉が話す。『記録』が消されても、現象に関わるところだけで、その期間の記憶がゼロになる訳ではない。ならば残っている部分から、消された記憶へ足がかりを摑《つか》み思い出せないだろうか、と太一達は考えていた。

過去、記憶を消された太一と桐山《きりやま》には、失ったものを取り戻した経験もある。

続けて桐山が口を開いた。

「……あたし文研部みんなをモデルにした人形を、編《あ》んで作ってみたの。これがあるとさ、もしみんなと仲よかったこと忘れても、『なんでこんなもの作ったんだ？』って疑問に思えて……思い出せるかなって」

おおスゲー、と感心してから、今度は青木《あおき》が話し出す。

「オレは逆にみんなとの予定を未来のスケジュールに入れまくってみた。なんか、過去の記憶っつーか記録を消されるなら……未来日付は抜け穴じゃね、って。まあ、スケジュール帳に書いたのは過去の話になるけど……」

『記録抹消』に備《そな》えて太一達ができることは、たとえ忘れても記憶が取り戻せるよう、思い出せる『きっかけ』を用意することだ。しかし『記録抹消』はものまでこの世から消す。だから上手《うま》く『記録抹消』の効力の範疇《はんちゆう》から逃れなくてはならない。つまり『現象があったから残されたもの』と解釈《かいしやく》されない必要があった。

そのルールはあまりに恣意的《しいてき》だ。だから太一達も手探り手探り、恣意的であるがゆえ抹消ルールに漏《も》れがあることを願い、策を練《ね》っている。

当初は取り組むこと自体に一種の躊躇《ためら》いがあった。取り組めば、『記録』が失われることが真実であると認めてしまう気がしてならなかった。些細《ささい》で、無駄《むだ》で、それこそ恣意的な抵抗だったと今は反省している。

「うーん、みんな工夫してんなぁ。わたしも——」と永瀬が発言しかけた時、部室の扉がばん、と開いた。

「せ、せ、先輩方……はぁ……はぁ……ええと……で……はぁ……」

「体力なさ過ぎだよお前は」

息も絶え絶えになっている円城寺紫乃《しの》と、少し息が荒いも余裕そうな宇和《うわ》千尋だ。

「皆さん、『欲望解放』が起こってる奴らがやばいです。乱闘《らんとう》騒ぎ起こして、流石《さすが》に教師も出張ってきて」

「そう……なんで……すよ……。大変……なんで……す」

『欲望解放』が起こっている男子達を見守る千尋と円城寺からの報告だった。

「教師も出てきてるなら、乱闘が治まってはいるんだよな」

稲葉が必要な点だけを確認する。

「ええ、ですね」

「わかった」

稲葉は話を打ち切る。他の者が言うセリフも、特になかった。

「……え？　先輩方……大問題が発生しているのですが……。なにかされないと……。そ、それとも自分達でなんとかしろというメッセージでしょうかっ⁉」

わたわたと話す円城寺に対して、太一が答える。

「今もっと大きなことが起ころうとしていて、大事な話をしているからさ」

「自分達の『記録』が……消えちゃうんですからね……」

学校全体を巻き込んだ現象については、千尋と円城寺には伝えていなかった。

いやそれについては話しても無意味なんだ。

だって、千尋と円城寺の二人も噂についてはさほど妙とは思っていないのだ。

二人にも『暗示』はかかっている。

文研部七角形の二つは、奴らに取り込まれている。

「だからって今の事態は放っておくんですか」

千尋から突きつけるように、問われた。

言っていることは正しい。けれども太一と千尋では状況があまりに違い過ぎて心に響かない。自分達と同じ状況になってそう言えるのか、と思ってしまう。

永瀬がどこか淡々とした口調で話す。

「ただ……、今のわたし達は自分の身を守る必要があるんだ」

「もっともな、お言葉ですね」

そう口にする千尋は、どこか醒《さ》めているようでもあった。

「わ、わたしも色々なくなっちゃうのは嫌ですから……頑張って考えては、います。一つ思いついたことがあるので、今度……お渡しします」

一年生の二人は、二人なりのやり方で学校で発生した二つの現象と『記録抹消』に対抗しようとしている。でも、今現在太一達と上手《うま》く連携《れんけい》は取れていない。

昼休みも終わりが近づき、七人で部室から教室に戻る途中、前方からもの凄い形相《ぎょうそう》で男子が全力疾走してきた。

よく見ると『欲望解放』現象に見舞われている一年生の一人だった。

「おいっ、どうした⁉」

千尋が珍しく必死な様子で声をかける。

呼びかけがきっかけになったかわからないが、唐突に男子はブレーキをかける。

「おっ……とっ……くっ。はぁ……はぁ……」

一気には止まり切れず三歩前進してから、その場に膝《ひざ》をつく。

「ぐ、具合が悪いの？　また、あの『支配される』感じ？」と円城寺が駆け寄って聞く。

「……もう……逃げ出したいと、どこかに行ってしまいたいと思って……、そしたら急にアレがきて、体が勝手に動き出して……」

俯《うつむ》く男子から、廊下にぽつりと滴《しずく》が落ちた。

汗をかくほど強く走ったのだろうか。と。

「マジ……勘弁《かんべん》してくれよ……」
男子は涙を流していた。

永瀬と桐山と共に、太一は二年二組の教室に戻った。
ざわざわがやがやと、みんなが色んな噂話をしている。
藤島《ふじしま》も、中山《なかやま》も、渡瀬《わたせ》も、瀬戸内《せとうち》も、宮上《みやがみ》も、曽根《そね》も。
みんな、みんな、みんな等しく。
太一達が事情を知っていると問い詰めてくる人間は、もういない。
妙なことが起こり過ぎて、太一達のおかしな点は気にも留められなくなった。
逆に太一達からなにかをすることもない。
自分達だけでどうにかできる規模《きぼ》ではなくなっている。
皆が誰かと話す教室、一人だけぼうっと座る人物もいた。栗原雪菜《くりはらゆきな》だ。
その栗原が突然、体をびくりと跳ねさせる。
きょろきょろと周りを確認する。
「はっ……はは……また」
唇《くちびる》の端を吊り上げ、腕で目を覆《おお》って、天を仰《あお》ぐ。
入れ替わったとわかっても、太一も、永瀬も、桐山も、声をかけない。
極限《きょくげん》まできて、太一達は自分達のことだけで、もう精一杯だった。

そうやって、周囲に鈍感《どんかん》になっていたからかもしれない。

本当は、予兆《よちょう》があったのかもしれない。

だけど太一達はなにも察知《さっち》できなくて。


気づいた時には山星高校《やまぼしこうこう》の生徒が消えていなくなっていた。

■□■□■

「人が消える……バカな」

稲葉《いなば》の呟《つぶや》きに、全くその通りだと太一も同意する。

放課後、千尋と円城寺は別行動をとっており、二年生五人だけが部室にいた。一時間ほど経《た》ち、部屋の中で考え続けていても仕方がないので外の様子を見てくると永瀬が部屋を出た。するとすぐに「た、大変大変大変だっ！」と大慌てで帰ってきた。「急いでっ！」と叫ぶ永瀬の先導《せんどう》で校舎《こうしゃ》に出た太一達が見たのは、生徒が、一人もいないひっそりと静まり返った空間だった。

いるはずの存在が欠けている。

学年末の放課後であるから、部活もなく既《すで》に帰った人間も多い。けれど、部活が全く行われていない訳ではないし、学校で勉強をしている者だって、友達と喋《しゃべ》りながら特に意味もなく残っている者だってまだいるはずだが、その姿が見えない。

しかしよくよく学校を歩き回ると、自習室や図書室を中心に三年生の生徒がいたし、職員室にも教師達がいた。

太一はほっとした。今度はどんな異世界に迷い込んだのだと思ったが、流石《さすが》に自分達の誇大妄想《こだいもうそう》だったと胸をなで下ろした。

念のため太一達は三年生に話しかけてみた。

「いつもと違うところ？　そうだな……今日はやたらと静かだとは思うが」

三年生からはそんな答えが返ってきた。

今度は職員室の教師を捕まえて聞いてみる。目が合った社会科の田中《たなか》に声をかけた。

「一、二年が誰もいない？　そんなこともあるだろ」

誰に尋ねても、全員が同じ内容の返答だった。

確かに、早い段階で一、二年生が全員学校からいなくなる時もあるだろう。

だが、——荷物をいくつも置き去りにしたまま帰宅《きたく》するなんてあり得るか？

机にものを散らかして、開きっぱなしの鞄《かばん》も置いたまま、まるで、普通に生活をしている最中に神隠《かみかく》しに遭《あ》ったみたいに。

その惨状《さんじょう》を説明しても教師は動いてくれなかった。

返ってくる答えは同じ。

「そんなこともあるだろ」

ない、ないに決まっている。

おかしくなった世界、まともな会話ができる人間がいなくなった世界。そうなるように、おそらく奴らがなにかをしている。その世界で唯一影響を受けていないのは、

「……ああ……なかなか興味深いことになっていますねぇ……」

〈ふうせんかずら〉くらいのものだ。

「彼らは……ここは別の空間にいますね……この学校を舞台に……。もっと早く気づきたかったのですが……ことが起こるまで把握《はあく》できませんでしたよ……」

荷物がいくつも残されたままの二年二組の教室で、太一達文研部五人は〈ふうせんかずら〉と対面していた。

他の生徒が普通はいるはずの時間帯に、教室真ん中の、出入り口に近い方に〈ふうせんかずら〉がいて、三列空けて太一達がいる。その光景《こうけい》は異常と表現する他ない。

「いや、いないじゃん。……ていうか別の空間？」

永瀬が乾《かわ》いた声で訊いた。

「そうです……この学校なんですけどここではなく、世界から孤立《こりつ》した……まあ、『孤立空間』とでも呼びましょうかねぇ……。名前があると便利《べんり》ですから……」

『孤立空間』なる別世界に、学校にいた生徒の一部が閉じ込められたと言うのだ。

姿形は全く現実と同じで、でも現実とは別の、携帯電話もなにも繋がらない、完全に孤立した空間らしい。

「ははっ」

太一は図《はか》らずも笑ってしまう。流石に、おとぎ話の領域《りょういき》だった。

今ここは現実なんだ。これ以上付き合っていられるか。

「……信じる信じないのレベルを超えてきたぞ？　お前、本気でなにを言ってるんだ」

稲葉がキレ気味に言い放つ。

「ずっとこうするつもりだったんですねぇ……そりゃ仕込みに時間がかかる訳で……」

「こう、ってなによ」と桐山が食ってかかる。

「……〈三番目〉達の目的が『皆さんの記録を消すこと』……はやっぱり間違いがなくてですね……」

ほとんど接触《せっしょく》したこともないなにかから向けられる攻撃に、太一達は晒《さら》されている。

現実感がなく、でも本物の脅威《きょうい》とはこういうものかもしれないと、感じる。

敵が戦いやすいよう目の前に現れてくれるなんて話こそ、空想《くうそう》だ。

「でもなぜか皆さん以外の方に『人格入れ替わり』やら『欲望解放』やらやって、他にも『暗示《あんじ》』をかけて『噂《うわさ》』を流し、なにか企んでいると思ったら……ねぇ。……ああ、皆さんって期間が長くて、『現象』で起こった事実を、なかったことにするのは大掛かりだ……って話……したじゃないですか……」

追い込まれたが故《ゆえ》なのか、現状を楽しんでなのか〈ふうせんかずらは〉はいやに饒舌《じょうぜつ》だ。だらっとやる気のなさそうな後藤龍善《ごとうりゅうぜん》の姿のままではあるが。

「で……『なかったこと』にするのも『時間』と『場所』が必要なんです……。現象下にあった皆さんと長い間触れ合っていた人も多いですし……。とまあ、そんな風に色々しなきゃいけないのに……ただの『記録抹消』だけなら……もったいないな、と。彼らは思ったんじゃないかと……僕は思うんですよ……」

「もう付き合うのも疲れてきたって……、さっさと結論《けつろん》言ってくれないかな？」

辛抱《しんぼう》強いタイプの青木も、限界みたいだ。

「ああ……わかりましたよ青木さん……。つまりですね……、奴らは『孤立空間』なんてものまで作って……最大限『面白いこと』をしようじゃないかと……。その上で……現象に関わった人間の記憶やら全ての『記録』を……消そうかと」

最大限『面白いこと』をする？

その上で全ての『記録』を消す？

「なんだよ、それ……。なんで……学校のみんながそんなことに……」

無意識の太一の呟きに、〈ふうせんかずら〉が反応する。

「なぜか……ねぇ。予想はできなくも……ないのですが――」

かつん、かつん、と廊下を踏む音が聞こえた。

　太一達と〈ふうせんかずら〉以外誰もいなくなった二年生の教室があるフロアは、耳に痛いほど他の音がしない。その中に一つ、何者かの異質な音が出現していた。

　かつん、かつん。音が高い。ヒールでもなければ出ない音だ。

　姿が見える。同時に太一達でも〈ふうせんかずら〉でもない第三者の声がした。

「それは……君達が、面白いから……。君達と……〈ふうせんかずら〉が。だから、周りも面白いのかな……みたいな？」

　平然と、太一達と〈ふうせんかずら〉の会話に割り込んでくる。

　数学教師の、平《ひら》田《た》涼《りよう》子《こ》の姿の、気《け》怠《だる》げな姿の、ふわふわした地に足がつかない声の、〈二番目〉が現れた。

　どうやって太一達の会話を聞いていたのか。教室にぬるりと滑《すべ》り込んでくる。

〈ふうせんかずら〉がいる。

〈二番目〉がいる。

　謎《なぞ》の存在と謎の存在が同時にいる。

　太一にとって、初めて見るシーンだ。

〈二番目〉の登場に太一達は全員言葉を失い、そして〈ふうせんかずら〉は嫌そうな顔をした。

「……どうしたの？　〈二番目〉だよ？」

　反応がない太一達を見て、ご丁《てい》寧《ねい》に名乗ってくれる。

「……邪魔……しないでくれます……？」

〈ふうせんかずら〉が〈二番目〉に向けて言った。

「あれ……？　結構手伝ってあげたのに……？　今話していることを知れたのも……だいたい、向こう側に参加しているわたしのおかげじゃ……ない？」

〈ふうせんかずら〉は視線を逸《そ》らして黙《だま》る。

なんの、やり取りをしている。このペアで、なにをしている。

「で、続けると……」

〈二番目〉は太一達へ向き直る。完全に自分のペースでやりたい放題だ。

「どうせ、しかも手間かけて消すんだ……。なら、最後更地《さらち》にするのなら……、好きなだけ散らかしてもいいでしょ？　……そんな考え」

太一達の『記録』が消される。それは大変に大掛かりな作業だ。しかしどうせ作業するのだから、『記録』を消す手間が変わらないなら、その前にやれるだけのことをやる。

「待て……それって」

〈二番目〉が現れた衝撃《しょうげき》から徐々に回復し、太一の頭も回り出し、考えつく。

全ては、自分達の、せいで、こうなっている？

教室を見渡す。ノートと教科書が広げられている。フタの開いたペットボトルが置いてある。キャップが外れ、中身が外気に晒《さら》されたリップクリームが転がっている。

普通に生活を送っていたのに、人だけが忽然《こつぜん》と消えたような光景が広がっている。

こうなった元凶《げんきょう》であるらしいのに、自分達はなにもできず被害を受けることもなく、取り残されている。

「つか……〈二番目〉は敵か味方かどちら側だ？　向こう側とも言っていたが……」

やっと、稲葉が思い出したように問いかけた。

「あちら側にもいて……こちら側も手伝っている。わたしは……わたしが見たいものを見ている……だけ」

〈ふうせんかずら〉達の中でも、関係の矢印が交錯《こうさく》している。

そんなもの、太一達の知ったことではないが。

「今も……気になったから出てきたけど。……おっと、もう、行かなきゃ？」

勝手に後から入ってきたくせに、また自分勝手なタイミングで言い出す。

「……お前の立ち位置だけは、本当にわからねえよ」と稲葉が苦々しく呟く。

「じゃあ行くけど……。完全にあちら側でもなく、完全にこちら側でもないところから言わせて貰えば……この話は、本当だから。……ばいばい」

〈二番目〉は言い添えて、さらりと出ていってしまった。


突然の乱入者により、場は仕切り直しと相成《あいな》った。

ただしっかりと、楔《くさび》だけは打ち込まれていた。

〈ふうせんかずら〉と〈二番目〉が結託《けったく》して太一達を騙《だま》している風には見えない。

この話は真実である。

「……『孤立空間』に取り込まれた奴らは、どうなっている？」

〈ふうせんかずら〉の言葉を信じるとは言わず、けれど語られた内容が正しいという前提に立って、稲葉が尋ねる。

「『孤立空間』は現実から孤立していますから……周囲を気にする必要なく……周囲に『暗示』をかける必要もなく……事実上なにをやっても大丈夫な訳で……。相当面白いことに……なってるんじゃないですか……？」

太一はふと、山星高校で流れていた噂話を思い出した。

自分達が知ったのは最近だが、随分《ずいぶん》前から一部では流れていたらしい噂話。

——閉じ込められて。

——出られなくなって。

——現象が起こって。

——それが何日も続く？

「何日も……続くのか？」

太一は無意識で口に出していた。

「じゃあ……続くんじゃないですか……？」

「……外の世界に与える影響は、ないの？」

永瀬が恐る恐る、といった様子で尋ねた。

「気になるところだと思いますが……特にないんですねぇ……ええ」

「ない？」太一は虚《きょ》を突かれた気分だ。

「そうですね……。向こうでなにがあろうが……現実に持ち帰りにはならないです」

なら別に、構わない？

「だから……最後消えるだけですよ……。そこであった事実と記憶と、……皆さんが現象下にいる間の、現実世界で現象が深く関わって起こった記憶が……」

あれ、と思う。

今なにか、おかしなものまで消えると指摘《してき》された気がする。

「そこであった事実と記憶というと……つまり『孤立空間』での『記録』が消えるって意味……だよな」

慎重《しんちょう》に、太一は確認をとり始める。

「……そうですね」

「でも付け足しで、なにか言ってたよな？」

「現実世界で……皆さんが過去『現象』の影響を受けて起こした出来事の『記録』……消えるじゃないですか？」

その話は何度も聞いている。

「となるとそれは皆さん以外の人間からも消す必要があって……」

みんなからも、現象下にあった自分達の『記録』が消える。

ある出来事が、この世から『なかったこと』になるのだから、太一達以外の皆の中から消えるのも当然だった。誰かが覚えていれば完全な『記録抹消』にならない。

当たり前の理屈《りくつ》だ。そんなこと、わかりきっていたはずだ。知っていて、頭の片隅《かたすみ》に燻《くすぶ》っていたはずだ。

なのに今になって、ようやくその事実を、自覚的に理解した。

『記録抹消』が起これば他人の人生をも、消し去る。

自明で必然の事実だ。

己が生きる道は、必ずどこかで人に影響を与えている。人は一人では生きていない。だから自分が過去行ったことが消えれば他人の人生が変わる。

でも今の今まで、自分が他人の人生まで担っている感覚が、皆無《かいむ》だった。

『記録抹消』との戦いも、自分達文研部の中だけの戦いであると錯覚《さっかく》していた。

狭い視野で、自分達の世界しか見ていなかった。誰かのために戦おうとしながら、結局立っているのは自分の土俵《どひょう》で、己の文脈《ぶんみゃく》でばかり語っていた。

足りていない。自分と世界との繋《つな》がりの認識が圧倒的に不足している。

人は一人じゃ生きられない。人は支えられ生きている。人は誰かに影響を与えている。

そんな言葉を、本当の上っ面で体よくしか理解していなかった。

「……例えば……こちらが現象の力を利用したおかげで付き合い始めたカップルがいたとすると……その二人はカップルである事実を忘れる……ということか」

太一は震える声で、尋ねた。

「そうですね……消えますね。まあ……収まりのいいようにするのが第一ですし……、また現象がなくても付き合っていた可能性もありますので……絶対とは言いませんが」

どうあれ現実は変わる。誰かの人生が、変わる。

現象がなければ起こらなかった出来事を取り除き、この世界があるべき姿に戻すのだから、それはある意味正しい。

けれど、一度あった事実を消してよいのか。

今まで築き上げてきたものは、踏みにじられてよいものなのか。

「そもそも他の奴らの『記録抹消』を回避する手段があるのかよ。アタシ達がいくら忘れても思い出せるようになにか仕込んだって、他の奴らの記憶まで戻らねえだろっ」

「いえ少し詳しく言うと……一人一人から『記録』を消すのではなく……共通してこの世に存在する一つの『記録』を消す形に近くて……その中で皆さんの記憶って、現象に一番関わっていてそこを中心に消すものだから結構キーになっていまして……」

「つ、つまり？」

混乱した様子の青木が聞き直す。

「だから……皆さんが頑張って現実世界で記憶を保っていれば、……それに引っ張られる形で、他にも何人かは……出来事を思い出せるんじゃないかと」

「でも……全員じゃないんだね」

永瀬は沈んだ声で呟いた。

希望を見いだしていいのかもわからない。

〈ふうせんかずら〉はそこでふぅ、と一息ついた。

「しかし皆さんは『孤立空間』に連れて行かれないんですねぇ……。もう特に参加させる意味もない……と。気づいたら全て終わっているでしょうしね……」

「全て、終わる？」

掠《かす》れて感情のこもらない声で、桐山が囁《ささや》いた。

「……『孤立空間』での実験が全て終了し、皆、僕達のことなどなにも覚えていない世界に……なるということです」

その時同時に、自分達が関わって築いたものの多くが消えるのだ。

「ただまあ……皆さん方の場合、現実世界での努力次第では……記憶を守ることもできるかも……と。『孤立空間』に取り込まれてもいませんしねぇ……」

目の前に、ある可能性がぶら下げられる。

それを無視して、稲葉が言う。

「『孤立空間』の終了までにどれくらい時間があるんだよ」

「長くはない……とだけは僕にも言えますかねぇ……」

人が『孤立空間』に消えている時間は現実では本当に短いらしく、その人がいない事実は、普通の人間に認識《にんしき》されずに誤魔化《ごまか》し切れるらしい。どうも現実と『孤立空間』とでは経過時間に差異《さい》が出るようだ。

しかしまた疑問が湧《わ》き上がった。

「普通の人は……、『孤立空間』にいった人間が現実にいないこと、わからないんだよな？　じゃあなんで……俺達は把握できているんだ？」

自分達は知覚できている。ならチャンスはある気がした。

「ああ……単に過去、現象に関わった人間には効《き》きにくくなってると思いますよ……。実際現象に遭っていたり……僕らに乗り移られていたり……」

発見できたかと思った希望は、一瞬で地に墜《お》ちる。

「……アタシ達にできること、ねえのかよ」

稲葉が改めて、シンプルに訊いた。もう、自分達だけではなにができるかもわからない太一達には〈ふうせんかずら〉へ質問するしか手段がない。

「外からできることは……ないでしょうね……」

「じゃあ中に入れば？　みんなが入れるならわたしもいけるはず」と永瀬が畳《たた》みかける。

文研部は皆必死だった。必死に可能性を繋ぎ止めようとしていた。

「無理矢理頑張れば……　『孤立空間』の中に入れるとは思いますし、入ったらなにかできるかもしれませんが……危険は伴《ともな》いますねぇ……。……奴らが都合のいいように作った空間なんですから……なにがあるかわからない」

そんな場所に、皆は連れて行かれている。

「……というか皆さんなにをする気なんですか……？　もう時間がないんですから……現実で……さっさと記憶を残すための努力を……」

太一から自然と言葉が押し出される。

「でも俺達以外の他のみんなを」

「みんなを助けたい……ですか？　まあ頑張れば……できることも……なくはないですか……。『孤立空間』で大変なことが起こっても……『強制終了』はあり得ますから」

「『孤立空間』でも……仲間の記憶が丸ごと消される可能性あるのかよ……！」

稲葉の声は引きつっていた。

「とはいえ……皆さんが気にする必要はないでしょうねぇ……。まあ僕もなんとかしようとはしますし……ああ……自分のためにですよ……。言っても……彼らの失うものは、みなさんに比べればどうせ微細《びさい》でしょう？」

比べればそうなんだろう。でも危機があるなら助けるべき？　助けに行く？　いや今は自分の記憶を守ることが、誰かを守ることに繋《つな》がる？

危険を冒《おか》して死地に飛び込まなければならない理由は、……ない？

「まあ他の人達に起こっていることは放っておいてですね……。命が取られる訳でもないと割り切って……。皆さんは皆さんのすべきことを……お願いします」

〈ふうせんかずら〉は去っていった。

いくらなんでも、ここまでの話を全て信じてきたとしても、信じられない話だ。

でも教室に人は戻ってこない。

太一達は五人で、統率《とうそつ》もとらず、バラバラに動き出した。

一年生と二年生の教室を見て回った。

隣の教室も、その隣の教室も下の教室も、どこもかしこも、人が忽然《こつぜん》と消えた状態だ。

校舎内に自分の息づかいが響く。他の音がしない。

生きているものを感じない。

そこは現実より、異空間に近い。

危険だと、恐怖を感じた。

「……稲葉」

廊下の前方にふらふら歩いている稲葉を見つけた。近づいていく。

ぐらり。突然その体が傾いた。

「稲葉っ」

太一はとっさに走り出し、危ういところで稲葉の体を抱き止めた。

「稲葉、どうしたんだ、大丈夫か」

爪を突き立てて掻きむしりたくなるような焦りが全身を駆け巡る。

「……と、大丈夫だ。離せ」

離せと言われて、離せるはずがない。離したくない。

「本当に、大丈夫か？」

「一瞬立ちくらみしただけだ。あまりにも、狂った状況過ぎて」

そう言う稲葉の声は弱々しい。細く繊細《せんさい》な肢体《したい》が小刻みに震えている。

太一は堪《たま》らない思いだった。

胸が締めつけられる。

自分の大切な人を、不安な気持ちにさせたくない。

早く安心させて、笑って貰いたい。

自分と、そして皆の心はどれだけ荒れすさんでいるのだろう。

「帰ろう、か」

無意識に、それが自然であるかの如《ごと》く太一は囁いた。

危険なことになっているらしい。でも自分達はそこにいない。できることはほぼない。できたとしても、とても限られている。

けど今自分の手には、この世界には、守るべきものがある。

携帯電話が震えた。画面を確認すると、妹の莉奈《りな》からだった。

『今日、ちょっと家に帰るの遅くなるかも。お兄ちゃんは早く帰ってくるように！』

このところ、家族にやたらと心配をかけて、早く家に帰れと口酸《くちず》っぱく言われている。ちゃんと話も聞いていなかったけれど、家族の問題も大切だ。妹にも、もし自分の記憶が消えた時、上手く助けて貰えるよう手を打っておかないといけないんだった。

後、純粋に妹と喋《しゃべ》っておきたい。今の気持ちで話せるのは、今だけかもしれない。

もちろん『今』を失わせない努力を、最大限するけれども。

現実で目を向けるべき事柄《ことがら》は、まだまだあった。

別空間で、太一の力及ばないところで、信じがたい物語が繰り広げられていても、太一にだって、目の前にすべきことがある。

「……帰ろう、か」

ゆっくりと稲葉も、囁く。


その後改めて五人集まりなにかを話したとは思うけれど、内容は一つも覚えていない。

ただ言い争いもなく、話の方向性は一直線だったと記憶している。

文研部の五人は校舎を出る。学校を出る。帰路《きろ》に就《つ》く。

家に帰る。

＋＋＋

「なーんか……そのやり方でよかったの？　結局判断は任せる……みたいな？」

「ああ……まあ……仕方ないいんじゃないですかねぇ……」

「それで大丈夫……？」

「僕がコントロールするだけでは……出し抜くことは無理でしょうから……」

「ふーん……他の力を使う？　感じ？　で……あなたはあなたの準備をするけど……後はお任せの……賭《か》け？　賭けていいの？」

「いや完全に賭けになるのはちょっと……。だから……後もう少しやれることは……やってはみますけど……」

「けど？」

「……まあ……最後は祈るくらいしかないのも事実で……」

「祈る……誰が……あなたが？　ふ……ふふ……それは、ヘン」

「…………この状況で……笑わないでくれます？」

＋＋＋

小学校から自宅への帰り道のことだった。

突然、気持ち悪くなった。

凄《すご》く変な感じがした。

凄く凄くヤな感じがした。

どろっとしていてぬめっとしていて、まるで体が別の空間に引き込まれていくみたいな感覚が、一八重樫莉奈の胸には残っていた。

「……学校……お兄ちゃんの高校？」
同時に、なぜか太一の通う高校の画《え》が頭に浮かんだ。
道端《みちばた》でランドセルを背負い直し、「ふー」と息をつく。
疲れているんだろう。さっさと家に帰らなくちゃ……とは思ったのだけれど。
気になった。なぜかとても気になった。
お兄ちゃんの高校で嫌なことが起こっている、予感がする。
って無意味な妄想《もうそう》しちゃったな！　……と、いつもなら無視していたと思う。
でも今は、お兄ちゃんの様子が変なのだ。文研部で一緒の永瀬伊織《いおり》さんも変だって、
お母さんの玲佳《れいか》さんから聞いた。
凄く引っかかる。虫の知らせ、というやつかもしれないぞ。
財布《さいふ》を取り出し、小銭《こぜに》を確認する。往復《おうふく》だけなら、大丈夫。
大事な残り少ないお小遣いを使うことへのほんのちょっぴりの躊躇《ためら》いをえいやっ、と
振り払い、莉奈は駅へと駆け出した。

電車に揺られ、乗換駅《のりかええき》まで来た時はたと正気に戻った。
なにをしているんだろう？
ついさっきはなにか起こっている気がして、吸い寄せられるみたいにその場所に行か
なきゃと思っていたが……今考えると、そんな大したことじゃなかった感じがする。

凄く嫌な予感が……とか過剰《かじょう》に反応したのが恥ずかしいことに思えた。

全然、なんにも、おかしくないのに。

「……帰ろうかな」

下校時の格好のまま、いつもと全く違う場所で人混みの中にいるのは、酷《ひど》く心細かった。休みの日私服を着ていたら、大丈夫なのに。どうしてだろう。

電光掲示板《でんこうけいじばん》で山星高校へ向かう電車の運行状況を見る。

次に、家に戻れる電車の運行状況を見る。

どちらの電車も快調《かいちょう》に運行中。数分で到着予定となっている。

どうしようか。

ここでどっちかの電車が凄い遅れていたりしたら、決心がついたのに。どうしたらいいかわからなくて、莉奈は動けなくなる。

もうやめておこうか。寒いし。すぐ暗くなるし。可愛い女の子が一人だと危ないし。

よし、や〜め……と、意外な人物にばったり出会った。

周囲から一人、白く透明な人が浮いて見える。

「……玲佳さん？」

「あら、……莉奈ちゃん？」

伊織さんのお母さん、玲佳さんだった。

「一人？　お母さんは？」

「あ、あの……わたし、お兄ちゃんの学校に行かなくちゃって、思って、それで」

理由もなく一人でいるのがバレると怒られる気がして変な言い訳をしてしまう。

「なにか、用があるの？」

「ええと……それは……」

どうしよう、どうしようと答え方に迷っていると。

「一緒に行く？」

玲佳さんはとても都合のいいことを言ってくれた。


最寄《もよ》り駅の改札を出て、山星高校まで歩いていく。わかりやすい道程だし、文化祭で来た経験もあるので迷わないはずだ。

「実は私も……伊織の学校の様子が気になっていて。同じ部活の親御《おやご》さんに連絡を取ってみたら、みんな様子がおかしいと言うものだから、余計に気になって」

「玲佳さんも学校に行ってみるつもりだったんですか？」

「直接行くのは考えてなかったけど、先生に相談したいな、とは考えてた。だから今日ちょうど莉奈ちゃんに会えてよかった」

莉奈も心強い味方を得て百人力だった。玲佳さんに便乗《びんじょう》してお兄ちゃんの様子を先生にお話しできれば更にラッキーだ。

「……でも親が出しゃばり過ぎるのは、よくないのかしら？　どう思う？　こういうの疎《うと》くて……。なにが伊織のためになるのか……」

「小六のわたしに聞かれても難しいものが……」

「あら、そうね」

玲佳さんはちょっと天然さんが入っているみたいだ。でも自分の子供を凄く大事にしているのはよく伝わった。

「ともかく……どうか……イジメではありませんように」と莉奈は小声で呟いた。

「ここが正門ね」

言っている間に私立山星高校に到着した。

「さあ行きましょう」

すたすた歩いていく玲佳さんに続き、莉奈も敷地《しきち》内へと足を踏み入れる。

――どろり。

学校に入った瞬間怖気が走った。妙な粘《ねば》つきが全身を襲う。

体が重くなって、頭が痛くなって……。

一度……似た経験がある気がする……？

「……夫？　大丈夫？」

「ほへっ⁉」

玲佳さんの綺麗な顔が莉奈を覗《のぞ》き込んでいた。

「気分が悪そうだけれど、大丈夫？」

「あ……はい」

気持ち悪さはしばらくすると薄れていった。なんだったんだろう。

運動場を横切って校舎へと向かう。

「あの……人が見当たらないんですけど？」

あまりに静かで、ゴーストタウンに迷い込んだみたいだ。ゴーストスクールというか。

莉奈は玲佳さんと正面の校舎に入った。

「えっと……職員室は……」

校内の案内図を玲佳さんは見ている。でも莉奈はそれ以上に気になることがあった。

「れ、玲佳さん。本当に人の気配がしませんけど、ちょっと、おかしい気がするんですけど。今日はみんな帰っちゃってるんでしょうか」

放課後の高校はこんな静かなのだろうか。不気味《ぶきみ》過ぎる。

「別に、普通じゃない？」

普通……なのか。

人っ子一人遭遇《そうぐう》せず、莉奈達は職員室に辿り着いた。

職員室では先生が普通に仕事をしていた。ほっとする。ただの蛍光灯《けいこうとう》なのに凄く明るく見えて、ちゃんと人の目に守られている世界、って感じがした。

「私……二年二組、永瀬伊織の母でして、担任の先生か、もしくは文化研究部の顧問《こもん》の先生とお話ししたく……。あ、同じ先生でしたっけ……」

玲佳さんが説明するのを莉奈はその背に隠れて聞いている。

冷静に考えると学校に乗り込む親ってあんまりいない気がする。学校に乗り込む妹はもっといない。……変な目で見られないだろうかと少し恥ずかしくなる。

「あー、はいはい永瀬さん。三者面談《さんしゃめんだん》以来ですかねー。いや相変わらずお綺麗《きれい》で！」

ノリの軽い、若そうだけどおっさん臭い感じのする教師がやってきた。

「お、可愛い子連れてますね。……永瀬さんに妹いましたっけ？」

「いえ、この子は八重樫《やえがし》君の妹で……」

「謎の家族ぐるみの付き合いやってんすね。あ、こっち来て座って下さい。……つーか今日はやけに静かだな」

たぶん今日誰も使わないんでいいでしょ、とふかふかソファーの応接室に自分達を通したのは、お兄ちゃんの担任かつ部活の顧問でもある後藤龍善先生だった。なるほど、この人が通称《つうしょう》ごっさんの人か。

「で、なんかありました？　永瀬さんモンスターペアレントっぽくないから面倒な用じゃないって期待してるんですけど」

大人とは思えない、建前なしの正直な人だった。

相手のノリにペースを乱されることなく、玲佳さんは最近の伊織さんの様子を話した。帰りが遅いとか。なにかに悩んでいるとか。どうも大変なことになっているとか。部活が関連しているとか。以前にも少し変なことがあったとか。他の文研部員も今同じ状態だとか。

「お、お兄ちゃんも思い詰めた感じで……。これまでも、そんな感じのことは何回もあったんですけど、今までより酷いみたいで……。事情を聞いても『関係ない』って」

莉奈も初対面の大人にドキドキしながら頑張って喋った。

後藤先生はうんうんと莉奈の目を見て聞いてくれた。いい人かもしれない。

「家を空けて……。後、外に出て電話を何度もして……」

玲佳さんも続けて言う。

「男ができた……ってオチじゃないっすよね。あ、冗談です」

ノリが軽いのはいいけどおふざけが過ぎるぞこの先生。こっちには深刻《しんこく》な問題なのだ。

「まあ……、心配されるのはわかりますよ、うん」

後藤先生は真面目なトーンになって、一度大きく頷く。

「あいつら、なんか面倒ごと抱えているみたいですもんね、ずっと」

先生も、気づくぐらいのことなんだ。

「でもまあ俺は……私は、特に手も貸さず放任してますけど」

「それって……いいんですか？　教師として、保護者《ほごしゃ》として」

玲佳さんが真剣な面持ちで尋ねる。

「俺はいいと思ってるんですよお母さん。そりゃ大人の力が必要な時もあるだろうけど、やれる限り子供達だけの力でやったらいいんですよ。そのせいで失敗したっていい」

「失敗は……よくないんじゃ」

少し難しい会話だけれど、莉奈も頑張ってついていく。

「人は失敗から学ぶから。まあ、死なないならどんな冒険《ぼうけん》もやってみるべきなんですよ、若いうちは。なあ、お嬢《じょう》ちゃん」

おっさん臭いことを言うおっさんだ。若者は『お嬢ちゃん』なんて言わない。

「けど……やっぱり、心配というか……」

再び玲佳さんが口にする。親ってこんなに子供で悩んでるんだ、と思う。

「家族って、一番簡単そうで、実は難しい距離感だと思いますよ。身近な人間として、助けてあげなきゃいけない部分はある。でも家族で大事に大事にし過ぎたら、そいつはそこから飛び立てなくなる」

飛び立つ。それは、自分にも？

「お母さん、子供はいつか巣立《すだ》つものっすよ。子供のこと、もう少し信じてみましょうよ。永瀬さんは、よくできた子だし大丈夫ですよ」

「おっしゃることは……よくわかります。でも、なにか取り返しのつかない失敗になることが恐いんです。……これは私の問題なんですが、不干渉《ふかんしょう》過ぎた経験が過去あって。……本当に、本当に大変な、大きくて元に戻せない失敗がきたらと思うと……」

「でもお母さんっていう、家族っていう、いつでも帰れる場所があるじゃないっすか」

そこは巣立つべき場所で、でも帰るべき場所でもあった。

「まー、その帰る場所になってあげることが、家族として大切なんじゃないですかね。……あれ、どうかしました二人とも？　わかりにくかった？　語り過ぎちゃった？」

なんだか締《し》まらない感じで、気取らない感じで、でも凄くいい先生だなって思った。

「いえ……とても、いいお話が聞けました」

白かった玲佳さんの肌に、すっと赤みが差したみたいに見えた。


職員室から出ると、やっぱり学校内は変だった。外の寒々しさとはまた種類の違う凍った空気が、校舎内を満たしている。

「せっかくだから伊織達の教室見ていく？」

「れ、玲佳さん変だと思わないんですか？　後、生徒じゃない人がうろちょろして大丈夫なんですか？　最近うるさいセキュリティどうのこうのが」

「なんだか私より難しいこと知ってそうね。でも大丈夫」

「こ、根拠《こんきょ》は～⁉」

なんて会話をしながら歩いていると、二人組を発見した。

「ひ、人がいました！　ん、見覚えが……」

「ち、千尋君⁉　学校……変じゃない⁉　変だよね⁉　変だよ！　変顔だよ⁉」

「最後どういう意味だよ⁉　つか服を引っ張るな円城寺！」

ばたばたわちゃわちゃしているのは、円城寺さんと宇和さん。お兄ちゃんと同じ文化研究部の、後輩に当たる高校一年生だ。

「あ、あんなところに不審《ふしん》な人がいるよ千尋君！」

「な……って、ただの親子……あれ」

宇和さんが気づいてくれたみたいだ。

「こ、こんにちは。少し用があって、高校に来まして」

「あ……莉奈ちゃんだ！」と円城寺さんも反応してくれた。

二人とは、以前文研部が八重樫家に遊びに来た時に顔を合わせているのだ。

「それと、こちらが伊織さんのお母さんです」

「え……伊織先輩の？　は、初めまして、円城寺紫乃と申します。伊織先輩には……部活の部長として大変お世話に……」

「宇和です。同じく、部活で永瀬さんの後輩やってます」

「どうもこんにちは。いつも伊織がお世話になっています」

初対面なのでそれぞれが挨拶《あいさつ》をする。

「んで、用って、なにかあったんですか？」

宇和さんが尋ねた。警戒する感じが少しあった。

「伊織と……後他の文研部の子達も最近大変そうで……そのお話を先生と」

玲佳さんが話すと、二人はぎくぎくっ、と焦ったみたいな顔をした。

「けれど今日は、いいお話が聞けたわ」

玲佳さんが温かい声で言うと、二人はほっとした表情に変わる。

「……確かに、永瀬さん達結構きつそうですよね。俺達は間接的に聞いてる部分も多いけどあの人達は直接だし。……こっちに気を遣って全ては伝えていない気もするし」

「だ、だよね。バックアップも果たして欲しいからって、少し遠ざけられているし」

二人はなんの話をしているのだろう。

「あ、だからできればっ、先輩達を支えてあげて下さい、お願いしますっ」

円城寺さんがぺこりと頭を下げる。

「……おい円城寺、よく考えたらこんな不安を煽《あお》る内容話すのは……」

「あ、そ、そっか。よくないか……」

「なにかよくわからないけど、大丈夫ですよ。お兄ちゃんのことは、任せて下さい」

話は読めないけれど、ただお兄ちゃん達を大事に思ってくれているのは伝わった。

莉奈の発言の後、二人は何事かごにょごにょ相談を始めた。なんか仲のいい二人だ。

「あの、お願いがあるんですけど。いいっすか？」

相談が終わったみたいで、なかなかイケメンな宇和さんが聞いてくる。

「こ、これを、渡しておいて頂けませんか……？　実はお店に頼んでおいたのを、今日とりに行ったのですが……。いい線いってる案だと思うので、って」

大変可愛らしく妹属性を持つ円城寺さんから、黒い粒《つぶ》を受け取る。円城寺さんは玲佳さんにも同じように渡している。

「……お兄ちゃんに渡せばいいんですか？」

「渡せば、わかると思います……思うよ」

「じゃあ、私も伊織に渡せばいいのね」

「ま、本当は配る予定だったんですけど、帰っちゃったみたいなんで」

「お兄ちゃん今日はもう帰ってるんですか？」

最近の中ではかなり早いご帰宅だ。

「じゃあ、私達も帰りましょうか」

玲佳さんの言葉に、莉奈は「はい」と頷いた。

お兄ちゃん達に大きな動きがあったら報告下さいねと連絡先を交換し合い（本当に世話の焼ける＆愛されているお兄ちゃん達だ）、宇和さん達とは別れた。

「莉奈ちゃんのお家って、どちらだっけ？　暗くなってきたから送らないと」

「や、いいですよ。あ、と。学校の様子が変なこと二人に訊くの忘れちゃったな――」

「――妹さんは気づける下地があるんですよねぇ……。ああ……一度〈二番目〉が乗り移ったのか……」

ダラダラとした声がした。

寒気がして、吐き気がした。なにかわからない。けれど辺りの空気が変わった。

「え……後藤先生？」

玲佳さんが『それ』を見て言う。確かに『それ』は後藤先生の姿形で、でも、違う。

『それ』は、なにか別のもの。絶対。なんでわかる？　なぜかわかる。でもどうして、玲佳さんは異変を感じ取らない？

「じゃあ八重樫さんの妹さんにも……期待を込めまして……」

そいつの手が伸びる。自分の頭を摑もうと迫る。

違う。錯覚《さっかく》。全然、数メートル離れた位置にいる。届くはずもない。でも、脳内に手が触手《しょくしゅ》の如く侵食《しんしょく》するようだ。

頭に映像が。感触《かんしょく》があった。音がした。臭いがした。味がした。感覚を、普通じゃない方法で無理にぎゅうぎゅうと詰め込まれたみたいだ。

途方《とほう》もない量で、密度がぱんぱんで全部真っ黒な固まりになっていて、意味も形も見えなくて。真っ暗。渦《うず》の中。――いや、具体的な形が、ほんのわずか感じられた。ぼんやりと見えて、一気に意味のある『言葉』になった。

事実が光速で目の前を通り過ぎていく。それはまるで走馬燈《そうまとう》だ。

人格が入れ替わる。欲望が解放される。時間が退行する。感情が伝導する。幻想が投影される。夢の中が透視《とうし》できる。様々な現象があって、様々な脅威《きょうい》があって、それが襲いかかってくる。大変なこと。もの凄いこと。それがお兄ちゃんに襲いかかってくる。

耐えて。耐えて。耐えて。耐えて。耐え切った。よかったね、お兄ちゃん。

でも、それが、消える？

全部全部なくなる。全部全部消え去る。形を失ってゼロになってもう元には戻らない。

とてもとても悲しかった。とてもとても泣きそうだった。

だって今まであったものが、なかったことにされるなんて。そんなの嫌だ。そんなの
お兄ちゃんにさせたくない――。

一気に、一気に、感情の奔流に飲み込まれる。溺《おぼ》れる。息ができない。

なんだか――気が遠く――。

「あれ……ただ妹さんにも事態を知って貰おうとしただけなんですが……？」

「……り、莉奈ちゃんどうしたの⁉　大丈――」

九章

旅立つ日の言葉

自室に籠《こ》もり、がりがりと、強く濃く、太一《たいち》はノートにこれまであった出来事を書き記《しる》す。たとえ消されたとしても、くぼみで文字が読めるくらい筆圧《ひつあつ》強く。

忘れたくない。忘れさせてはならない。もし忘れたとしてもこれを見て思い出すんだ。

今度は机の引き出しからアルバムを取り出す。

デジタルカメラや携帯電話で撮《と》ったままにしているものが多かったが、これを機《き》に現像した。形として残すと、データとは比べものにならない安心感があった。

こんなにはっきり存在しているものが、消えるはずない。

これは、一年生の時文化研究部《ぶんかけんきゅうぶ》の五人で初めて撮った写真。みんなどこかぎこちない。

次のは、夏にみんなで旅行に行った時の写真。皆打ち解《と》けてきている。女の子達の私服姿が目に眩《まぶ》しい。

人はなぜ記録を残すのだろうか。

それを見て過去を懐《なつ》かしむためだろうか。

そうしないと、過去を忘れてしまうからだろうか。

忘れる。

記憶から消える。

だけでは済まず、完全に事実が消失する。

〈ふうせんかずら〉の話が本当だとしよう。『現象』がなければ起こらなかった出来事は、全てなかったことになる。

そんなに簡単に消せるものか？　とも思う。

しかし考えてみれば、出来事の記録が残っているのは脳内か写真や動画の記録媒体《きろくばいたい》だけだ。

だから脳内から消し去り、記録媒体をどうにかさえすれば、消えてなくなる。

媒体を紛失《ふんしつ》して、自分の中でも忘れてしまえば、どんな出来事も『なかったこと』になる。なんだ、そう考えると、普通に生きていてもままあることじゃないか。

ただ現実と違うのは、もうなにがあっても思い出せないということだ。

これは、文化祭の時の写真。桐山《きりやま》と青木《あおき》ははっぴ姿で写っている。

隣《となり》のは、記念に撮っておいた『文研新聞　文化祭増刊号《ぞうかんごう》』の写真だ。稲葉《いなば》の入手したスクープ写真が異彩《いさい》を放つ。

現象がなければ交わらなかった人とは、下手をすると知り合いでもなくなる。

自分も人を忘れ、人から忘れられる。ある人物の人生から退場する。

知らなければ、その人にとってはこの世に存在していない人物も同義《どうぎ》だ。

死人で、幽霊《ゆうれい》だった。

誰かを忘れる、誰かに忘れられる。自分はその運命に直面している。

運命を、呪いたくなる。

どうしてこんなに脆《もろ》いんだ。自分みたいなちっぽけな存在がなにかを残すなんて不可能なのか。

だとしても、諦められない。解決策かもわからないけれど、できることを続ける。

自分をまず守る。自分と他の文研部員をまず守る。

他の人達を見捨てたい訳ではない。でも被害を考えれば、そうせざるを得なかった。

一年生の秋、校外学習《こうがいがくしゅう》に行った時の写真が目に入る。この後自分は、自分と稲葉の物語が回り始めているんだと知る。

冬には、部活発表会《ぶかつはっぴょうかい》があった。永瀬《ながせ》がコスプレショーを行った時の写真も、ちゃっかり保存してある。時を同じくして、一つの恋が成就《じょうじゅ》することなく終わったのだ。

そして八重樫《やえがし》太一は稲葉姫子《ひめこ》と付き合うことになる。

積み上げてきた今までの全てを、失うなんて許容《きょよう》できるか？

その痛みは比類《ひるい》のない絶望だ。

他の人にも危機は、訪れようとしている。そこに痛みは、あるのだろう。でも数が多過ぎて、総体が大き過ぎて、想像が全くできないのだ。

それをどうにかするには自分はあまりに無力で、できることなどなにもない。その事実が、余計に太一を他の者達の危機から遠ざける。誰かを見て『痛いのだろう』と酷《ひど》く胸が痛む。痛むのだが、その痛みに現実感はない。知ってもどうしようもないなら、リアリティを追求《ついきゅう》せず表面上だけわかればいいと、無意識に思ってしまうのだ。

自分の問題にだけ追われ、なにかができる余裕がない。

誰かを救いたいなんて言葉、自分が無事でないと吐けない言葉なのだと思い知る。

アルバムをめくる。

春には二人の新入生が加わった。

秋には修学旅行《しゅうがくりょこう》という高校生活最大のイベントもあった。

それ以外にもたくさんの思い出が存在している。高校自体の全『記録』が消える訳でなくても、その一部が欠けてしまえば、意味をなさなくなる——。

ページをめくる。自分と誰かが写真に収まっている。とても親しそうな距離感で、楽しそうな一枚だ。さて、しかしここに自分と写っている人物は誰だろうか——おいおい。

なぜ、忘れる？

永瀬伊織《いおり》と稲葉姫子と桐山唯《ゆい》と青木義文《よしふみ》と。これだけ自分にとって重要な人達をどうして忘れられるんだ。あり得ない。あり得ないから、人外の力が働いているのだ。

恐かった。恐怖だった。

急いで太一は紙とペンを手に取る。がりがりと、皆の名前を書き記《しる》す。それぞれどのような関係なのか注釈《ちゅうしゃく》する。手が震えてまともな文字が書けない。けれど気にせず折りたたんで、教科書の間に挟む。

――携帯電話が震えた。

今は誰にも構っていられない。文研部員なら重要な連絡かもしれないので出るが、他の者なら無視しよう。

ディスプレイを見た。

『八重樫莉奈《りな》』とあった。

文研部員ではなかったので、太一は無視した。

マナーモードにした携帯電話が、机の上で振動《しんどう》し音を立てている。

まだ震えている。まだ音を立てている。

だけども太一は、電話に出ない。

自分の世界に沈み込む。

世界と繋がりを、絶つ。

手を伸ばさなければ、いっそ電源を切ってしまえば、簡単に繋がりは消え去った。

でも世界はまだ、自分を呼んでいる。

今は自分で手一杯だ。外の世界なんて知らない。いくら呼ばれようが、請《こ》われようが、なにもできない。世界に呼ばれても、世界が呼んでも、妹が呼んだら。

太一は電話に出た。

出た瞬間あれと思った。

どうして、自分は出ないと決めた電話に出ているんだ？

『お……お兄ちゃん？　お家？』

「……ああ、どうした？」

なぜ無意識に電話に出たのか。

『え、えっとね……。わたし今、学校に……お兄ちゃんの学校、山星高校《やまぼしこうこう》にいるのっ』

「は……なんで？」

『そ、それは後で詳しく言うっ。だから……、迎えに来て……欲しい。なんかね、なんかね、凄い恐いものを見たの。お兄ちゃんが……お兄ちゃんが……』

受話口の向こうから震えが、伝わってきた。

「大丈夫なのか？　今学校のどこにいるんだ？」

『今保健室……。永瀬さんのお母さんがついていてくれてるから、大丈夫だけど』

どういう組み合わせだ。いや、場所もおかしいぞ。

「なんで保健室なんだよ？」

電話越しに聞きながら、太一はよろよろと動き出して財布《さいふ》と定期入れを用意する。

『なんか貧血《ひんけつ》っぽく……。あ……後さ、お兄ちゃんの学校、なんか変、じゃない？　不気味じゃない？　絶対、絶対、おかしいよっ。わたし恐くて……』

制服姿のままだったからコートだけを羽織《はお》る。必要最小限の荷物を持った。

太一は歩き出して、部屋から出る。

「迎えに行くから、待ってろ」

人には構っていられない。

でも自分は、兄で、莉奈が妹だから。

その理屈を越えた理屈には、太一の体を動かすくらいの力はあった。

困っている妹を迎えに行かなければならない、兄として。

■□■□■

太一は学校に向かう途中、先ほど莉奈が学校の異変に気づいていた事実を思い出した。

その点も踏まえて、学校に再び行く旨《むね》をメールで文研部へと伝えた。

『ちょ、わた、わたしも学校行く！』

伊織の母親も学校にいるらしいと追記したので、永瀬は慌てて電話をかけてきた。

『学外の奴が見た学校の様子は気になるな……』などと返信がきたので、明言はしていないものの稲葉もくるかもしれない。

冬の夜の、学生達も、早めに仕事を切り上げたサラリーマン達も帰宅し始める時間帯に、太一は周囲の人の流れに逆らって学校に辿《たど》り着いた。

学校は真っ暗だった。まだ完全下校の時間ではないはずなのだが、正面からは明かりの点いている部屋が見られない。教師陣ももう帰っているのか。

生徒達が戻っているかもしれないので教室を一度確かめ……る必要はないんだ。自分のことだけでいい。真っ直ぐ保健室へと向かう。

非常灯《ひじょうとう》だけの暗い廊下を、電気を点けながら歩いた。保健室が見えてくる。

「お兄……お兄ちゃんっ⁉」

保健室の扉が開くと同時、妹の莉奈が飛び出してきた。どこで人が来た気配を感じたのかタイミングばっちりだ。それにしても、まさか高校で妹と会うとは思わなかった。

「お前、高校に来ていったいなにを。……というか大丈夫かよ、体は」

妹は泣いていた。

「お兄ちゃんっ、お兄ちゃん！　うわ〜ん！」

泣きながら、矢のように飛んできて太一に抱きつく。

「さ、さ、っきまで玲佳《れいか》さんもいてくれたんだよ！　お迎えが来るまではずっと一緒にいてあげるよって言ってた。なのに、……さっき急に帰っちゃった」

「事情は知らんが……薄情《はくじょう》だな」

「は、薄情というか、な、なんか様子がヘンだったんだよ……。しかも釣られるみたいに、学校の先生達も一斉に、帰って。ひとりぼっちになって……それで……ううっ」

偶然？　いやなにか力が作用したか。

「で、どうした？　恐いことあったのか？　体は本当に大丈夫なのか？」

小六のクセに随分《ずいぶん》と大人びた妹がこんなに取り乱すのは久しく見ていない。なぜ学校にいるという質問は後回し。自分より一回りも二回りも小さな体を、太一はぎゅっと抱きしめてあげる。

異常が支配する山星高校で莉奈はなにを見たのだろう。

かたん。音がして振り返る。廊下の角に誰かがいた気がしたが、姿は見えない。

莉奈は太一の体に顔を押し当てたままくぐもった声を漏らす。

「……お兄ちゃん、あんなに……あんなに大変なことになってたんだね……っ。ゴメンねっお兄ちゃんっ、……気づいてあげられなくてゴメンねっ」

「なんの話だ？」

「ずっと……ずっとお兄ちゃんはあんなのと戦ってたんだね⁉ それなのに……ち、ちっとも気づいてあげられなかったよね……わたしっ！ ゴメンね！」

「あんなのと、戦う？」

「しんど……かったよね？ ……しんどいに決まってるよ。あんなあり得ないこと何回もやらされて……お兄ちゃんはそれに耐えてきて……」

まさか、だ。

妹が、太一達と〈ふうせんかずら〉の秘密を知った？

いやまさかだ。ない。だいたい誰がどう教えるのだ。

「莉奈……俺がどういうことになっているのか、……知ってるのか？」

「知らないよ！　知らない！　全然知らないっ！」

やっぱり知らないみたいだ。しかし莉奈はヒステリックに叫び、混乱している。

「なあ莉奈、なにがあったかわからないけど」

「でも今も……今も大変なことになってるんだよねっ⁉」

ばっ、と莉奈は涙でぐしゃぐしゃになった顔で太一を見上げた。

事情はわからない。けれど莉奈は、太一を心配して泣いてくれている。

妹が凄く愛《いと》しく思えた。

「大丈夫だよ。お兄ちゃんは、大丈夫」

ゆっくりと、子守歌を歌うみたいに太一は言い聞かす。

本当は全然大丈夫じゃない状況でも、虚勢《きょせい》を張るのをやめると決心した後でも、太一はしっかりとそう伝えた。

それは嘘《うそ》ではなくて真実だ。

兄は、妹の前ではいつだって、大丈夫なのだ。

「うぇ〜ん……」と妹が更に大きく泣き出す。

よしよしと、太一は妹の頭を撫《な》でた。

しばらくの間思いっ切り泣くと、やがて少しずつ落ち着いてきた。

「ありゃ……わたしなんで……」

急に目が覚めたみたいに目を丸くし、妹が頬《ほお》を染める。

「ちょっと、なによ⁉」と、まるで太一に抱かれているのが心外だと言わんばかりに体を離した。

「……莉奈、本当に大丈夫か？　相当錯乱《さくらん》しているみたいだが……」

「な、なになによ⁉　わ、わたしだって訳わかんないよっ。……でも玲佳さんと学校行って、後藤《ごとう》先生に会って、教室見ようってなって、また後藤先生に……」

「え……、ごっさん？」

本当に後藤龍善《りゅうぜん》だったのか。【後藤龍善】に乗り移った〈ふうせんかずら〉か。

「学校がヘンだと思って。でも今度は自分が変になって、知らない情報がいっぱい、流れ込んできたみたいになった。……たくさん、ありえないことが、お兄ちゃんに起こって……大変で……あれ、わたしなにを言ってるんだ？」

わからない。予想でしかない。だいたいなぜ妹が学校に来たのかもわからない。だが妹は〈ふうせんかずら〉や〈二番目〉達のいずれかと接触《せっしょく》したのではないか。

「だからお兄ちゃんに……色々言わなきゃって思って……もうわかんない。だいたい高校だって、急に、気になって。玲佳さんに会って学校来ちゃったらやっぱりおかしくて……。その後、一瞬倒れかけたから保健室に行って、お兄ちゃんを呼んで……。……今度は玲佳さんや学校の先生が変な感じに……」

妹は頭を押さえて深刻《しんこく》そうに表情を歪《ゆが》める。

「俺は大丈夫だから心配するなよ。それよりお前は……」

「するよ！　させてよ！　わたしの前に自分のことを気にしてよ！　全然、大変なのに全然わたしには話してくれないし！　学校でなにがあったのかも教えてくれないし！」

烈火《れっか》の如く怒り出す。

「そりゃ……わたしじゃどうにもならないこと、あるかもしれないけど」

感情の揺らぎが激しい。混乱はまだ続いているみたいだ。

「でもねお兄ちゃん……その、あのね……なんか……あれ？」

あれ、あれ、と莉奈は首を傾《かし》げて視線をあっちこっちに彷徨《さまよ》わす。

「ええと……とにかく言うね！」

最後は自棄《やけ》になったみたいに、大声で宣言した。

一呼吸置いて、優しい声音で。

「どんなことがあっても、なにがあっても、わたしはお兄ちゃんを忘れないから」

それは奇《く》しくも、太一が今もっとも言って欲しかった言葉。

「帰ってくる場所は、ここにあるから」

ここに？　どうしてだ？

「家族の絆《きずな》は、絶対に消えないから」

莉奈は、真っ直ぐ太一の目を見て、言った。

「……な、なにをわたし今更当たり前のことを……？　や、あ、当たり前という言い方がこっ恥ずかしいっ。お、お兄ちゃんこれ誰にも言わないでねっ」

真っ赤になって、莉奈は「う〜」と唸《うな》り俯《うつむ》く。

「で、でもお兄ちゃんが……色々忘れて……そういうのを心配して、不安になっている気がしたから……。うう……わかんな〜い！」

自分のことを忘れない。

帰ってくる場所はここにある。

家族の絆は消えない。

なんでこんなに、今の自分が一番必要としているような言葉を紡《つむ》いでくれるのか、わからない。確率論《かくりつろん》ではあり得ない。

誰かに言わされている？　いいや、言うように誘導されていたとしても、言葉は莉奈の心から出た真実だ。もう十年以上妹の兄をやっているのだ、それくらいはわかる。

『現象』に関わっていた『記録』が消える。それにより、太一は多くを失ってしまう。

自分はその事実を、この世の終わりと等しく感じていた。

でも、全然終わりなんかじゃなかった。

記憶を消されようがあったことを『なかったこと』にされようが、それでも残っているものは、あるのだ。

失われないものがある。

なにがあっても消えないものがある。

その一つが、家族の絆。

徹底的《てっていてき》に不干渉《ふかんしょう》を貫いたって、形式上絶縁《ぜつえん》したって、何年何十年会わなくたって、互いのことを忘れ生き別れになったたって、脈々と繋がっているその『血』の繋がりは、決して抹消《まっしょう》することはできない。

人が、人である限り。

人が、誰かの子である限り。

失い、傷つき、心すりつぶされ、ボロボロになっても。

帰る場所は、必ずどこかに、ある。

「お兄ちゃん……泣いてるの？」

言われて太一ははっとなる。

「ばっ……泣いてなんて……」

でもここ数日で初めて安心できて、緊張が緩《ゆる》んだのは間違いなかった。

ずっと気が休まらなかった。周りには警戒すべき対象だらけで、まるで世界中が敵になったみたいにさえ思えた。

でも心穏《こころおだ》やかになれる場所は、いつでもすぐ側にあった。

その中にいるのが当たり前過ぎて、気づけなかったけれど。このいつでも自分を暖かく包んでくれる箱庭がなければ、自分は『現象』なんて乗り切れず、とっくの昔に心がぽっきりと折れているはずだ。

帰る場所があった。

そこは守るべき場所で、守られる場所だった。

そんなところがあるなら、自分は——。

「お兄ちゃんは頑張り屋さんだからな」

そう言って、妹は太一の腰の辺りをぽんぽんと叩く。

「いつでも誰かのために、ちょっと無理し過ぎちゃうからな」

「……まだそんなとこあるかな」

「でもそこが、お兄ちゃんのいいところでもあるんだよ」

なんだか妹に、姉のような真似《まね》をされている。

「ただし、ちゃんとわたしとお母さんにも報告を入れること。自分だけの問題だ、みたいな顔をして家族をないがしろにしないこと」

またびしびしと先生みたいに指摘《してき》してくる。調子に乗ってきていた。

「他人事みたいなやり方しちゃ、ダメですからね」

清く正しく真っ直ぐに、こちらの空気など読まずに妹は主張した。

でもその清らかさに触れ、自分でも考え直してみたくなった。

自分は周りに邪魔をされる。足を引っ張られると、勝手に思っていなかったか？

腕を組み胸を張る妹の頭を、くしゃくしゃと撫でる。

「ちょっと髪型乱れるじゃん、もう。……あ、そう言えば」

「どうしたんだ？」

「お兄ちゃんの後輩の宇和《うわ》さんと円城寺《えんじょうじ》さんが、これ渡してくれって」

言いながら莉奈はごそごそと服の内ポケットを探る。

「ええと……あれ……どこやった……っけ？　ら、ランドセルか？　後で渡すねっ」

「おい、頼むぞ。重要なものだったらどうするんだ」

「わ、わかってるよ～」

しかし千尋《ちひろ》や円城寺とも、会っているとは意外だった。

そして一年生の二人が、学校でさっきまで行動していたんだと知る。

たぶん、いや間違いなく現状を打破《だは》するためのものだ。

色んな人が戦っている。力を貸そうとしてくれている。その輪は繋がっていく。

どこかで希望の息吹《いぶき》は芽生《めば》えていて、いつかそれは人と人の間を巡り巡って自分の前にも現れる。

希望は、消えていない。

自分の意志を以て決意しても、周囲に疑われ、助けようとした人に反発され、隠したい部分を問い詰められ、家でも安息《あんそく》を奪われ、そんな風に後押ししてくれるものがまるでないことに妨害《ぼうがい》されたと感じ、なにもできなくなると、思っていた。

いくら想いを抱いたって、多くのしがらみを持つこの世界が、一筋縄《ひとすじなわ》じゃいかないと、思っていた。

直線にいかせてくれない。だから色んなものを守るなんて無理だと、思っていた。

逆風《ぎゃくふう》が吹けばどうにもならないと、思いかけていた。

周囲は自分の意志など関係なしに動いている。

だから時には敵になる。

だけど、時には、味方になる。

自分は周囲と否応なく関わっていて、おかげで思い通りにならないことも多いけれど、でも望み通りにいかないしがらみにこそ、かけがえのないものもあった。

たぶん強いしがらみは、それだけ強い絆にもなる。

だって自分と触れ合っているものなのだから、それは繋がりだから。

しがらみが絆になるか。

絆がしがらみになるか。

繋がるものが一部でも自分の力になってくれるのならば、周りが少しでも味方をしてくれるなら、自分はまだ、戦えるんじゃないのか？

光が見えないと思っていた暗闇《くらやみ》に、こんな足下近くから、こんなに眩しい光が差し込んで、目の前に道があるんだと示してくれた。

これで可能性を信じなかったら、そいつはとんでもない悲観論者《ひかんろんしゃ》だ。

「じゃあ帰るか、莉奈」

「うん、帰ろうお兄ちゃん」

＋＋＋

まさかこんな展開を見せつけられるとは、家を出る段階で誰が予想できたんだ。

『妹が山星高校にいるらしいので再び学校に向かう』と連絡してきた太一から、自分の母親も一緒にいるとの情報を永瀬伊織は得た。

母親がなんで勝手にと思ったが、そうさせたのは自分だった。放ってはおけなかった。先生と自分の現状について話されると不味《まず》いし、なにより今の学校は普通じゃない。巻き込まれやしないか、万が一の可能性を考えると心配で堪らなかった。

もう他の誰のことを考える余裕もないはずだった。しかし母親のことはやっぱり別で、でも同時に、もう絶対に自分達のことだけに集中するんだと思っても徹《てっ》しきれない自分の中途半端さに、閉塞感《へいそくかん》も覚えていた。

行き詰まってもうどうしようもないと、諦《あきら》めかけていた。

けれど——。

「……って、ねえ……こっち来るよっ」

伊織は慌てて振り返り、稲葉姫子と桐山唯と青木義文に言った。

三人ともびくっと体を震わせる。三人とも反応が遅い。それだけ……自分の中に入って考えることがあったのか。四人は、八重樫太一とその妹莉奈のやり取りを……廊下に隠れて盗み見していたのだ。

「え、こっちに向かって……そ、それならあいさつを……」

唯が言いかけて、すぐに稲葉が被せる。

「バカ、覗《のぞ》き見《み》てたのにしれっと出ていくってなんか、アレだろ。なによりあの二人の雰囲気《ふんいき》に入っていくのはなんか……アレだろっ⁉」

「『アレ』ってなにさ稲葉っちゃんって感じだけどなんとなくわかるよ！　お邪魔虫な感じが！」

狙った訳じゃなかった。ただ太一から文研部二年に向けて『妹が高校に来てなにか妙だと言っている。気になるから行ってくる』という連絡がきた。そこに母親もいるとあったから、伊織は急行。すると外部の人間の目に今の学校がどう映るか聞きたいという稲葉も学校に、伊織と稲葉の動きを知った唯と青木も駆けつけた。

稲葉が太一に居場所を訊くと『保健室に向かう』と返信がきたので、四人揃《そろ》って行ってみたら熱烈《ねつれつ》な兄妹愛シーンを目撃してしまった。

「……では一時、撤退《てったい》っ」

皆の意見を踏まえ伊織が小さく素早くかけ声をかける。と四人は一斉に逃げ出した。

校舎を出て、どこかでやり過ごしてもよかったのだが校門へと走った。

「どうする？　まず太一は莉奈ちゃんを家に送り届けるつもりだろうけど」

リズミカルに息を吐きながら唯が尋ねる。

「はぁはぁ……どうするも……はぁ……こうするも……」

対して荒い息の稲葉が口を開く。

「……はぁ……色々思うところは、あっただろ」

「うん……」

それは伊織にもあった。色々と、あった。

「わたしは……速攻家に帰って、お母さんの無事を確かめなきゃだけど……」

伊織の母親は既《すで》に帰宅しておりλ入れ違いになっている。

走りながら青木も声を出す。

「……まぁ……オレも家に帰らなきゃなとりあえず……ふぅ」

「あたしも」「……アタシも……か」

唯も稲葉も続く。

それぞれにはそれぞれの家があって、それぞれの思うところがあって。

「じゃあ……、帰りましょう」

「ああ」「うん」「じゃあ」

伊織が言って、他のみんなが頷《うなず》いた。

＋＋＋

帰宅すると七時を回っていた。

妹と共に帰りながら、八重樫太一にはやろうと決めたことがあった。でもその前に、面と向かって話しておかなければならない人がいる。

場所は八重樫家のリビング。自分がずっと成長してきた場所。

「今まで、心配かけてごめん。ちょっと大変なことになってた」

椅子に座る母親と妹を前に、太一は謝罪《しゃざい》する。

「今日は莉奈も巻き込んだ？」

「ち、違うよ。それはわたしが勝手に……」

「ふうん、莉奈が勝手に夜遅くまで遊んでた？」

「あ、あぅ……」

母親は夜遅くまで連絡も入れず出歩いていた二人に対して怒っていた。太一はまだしも、小六の妹にとっては褒《ほ》められた時間ではない。

「まあ……続きがあんのか。どうした？」

母親が尋ねてくる。いつもは軽い人だけど、今日は真剣だった。

話があると言った太一に、母親は料理の手を止めてくれた。ちなみにメニューはカレーライスだ。

「あの……でもまだ、危険なことになっている人がいるんだ。俺も含めてだけど」

母親は黙《だま》って相づちを打ち、先を促《うなが》す。

「それで、自分とみんなのためにやりたいことがあるんだ」

自分にとってのやりたいこと、なしたいこと、想いを乗せて決めたこと。

「俺もかなり危ないことにはなる。でも絶対に必要なことだから」

「具体性がないからよくわからんっ！」

母親がばんとテーブルを叩いた。全く反論の余地もない。

しばらく母親は腕を組み黙った。

「……でも、言えない理由があるんだね？」

母親が太一の目をじっと見る。親とこんなにしっかり目を合わすなんていつ以来だろう。たぶん幼い頃は、もっと、ずっと、目を合わせていたんだろうけれど。

「うん」

「それは誰かに迷惑をかけること？」

「いや。……ただ母さん達に心配は」

「お金は使う？」

「そういうんじゃない」

「法に引っかかることやろうとしてない？」

「逆に法を超越してるというか……うん、とにかく関係ない」

細かく細かく質問をされていく。太一は関係ないだろと突っぱねないで、ただ邪魔をしないでくれとわがままを振りかざさないで、誠心誠意《せいしんせいい》答えていく。

話しながら太一には気づくことがあった。

しがらみが邪魔をしてくるとか、大げさに言えば敵になるとか思っていたけれど、その原因は、自分にもあったんじゃないだろうか。誰かに味方になって貰うには、それなりに踏まなければならない手順があるのではないか。

「危険だ、危ない、って言うけど、どんな風に危ないの？」

「大切な思い出がなくなる感じで……」

「ふうん、なにかを守るための戦いって感じ？　なに、学校のモニュメントを守るために他校の生徒と鉄パイプ持って全面戦争するつもり？」

「……それは母さんが好きな漫画《まんが》の話で」

「冗談だよ」

変なところで冗談を入れる母だ。

「ちゃんと、無事に帰ってくるんだね？」

「頑張る」

「やると言ったからには、最後までやるんだね？」

「やります」

「ならいいよ」

最後は、酷くあっさりと言って、にかっと笑った。

「頑張りな。ちゃんとあんたが最後までやるって言うなら、それでいい」

自分の母親をそう評するのもなんだが、凄く、格好よかった。

こんな親に、自分もなりたいと思う。

「お父さんにも……まあ一応報告しとくかぁ」

母親は立ち上がると、キッチンへと戻っていった。

「あの……」

「なに、時間あるの？　じゃあ晩ご飯の準備手伝ってくれる？」

本当に敵《かな》わない。いつまで経っても、それこそ死ぬまで敵わないんだろう。

見えなくても今まで誰よりも自分を守ってくれていた人の手を、今また感じる。

なによりも大きな絆でありしがらみは、なによりも大きな力に変わる。

「いや、……行ってきます」

太一は言って、席から立ち上がった。

「おう」と母親は男前に返事をした。

時間の余裕もないだろうし、太一はすぐリビングから出ていく。

「……お、お兄ちゃん」

廊下で、さっきはずっと黙りこくっていた妹に呼び止められた。

「……行っちゃうの？　なんだか……お兄ちゃんが遠くに、行っちゃう気が……。大丈夫だよね？　お兄ちゃん無事にちゃんと帰ってくる……よね？」

莉奈は不安気な様子で訊いてきた。未だに妹を心配させているのかと反省しながら、太一は言う。

「大丈夫だ。すぐに帰ってくるから」

これで本当にすぐに帰ってこなくてはならなくなった。兄が妹にした約束を、破る訳にはいかない。特にうちの妹は『お兄ちゃん約束破ったから二倍返しね！』とか言い出すし。

「し、信じるよっ」

「じゃあ、行ってくるな」

今度こそ、太一は家を出る。

「……頑張ってね。早く、帰ってきてね」

可愛い妹のダメ押しに、最大限頑張って最速で帰ってくることが確定した。

「太一ー」

最後、奥から届いた母親の声は、見送りの言葉でも励《はげ》ましの言葉でもなく、けれど一番、戦う気力の湧《わ》く言葉だった。

「カレー、残しておこうかー？」

「お願い！」

■□■□■

夜の学校に、太一は再び戻ってきた。

いつも通う慣れ親しんだ場所で、この『物語』の始まりの場所だ。

校舎の電気は消えている。

時間帯的にもういい加減閉鎖《へいさ》されているのかと思ったら、すんなり侵入《しんにゅう》できた。

人気のない夜の学校だからという理由だけでない不気味さが、漂《ただよ》っている。

校舎にも、これまたなんの障害《しょうがい》もなく入れてしまった。本来されるべき施錠《せじょう》がなされていないのではないか。

誰かがいないか、誰かに見られていないか一応警戒する。

改めて一年生と二年生の教室を回ってみた。

事態の改善《かいぜん》を期待したが、泡《あわ》と消えた。

鞄《かばん》やものが残され、人だけが突然消えた状態はそのままだった。

騒ぎにはなっていないのだろうか。ただ学校へ向かっている途中偶然友人と会って判明したのだが、全員が『孤立空間《こりつくうかん》』に連れ去られた訳ではなかった。

外から見えることに配慮《はいりょ》して電気は点けない。窓から差す月明かりと街の灯《あか》りが照らす校舎を、あてどなく歩いて行く。

目的地はないが、しかし目標はあった。

その目標は、学校内を歩いていれば、必ず、必ず、現れるはずだ。

「……いやぁ……まさかこんな展開になるとは……」


驚きはさほどなかった。

むしろ必然だと思っていた。

最後の最後まで、だらりとして、生気を感じさせない、後藤龍善の体に憑依《ひょうい》した存在。

廊下の先に〈ふうせんかずら〉が佇《たたず》んでいる。

太一はゆっくりと近づいていって、立ち止まる。

一対一、邪魔するものもなにもない空間で向き合う。

月明かりが後藤の、〈ふうせんかずら〉の表情を青白く浮かび上がらせている。

「なぜ……八重樫さんは……ここに？」

「やっぱりそのまま、見捨てて逃げ出せないなと、思って」

「……なんだか急な心変わりですねぇ……なにかありましたか？」

「うちの妹に、凄く大切なことを、気づかせて貰えたから」

「……あれ、やっぱり変な風になりました……？」

「お前、妹になにかしたのか？　操るみたいな真似を……」

「……いえいえちょっと情報教えてあげようとした……くらいで。〈二番目〉に乗り移られた経験があるらしくて過剰《かじょう》になりましたが……。特殊な作用を与えたりは……一切ないですね」

　この期《ご》に及んで嘘はないだろうと、信じておこう。

「なあ本当に、『現象』に関わるみんなの記憶や出来事は失われるのか？」

　形式的に太一は訊いておく。

「……今更、訊きますか？　何度でも言いますが……答えは、イエスです」

「消すと、どうしても、その後のつじつま合わせの方が大変に思えるんだが。世界を、作り替えるんだから」

「なんだか大層に捉えているみたいですが……それがそもそも間違いですよ……。だってそんなもの……この世界から見たら、本当に微々《びび》たるものじゃないですか……。無視されても……特になにも起こらないくらいの……」

「でも、思ったんだけど」

　改めて太一は考えたのだ。

　自分にとっては大き過ぎる過去の喪失《そうしつ》。でも世界全体から言わせれば、確かに小さな出来事だった。世界から見て人間一人なんてとてつもなく小さい。その一人間の一部の出来事なんて、もう存在するかもわからないくらい微細《びさい》なものかもしれない。

　けど、色んなものが色んな角度から色んな絡み方をして、それがしがらみとして時には絆として息づいている世界を、思えば。

「その世界から見ればちっぽけな一つ一つが、その一つ一つの積み重ねが、この世界を作っているから」

そうやって考えれば、他より比べて大きいものなんてなにもないのだ。全部が全部、小さなものだ。それが集まって、世界を作っている。その総体が世界だ。

「だから、その小さなものを守ることが、そのまま」


——世界を守ることになるんだ。


人の記憶と過去に積み上げたものを守る戦いは、つまりは世界を守る戦いだ。

「世界を守るか、と問われて『ノー』と答える奴がいるか？」

今のは少し、稲葉っぽい言い方だったかなと思い小さく笑う。

自分と稲葉は違う。真似をしている訳でもない。でも毎日を少しずつ積み重ねているから、必ずどこかで、影響し合っている。

「……なかなか……面白い考えではありますが、ね。そういう理由から……ご自分の記憶を大切にするのは……わかりますよ……僕にも。でも……他人のものについては……どうするおつもりですか？」

「決まってるだろ」

決まってる。いや、決めたのだ。

「それも含めて、守るんだ」

「……関係ない他人の世界ですよ？　ああ……やはり……自己犠牲《じこぎせい》のためですか？　他人の痛みを想像して……だとか」

時には超人じみた洞察力《どうさつりょく》で、こちらの心を読んでいるのではないかとまで疑わせた〈ふうせんかずら〉が、全く太一の心を理解できていない。

奴はこちらの心を読めないのだ。

もしくは今自分は〈ふうせんかずら〉の理解の範疇《はんちゅう》を、超えている。

「いいや、違う。そんな、自分の世界から見る、自分だけの視点の話じゃない」

記憶を、積み上げたものを失うのは、自分ではない他の人にだって、同じように嫌なことだ。それはとても当たり前の話だ。

自分が嫌だと思うこと。その嫌だと思うことにまさしく見舞われている人達の存在を知りながら、素知らぬふりをして生きているのが幸せかどうかは、疑わしいことだ。

当然過ぎる話であって、もちろん心の中ではわかっていた話なのだけれど、それを今ちゃんと考えることができていた。

「他人事にするのは、やめようかなってさ」

自分の外の世界を、他人事にしないで、自分のものと同じ視点で受け止めること。

画面越しで触れられないのだと、線引きをしないこと。

「……つまり……自分の世界として……考える」

「そう、自分が全てを見れる訳じゃないって知った上で、この世界を他の誰でもない、自分の世界だって思って」

この世は、自分から見える範囲だけで完結してはいないんだ。

それを理解して、本当の意味で全てのものと繋がれるんだと思う。

なぜ、どうして、その認識《にんしき》に辿り着けたのだろう。

たぶん、とても近しい人との絆を確認できたから。

隣の誰かと繋がって。またその隣の誰かと繋がって、ずっとずっと繋がりが続いていって。

自分は、この地球上の全ての人間と繋がっている。

そう考えたら、現実感が増したのだ。

つまりは全て、一個人と一個人の繋がりに換言《かんげん》されるから。

世界は自分からさほど離れたものじゃない。

「自分のものなんじゃ、なんとかしなくちゃならないだろ?」

「勝手に思っているだけの気も……しますが」

全くその通りだと思う。

別に、そこまで考えて、他人の問題まで背負う必要はないのだ。

「でもせっかくこの世に生まれたんだったら、そう思ってもいいだろ」

その方が、世界はずっと広がって、たくさんのことを感じられる。

「はぁ……まあ……そうですか。…………で？」

〈ふうせんかずら〉がその先を、尋ねてくる。

世界を守りたいから自分は。

「俺を『孤立空間』に入れてくれ」

自分の今いる場所から、飛び立つ。

「……入ってどうする気です？」

「入ればやれることはあるんだろ？　みんなを守るための挑戦を、してみるさ」

「なにができるのかもわかりませんし……、なにもできないかもしれませんが……」

「それも行かなきゃわからないよな」

現地に行ってみなければなにが起こっているかもわからない。当然なにができるかも。

しかし行けばわかる。行ってみれば、なにもできないはずはない。

無謀《むぼう》か？　無理をしているか？

大分と格好をつけているし、背伸びをしているのも否定しない。

でも全ては、そんなバカげた格好つけから始まるんだ。

自分の持てるもの以上のことをしたい。なら背伸びをしなけりゃどうにもならない。

今の自分にできることをやったって、できないことができるようにはならない。

できないことをやろうと背伸びをするから、いつしかそのできないに手が届く。

「俺は今この世界で起こっていることと戦う。みんなのため、そして自分のためにも」

でも一人じゃなにもできない。現に今も自分がどう思おうが願おうが一人じゃ『孤立空間』にも入れない。

だから自分は、これまでの敵を仲間に引きずり込んで味方にしてしまおう。

「どうだ？　一緒に〈三番目〉達の鼻《はな》を明かしてやらないか？」

最大の敵を、本当に味方にしてやろう。

「お前だって、やられっぱなしじゃ面白くないだろ？」

畳《たた》みかけると、〈ふうせんかずら〉は完全に固まった。なにも言わなくなった。

沈黙《ちんもく》の時間が流れる。表情はわずかに呆れているみたいにも見える。

自分でも馬鹿だなと思う。

しばらくすると〈ふうせんかずら〉は口を開いた。

「僕も……腹をくって……リスクの高いことしてみますかねぇ……」

そこになんのどんな感情があるかは読み取れなかった。

でも、奇妙な連帯感《れんたいかん》が、二人の間には生まれていた。

一人じゃなければ人は戦える。

——でも、一人で突っ走ってはいけない。それは学んでいる。

勇気と無謀は違うから、無責任であってはならない。

ちゃんと、連絡すべき人がいるんだ。

太一は携帯電話を取り出して、文研部員に対してメールを、打ち始める。

＋＋＋

稲葉姫子は、八重樫太一からの、自分の恋人からのメールを確認する。

文面は長かった。そこにはどう思いどう考えどう結論づけ、どういう行動をすると決めたか書かれてあった。

なかなかに面白い考えだ。

なかなかに楽しい男だ。

そして最高に格好いい男だ。

流石《さすが》は自分が惚《ほ》れた男。

今回の件は自分の世界だけじゃなく他人へ与える影響が大き過ぎるし、過去匹敵《ひってき》するものがないほど危機だから、考慮《こうりょ》しなければならない事柄と範囲が膨大《ぼうだい》だった。

だからぐだぐだ考えた。もうこれでもかってくらい悩んだ。結論としては、自分達の『記録抹消』だけなんとしてでも防ぐか、それとも他の人間に起こる『記録抹消』まで守り切るべきか、リスクとリターンを考えればどちらが正解とも言えなかった。

散々考えた挙げ句決めきれないというのも情けない話だが、どっちの天秤《てんびん》も等しい重さなら、もういいだろう。稲葉は決めた。

自分は、あいつの隣で最後まで世界を見ていたい。

メールには『みんな来てくれ』だとか『一緒に戦おう』だとかの文言は一切なかった。

ただ自分はそうしたいからそうするとだけあった。

じゃあ自分も、やりたいようにやらせて貰おう。

稲葉は防寒着《ぼうかんぎ》を着て、自分の部屋から出る。

それに、家は帰ってくる場所、ね。

父親と母親には「行ってくる」とちゃんと話しておこう。

そう考えていたら階段でばったりと、帰宅した大学生の兄と出くわした。

「ん？　おい姫子。んな夜から出かけんのか？　彼氏か？」

そう言えばこのちゃらんぽらんな兄も、一応自分を心配してくれてるんだろう。

「なあ、アタシがいなくなったら、アタシがアタシじゃなくなったら、どう思う？」

「号泣《ごうきゅう》しちゃうんじゃない？」

「キモ」

「おい、ボケても真面目に答えても正解がないっておかしくないか」

兄の横をすり抜けて、稲葉は階段を降りていく。

しかしまあこんな兄でも、いなくなったら、その時は自分も泣くのかもしれない。

だって家族だから。

稲葉は振り向きざまに言う。

「……あ、そうだ兄貴」

「ん？」

「まだ先だけど結婚式には呼んでやるから安心しろよ」

「…………え？　ちゅううおおい待ってっ⁉　姫子お前彼氏とそんな進んでんの⁉

つかまさか子供がって話じゃ……おい、待て姫子⁉　ゆっくり話を――」

＋＋＋

残念ながら、青木家の両親はまだ外出中だった。

なので青木義文は、自分の姉に向かって宣言することにした。

「オレ、今からみんなのために戦ってくるから」

こたつ布団《ぶとん》を上半身まで被っている姉はきょとんとした表情だ。

「どうした？　中二病か？」

「違うよっ！　結構マジな話だよっ」

「ああ……あれね、人の命運《めいうん》まで背負うとか言ってたやつ。やっぱ中二病じゃん」

「もういいよ！」

「あー、ゴメンゴメン、ふざけ過ぎた。で、みんなのために戦うね。なんで急に？」

「……なんかちゃんと聞いてくれるか不安に……」

「ゴメンって。ほら、聞くから」

姉はこたつから体を出し、姿勢《しせい》を正した。

しかし姉に畏《かしこ》まられても喋りにくい。恥ずかしいし。

「……なんだろ、ずっとそうしたいと思っていたんだけどさ、オレがいつもやるみたいに……今だけを見て、自分の感性だけで決めていいレベルは超えちゃっててさ、どうしたらいいかわからなくなっていたんだ」

嘘偽りなく、長年暮らしてきた家族に心を晒《さら》す。

こんなこと、当分やってこなかった気がする。

「でももう決めた。ちゃんと考えて、最後友達からメールが来てもう一回決心した。その結論が、危険があっても戦う、だった」

危険という言葉をわざわざ言わなくてもよかったかなとも思う。心配させても仕方がない。最悪、またダメだって言われる可能性も――。

「よし、じゃあ頑張ってこい。姉ちゃんは応援してる」

姉はさらっと、そしてはっきりと言った。

「……ん、なにびっくりした顔してんの」

「いや……こんなあっさりは予想外で……」

「なんでよ。だってあんたちゃんと自分で考えて決めたんでしょ？　そうやって決断することが、大事なんだよ」

姉は語り出す。姉は結構語りたがり屋だったりする。

「義文は家族の中でも『自分はこうしたい』って言いはするけど、他の人の意見が採用されようが文句言わないでしょ？　楽しそうに『それはそれでいい』って。いいところでもあるんだけど、私は心配だったんだ。達観《たつかん》し過ぎてこの子大丈夫なの、って」

意外だった。そんな風に見られていたなんて。

「でも今はバカみたいなわがままを言ってくれて、よかった。……なんだろ、うちはそんなに裕福《ゆうふく》じゃなくて、義文は遠慮《えんりょ》しがちで、自分も早く働こうとか思ってるかもしれないけど、自分がしたいことをやって欲しい。あんたの夢を私にも……お父さんお母さんにも見せて欲しい。……ん、話ずれてない？　ていうか恥ずかしくないこれ？」

姉がお酒のせいじゃなく顔を赤くする。

「……姉ちゃん、今オレ、結構感動……」

「ってとにかく決めたならとっとと行ってこい！　暑苦しい顔見せるな！　あ、前にM県に突然行ったみたいに手ぶらで帰ってこないでよ！　地酒《じざけ》よろしく！」

「今日日未成年じゃおみやげでもお酒は買えないよ!?」

＋＋＋

思い出を失い、友情をなくした美咲《みさき》と雪菜《ゆきな》達。また、そういう人を生み出す訳にはいかない。そして、美咲のなくした記憶を取り戻したい。その手段が、もしかしたら『孤立空間』の中にあるかもしれない。虎穴《こけつ》に入らずんば虎子《こじ》を得ず。勝ち目は少なくとも勝負したい。でもそれには凄く危険もあって……正直、恐怖もあった。それにこんなこと母親が許してくれるはずない。

でもそこで立ち止まってちゃダメなんだ。太一と太一の妹の莉奈も真っ直ぐにぶつかり合っていた。

自分もたぶん、ちゃんと伝えなきゃいけないんだ。

慮《おもんぱか》ってあえて口に出さない。衝突を恐れて避ける、ではなく。

「ママ、杏《あんず》。あたしどうしても行かなくちゃならないの。そこで、戦いたいの」

自分がやりたいことを、リビングに座る母親と妹の二人に向けて話した。

「詳しい内容は言えないけど、危険もあって、でも頑張りたくて」

「いったいなにを……は、いいわ。でもなんで、唯が？」

母親は困ったみたいな、泣きそうな表情だ。

「あたしがやりたいから。じゃなきゃ大変なことになる人がいるから」

「唯じゃなくてもできるじゃない」

「あ、あたしにしか……いや、あたし以外でもできるかもしれないけど」

「じゃあ唯がやる理由ない」

「なんで」

「私がダメと言っているからよ」

母親は頑《かたく》なだ。なんでなの、とも思うけれど、ずっと心配をかけ続けてきたからだと言われれば反論できない。元の原因は自分にあった。

「そんな……そんな……」

言葉が続かない。母親を振り切って無理矢理行く？　それはできない。後ろ髪《がみ》引かれながらじゃ、まともになんて戦えない――。

「で、でもわたしは戦ってるお姉が見たいかなっ。内容わかんないけどっ」

その時杏が割り込んだ。険悪《けんあく》なムードが漂っていたからか、杏はあからさまにドキドキして落ち着かない様子だった。

「……戦っている、あたしを？」

「だって戦ってるお姉格好《かっこう》いいもん！」

ちょっとバカな子だから、どこまで考えているのかはわからない。でもそれは杏の純粋《じゅんすい》な、想いであり、願いだった。

「ママも最近の空手とか勉強とか頑張ってるお姉が好きって言ってたよね？」

勢いの出てきた杏は母に向かって畳みかける。

「ちょっと、杏。どうしてそんなこと言うの……」

「だってお姉は天才空手少女なんだよ！　お姉にしかできないことときっとあるよっ」

無茶を言う唯を、妹の杏が援護《えんご》してくれている。

ここで姉である自分が頑張らなきゃ姉として示しがつかない。

「ママ。あたし、頑張りたいの」

想いを真っ直ぐに伝えた。――瞬間、少し懐《なつ》かしい気分がした。

母親は長い長い沈黙を経《へ》てやがて、溜息を吐いた。

「……小さい頃、私が空手を続けるのに反対した時も、同じこと言ったのよね」

ああ、遥《はる》か遠い過去の記憶、そんなこともあった気がする。

「そう言われたらもう……ダメね」

「じゃあ」

「絶対、怪我せず、帰ってくるって、約束してね」

「うん、約束する。……ママ、ありがとう」

こんなわがままな娘のためにありがとう。忘れずに杏にもありがとう。そして過去の自分にも、ありがとう。その自分がいたから今母親の心を、動かせたんだと思う。

「ただ『頑張る』と言ったからには、最後まで頑張るのよ」

ああ、記憶違いじゃなければ、遠い過去にも母親は同じセリフを唯に贈った。たぶん母親も、それを覚えている。今まで積み重ねてきたことを、覚えている。

「よかったねお姉！　なにかわかんないけどわたしはいつでも応援してるよ！」

そのちょっとおバカなエールを受けて、また思い出した。

なぜ自分は空手をあれだけ頑張ってこられたのか。

思い起こせば、そこにはいつだって母親と杏、父親や友達の声援《せいえん》があった。

どんな大会だって、どんな緊張した時だって、誰か応援して、背中を押してくれる人がいたから勇気を出して戦ってこられた。

心の中で耳を澄《す》ます。

みんなの応援が聞こえてくる。

声援が唯の心の中で鳴り響く。

その声が聞こえる限り自分は絶対に、前に進める。戦える。

唯は、本当の勇気を手にして、立ち上がる。

＋＋＋

永瀬伊織が家に帰ると、ふわんと醤油《しょうゆ》の甘辛《あまから》い匂いがした。

母親がなんだか張り切って晩ご飯を用意してくれていた。あんまり料理は得意じゃないのに。

「あ、お母さん……確認なんだけど今日高校に、行った？」

「あら、知ってるの？　偶然八重樫君の妹さんに会って、それで行ってみたの。ああ、後藤先生に会ったわ。やっぱりいい先生ね、とてもいいお話が聞けたわ」

振り返った母親は凄く上機嫌《じょうきげん》だ。声のトーンが違う。

「なにか変なことはなかった?」

「別に。その後教室を見学して、宇和君や円城寺さんにも会って、それから莉奈ちゃんの様子がおかしくなって……え?」

母親の顔が見る見る青ざめる。

「確か莉奈ちゃんが貧血《ひんけつ》になったから保健室に行ったのに……どうしてそれを放って、帰って……。……急に、『声』が聞こえてもう帰らなきゃって気がして……」

「お母さん! 大丈夫だよ! 莉奈ちゃんならちゃんと家に帰ってる」

「そう、なら……よかった」

母親はほっと安心した表情をする。特に害はなさそうだが、学外に出ていくようなにか『暗示』でもかけられたのではないか。

「あ……それで、あの」

再び台所に向かった母親の背中に声をかけようとして、伊織は言い淀《よど》む。

他の人も大事だ。でもやっぱり、自分にとって母親は特別な存在だ。心配をかけるだけならまだ許せても、それ以上のことがあると思うと。母親をおいていくなんて自分には――。

また母親が手を止め、伊織へ向き直った。

「伊織、なにあったら言って。そしてやりたいことがあるならもっと言って。ちゃんと、認めてあげるから。お母さんはいつでも伊織の味方だから」

なぜ、今のタイミングでこんなことを口にしたのだろうか。学校に行ってなにかあったのだろうか。

以前言わずにすれ違ったことを気にしてだろうか。いずれにせよ、奇跡《きせき》みたいな話だ。

母親は、今自分に一番必要な言葉を、贈ってくれた。

奇跡が母から舞い降りた。

「私は伊織を、信じるから」

母親が自分を信じると言う。

「だいたい私は誓《ちか》ってるものね。『あなたが望むように生きられるよう頑張る』って」

確かに言われた。中三の春五番目の父親が死んだ時、母親は泣きながら言ったのだ。

思えば、永瀬伊織が永瀬伊織になる物語は、あの瞬間から始まっていた。

母親のせいで、自分は自分がわからなくなった？　いいや。

母親のおかげで、自分は自分を見つけられたんだ。

震える唇《くちびる》で、伊織は言葉を紡ぐ。

「……お母さん、あの、わたし今から行くところがあって。せっかくご飯、作って貰ってるんだけど」

「冷蔵庫《れいぞうこ》に入れておくから、大丈夫」

なんだか全てを悟っているみたいな態度だ。

まさか力が？　いや、ない。こんな態度、自分の母親じゃなきゃ絶対にできない。

「伊織はやりたいように、自由に、やりなさい」

やりたいように、自由に。

自分がそうできるようになったのは、母親がここまで育ててくれたからだ。

万感の思いを込めて、伊織は家から出かける際に言うべきセリフを口にする。

「いってきます」

母親は慈愛《じあい》に満ちた、この世で一番美しい笑顔になった。

「いってらっしゃい」

――いってらっしゃい。それは魔法の言葉だ。

その一言で自分達は、どこまでだって飛び立てる。

そして『いってらっしゃい』を言われたら、必ずある言葉を返さなければならない。

それを相手に返すまでは、物語は完結しない。

迷い迷って『自分』を見つけた自分達。

その自分達は、今ここから巣立って新たな道を歩き出す。

そして必ず帰ってきて言うんだ。

――ただいま、と。

十章　その舞台へと

八重樫《やえがし》太一《たいち》。

永瀬《ながせ》伊織《いおり》。

稲葉《いなば》姫子《ひめこ》。

桐山《きりやま》唯《ゆい》。

青木《あおき》義文《よしふみ》。

文化研究部《ぶんかけんきゅうぶ》二年生五人全員が、校舎一階のエントランスに集合した。

そして文研部の横には、後藤龍善《ごとうりゅうぜん》の姿の〈ふうせんかずら〉がいる。

一年半戦い続けて、結局自分達は〈ふうせんかずら〉と離れられずにいる。

でもその立ち位置は、今までとは全く異なる。

〈ふうせんかずら〉は、太一達とは対面せずに、太一達の側に立っている。

「さあ、戦うと決めたのはいい。だが最後にもう一度聞くぞ、〈ふうせんかずら〉。お前の話は本当か？　お前に都合のいいような嘘《うそ》はないか？」

「ええ……今回に限って本当にほぼ正直に……」

稲葉が尋《たず》ねると〈ふうせんかずら〉が気怠《けだる》げに答えた。

「なんか怪しい言葉も聞こえたけど……」と桐山は口を尖《とが》らせて囁《ささや》く。

「……じゃあ少し聞きたい。なんでこんな面倒《めんどう》で手の込んだことをお前らやお前らの仲間はやるんだ？　それだけ力があるなら、もっと合理的《ごうりてき》な手段がありそうなんだが」

それは太一も感じていた。〈ふうせんかずら〉は色んな面で行き当たりばったりに見えるし、奴らの行う『実験』にも不確定要素《ふかくていようそ》が多過ぎる。

「まあ……合理的じゃないのが……いいんですよ」

「なんで？」青木が不思議そうに聞く。

「だって……人間って……非合理《ひごうり》な要素多いじゃないですか……。それこそが……、人間と言いますか……」

そして〈ふうせんかずら〉は今までで一番本質に近づいた、決定的な言葉を口にする。

「……僕達は人間になりたいんですよ」

衝撃《しょうげき》が走って、太一達は動けなくなる。太一は息まですできなくなる。

その言葉の意味は——。

突如《とつじょ》、ばたばたっ、と誰かの走る音が聞こえてきた。

「ね、ね、ね⁉　やっぱ先輩達集まってたでしょ⁉」

声の主は、文化研究部の一年生、円城寺《えんじようじ》紫乃《しの》。そして隣には。

「わ、わかったから俺の手をぶんぶん振るな。放せ」

興奮状態の円城寺を鬱陶《うっとう》しそうに払いのける、宇和《うわ》千尋《ちひろ》がいた。

「え、ちょ、なんで二人が？」永瀬が戸惑い驚いている。

「だ、だってなにかするつもりなんですよね先輩方は⁉　わ、わたし達を置いていくなんて酷《ひど》いですっ。わ……わた……わたし達も文研部の一員ですっ！」

円城寺は顔を赤くして、目いっぱい叫ぶ。想いを届けたい気持ちが伝わってくる。

「だけど……どうしてここに？」

今度は太一が尋ねる。このタイミングで来られたことが不思議でならない。

「太一さんの妹さんや、永瀬さんのお母さんからも情報が入って」

「繋がってるのかよそこ……」太一は呻く。

「お母さんなんか言ってた⁉」

「どっか行くって出ていったから心当たりがあれば念のためよろしく、みたいな」

「捜されてる訳じゃないんだね」

ほう、と永瀬は息をついた。

「それでまあ、この状況でどこか行くっていったら部室かな……と」

「と、いう訳でわたしと千尋君が馳《は》せ参じた訳、ですっ！」

「……いやいや……本当に面白いですねぇ……」

「お……え？　ひゃわあああ〈ふうせんかずら〉⁉」

「お前今気づいたのかよ」

千尋がつっこむ。円城寺は本当に気づいていなかったらしい。

「ど、ど、どうしよう……どうしよ。ていうか千尋君が冷静⁉」

「……なんかもう慣れてきた」

「おいお前ら、時間がないから話を進めるが」

稲葉が話し出すと、二人ともぴたっと静かになった。

「ともかくアタシ達は、今からある戦いに臨む。……相当危険なことになる予定だ。これまでとは比べものにならない」

ごくっ、と一年生の二人が息を呑《の》んだ。

「だからアタシからははっきり言うぞ、帰れ」

稲葉はそんな言い方をした。

でもたぶん、

「い、嫌です！」「それはちょっと……」

そう返ってくると、わかっていたんだろう。

「……なぜ？」と稲葉が二人を試すように訊く。

「だ、だって先輩方は行くんですよねっ」

「リスクが高いのにやるってことは、それだけ必要って話であって」

円城寺は感情的に、千尋は冷静に返す。

「わたし達は……知ってるんです。『欲望解放《よくぼうかいほう》』に遭《あ》った子がどれだけ大変な思いをしているか……、今先輩方がどれほど大変なことになっているか……だから」

「もしそのためになんかやるって言うのなら、俺達も一緒に、やりますよ」

二人も二人にしかない物語を紡いでいて、そこで見て聞いて考えたことから、意志を固めていて動きそうにない。

「だがどうなるかわからんことも考えれば……誰かが残るべきで……」

まだ渋る稲葉に、太一が言ってやる。

「じゃあ稲葉が残るか？」

「アタシが残ったらお前らが心配で仕方がねーよ」

「じゃあ、そういうことだ」

あ〜もうわかったわかった、と最後稲葉は投げやりに納得した。

とは言えなにも知らずにでは不味いので、具体的に『孤立空間《こりつくうかん》』の話を説明する。二人は「いや流石《さすが》に……」「……ないと思いたいです……」と現実逃避《げんじつとうひ》しかけていたが、結論は変わらなかった。

だから稲葉が声をかける。

「それじゃあ」

「おう！」と永瀬が、「ええ」と桐山が、「よっしゃ」と青木が、「は、はいっ」と円城寺が、「了解です」と千尋が返し、ラスト太一が言った。

「頼むぞ……〈ふうせんかずら〉」

「……はい……いきましょうか。……いや結構これ頑張って準備してるんですよ……」


そして太一達は『孤立空間』へと——。

＋＋＋

お兄ちゃんのいない、お母さんと自分だけの食卓《しょくたく》で晩《ばん》ご飯を済ませる。

「ごちそうさま」

「はいよ。りんごでも食べる？……しかし行っちまったな。ていうかホントどこ行ったんだ？　格好《かっこう》よく送り出したけど……文研部の親御《おやご》さんに連絡か」

母親は呟《つぶや》きながら食器を流しに持っていく。

「今日はりんごいらない」

言い残して莉奈《りな》は二階に上がった。

お兄ちゃんの部屋の前を通る。扉は閉まっているのに、中に誰もいない寒々しさが伝わってくるようで鼻《はな》の奥がツンとなった。

「……あ、そう言えば」

お兄ちゃんの高校で会った宇和千尋さんと円城寺紫乃さんから受け取り、渡して欲しいと言付かったものがあったんだ。

後でお兄ちゃんが帰ってきたら渡せばいいんだろうけど……。

なんか、忘れちゃう気がした。

凄く重要なものの気もして、絶対渡そうって思うのだけれど、どういう訳かそんな気がするのだ。ヘンだな。

莉奈は自室に戻り、ランドセルの中から取り出すと太一の部屋に入った。

お兄ちゃんの部屋をなんとなくきょろきょろ見回してから、莉奈は勉強机に向かう。

「あいてっ」

途中で躓《つまず》いた。お兄ちゃんの学校鞄《かばん》だった。

「ちゃんと片付けてよねも〜……と」

ここでいいか、と思う。

莉奈は「失礼」と一言断りを入れてから鞄の中を物色し、よく使いそうなノートを選んで開き、『それ』を挟んだ。

ココロコネクト　アスランダム　上　了

あとがき

自分の作品を世の中に出す時はいつも不安です。次の作品こそ読んだ人全員にそっぽを向かれるんじゃないかとびくびくしています。

こう書くと批判《ひはん》されるのが嫌みたいに見えますがそんなことはありません。自らの作品に触《ふ》れ、たとえそれが批判的内容であったとしても意見を持って貰《もら》えるのは、作品を発表する者としてとても嬉《うれ》しいことです。とはいえ、読んだ人全員に否定されるなんて状況になれば「あれ？　これを作る意味ってあるの？」と迷う羽目《はめ》になりそうです。

しかし裏を返せば、誰か一人でも自分の作品を肯定《こうてい》してくれれば、やっていけるんだという意味にもなります。全員に否定されることの反対は、全員に肯定されることではないのです。たった一人でも肯定してくれる人がいるなら、私にとっては十分です。

そのたった一人が、あなたであったら、作者はとても嬉しいです。

いえもちろんたくさんの人に楽しんで頂きそして支持《しじ》されたいですが、結局それも一人一人の想いの積み重ねなので、まずは目の前にいるあなたのために頑張《がんば》りたいと思っています。と、もう最後も近いので珍《めずら》しく語ってみました。皆様一人一人の応援が、嘘《うそ》偽《いつわ》りなくこの作品を作っているんだと理解して頂ければ幸《さいわ》いです。

最後になりましたが、本作の出版に尽力《じんりょく》して下さった関係各位に感謝《かんしゃ》申し上げます。

二〇一二年九月　庵田定夏《あんださだなつ》

キャラクター人気投票 結果発表!

ご応募ありがとうございました

1位 稲葉姫子(2951票)
2位 永瀬伊織(1301票)
3位 桐山唯(441票)
4位 八重樫太一(294票)
5位 青木義文(153票)

ランキング詳細はHPで▼

http://www.enterbrain.co.jp/pickup/2012/kokoro-campaign/

●ご意見、ご感想をお寄せください。
ファンレターの宛て先
〒102-8431 東京都千代田区三番町6-1 株式会社エンターブレイン ファミ通文庫編集部
庵田定夏 先生　　白身魚 先生

●ファミ通文庫の最新情報はこちらで。
FBonline **http://www.enterbrain.co.jp/fb/**

●本書の内容・不良交換についてのお問い合わせ。
エンターブレイン カスタマーサポート **0570-060-555**
(受付時間 土日祝日を除く 12:00～17:00)
メールアドレス：**support@ml.enterbrain.co.jp**

ファミ通文庫
ココロコネクト アスランダム 上《じょう》
二〇一二年一〇月一一日 初版発行

著　者 庵田《あんだ》定夏《さだなつ》
発行人 浜村弘一
編集人 森 好正
発行所 株式会社エンターブレイン
〒一〇二-八四三一 東京都千代田区三番町六-一
電話 〇五七〇-〇六〇-五五五(代表)
発売元 株式会社角川グループパブリッシング
〒一〇二-八一七七 東京都千代田区富士見二-一三-三
編　集 ファミ通文庫編集部
担　当 宿谷舞衣子
デザイン アフターグロウ
写植・製版 株式会社オノ・エーワン
印　刷 凸版印刷株式会社

定価はカバーに表示してあります。

あ12
1-7
1167

ISBN978-4-04-728350-3